U0480346

驭路

化淡妆的男人

松本清张
短经典系列

〔日〕松本清张 著

朱田云 译

著作权合同登记号　图字01-2024-1338

图书在版编目(CIP)数据

化淡妆的男人 / (日)松本清张著; 朱田云译. -- 北京：人民文学出版社, 2025. -- (松本清张短经典系列) -- ISBN 978-7-02-018781-2

I. I313. 45

中国国家版本馆CIP数据核字第2024PX6590号

责任编辑　朱卫净　陶媛媛
装帧设计　钱　珺

出版发行　人民文学出版社
社　　址　北京市朝内大街166号
邮政编码　100705

印　　制　安徽新华印刷股份有限公司
经　　销　全国新华书店等

字　　数　190千字
开　　本　889毫米×1194毫米　1/32
印　　张　13.25
版　　次　2017年3月北京第1版
印　　次　2025年1月第1次印刷

书　　号　978-7-02-018781-2
定　　价　69.00元

目 录

白色之暗

一

昭和[1]三十×年六月，信子的丈夫精一去北海道出差，从此失联。

精一是做煤炭生意的，因为业务关系，常常会去日本东北部的长盘或北海道。一般都是事先计划好去几天，等到了当地，再按照实际情况延长逗留的时间。长此以往，信子已经习惯了。

这一次也是。虽然比预计晚了一周回来，但信子一开始并不在意，因为丈夫是那种出差在外时从来不发电报或寄明信片的人。

信子对此也曾有过抱怨，丈夫却说："有什么不好？我是走到哪儿生意就做到哪儿的人，即使事先作好安排，也等于没有安排，真的没办法事无巨细都通知你。不知道哪天我突然就回来了，这也算是小惊喜嘛。"

---

① 日本年号，1926年为昭和元年。

信子后来又试着提过两三次，诸如“不是啦”“还是希望有你的消息啊”“这样才能放心嘛”之类的，但丈夫每次都置之不理。事实上，那些没有提前联系却突然回来的夜里，包括之后的两三天里，丈夫都会对信子表现出极为强烈的爱意，这样的表现似乎佐证了丈夫的说辞。于是，信子内心接受了丈夫“用实际行动证明”的说法，现在她已经习惯丈夫出差在外时不联系。

但是，以前就算晚，最多也就迟归四五天，从来没有超过七天的。

以前的精一要么是晚上回来，要么是一大早回来，因为火车到站的时间不是晚上就是一大早。这一次，信子又等了好几天。每天晚上和早上，信子一边盼着能听到一步步走近玄关的丈夫那有力的脚步声，一边心里估算着从东北到上野的火车时刻表。

终于，信子等不下去了，于是去找俊吉商量。从丈夫本该回来的日子算起，已经过去十天了。

俊吉是精一的表弟，在某商社工作。精一的性格比较粗犷，俊吉则比较内向。表兄弟俩的身材也完全不同。精一是一百四十斤的壮汉，俊吉则瘦得只有一百来斤。

“跟女人的体重差不多吧。”

俊吉这么说的时候，精一笑了。他平日里就有些瞧不起这个比自己小两岁的表弟，倒也没什么恶意。俊吉听话、顺从，精一对俊吉既有些怜爱，又有些不屑。

另一方面，俊吉虽视精一为兄长，但多少有些距离感。虽谈不上有所谓低人一等的感觉，但性格上的差异确实导致了两人在互动时地位的不对等。另外，精一好酒，俊吉则滴酒不沾。

“听说那家伙喜欢看电影、读小说。”精一曾经笑着对信子说。俊吉连兴趣爱好都跟女人差不多。精一则很讨厌读书或看电影。

信子是爱丈夫的，但看到丈夫房间里连一本书都没有，还是会有些寂寞。信子对丈夫是满意的，唯独在这一点上好似有一道口子，让寂寞的气息有机可乘。

信子不知道俊吉在读什么小说，她并不讨厌俊吉。自己的丈夫并非没教养的人，只是不懂细腻为何物。相反，看上去柔弱的俊吉身上却有着丈夫没有的东西。

“俊吉那家伙好像很喜欢你吧。”

这天俊吉来家里玩，等俊吉走后，夜里，丈夫醉醺醺地说。

“说什么傻话，不会有那种事的。”信子嘴上这么说，但心里其实有些慌张，有些心虚。

“是吗？但我总觉得是哦。”丈夫有些嘲讽地说。

信子有些狼狈，她自己心里其实也有同感。俊吉对信子确实是有好感的。话虽如此，倒也没见俊吉有什么特别明显的表示。但女人是有直觉的。信子还是小姑娘的时候，有好几个男人让她产生过类似的感受。

精一虽然是粗放型的，但对于一些小细节很上心，信子对此有些吃惊。也许男人也是有直觉的吧。

“哎呀，你干吗说这种话。”信子说着扑进精一的胸膛。精一紧紧搂住信子，大声地笑了起来。那笑声仿佛在说，表弟算什么！

信子是三年前和精一结婚后才知道有俊吉这个人的。俊吉的头发一直都纹丝不乱，用梳子精心打理过的痕迹清晰可见。额头哪怕出现一丝乱发，他都会用修长的手指去拨，去捋。俊吉话不多，就算开口也都很小声。每次被精一嘲笑的时候，俊吉从不回嘴，只是静静地笑。那种时刻，信子特别同情俊吉。

其实信子对俊吉也是有好感的，但不是爱情，对于这一点，信子非常肯定。信子喜欢的是丈夫。但一想到这个表弟身上有着丈夫所没有的那些东西，信子就很想微笑。

可以肯定的是，俊吉对于信子的好似温柔空气般的感情如轻柔的阳光淡淡反射到她身上，确实会撩起她的微笑。对于这一点，信子的潜意识里有些迷茫失措。

精一依然没有回来，比预计回家的日子已经晚了十多天，信子想去找俊吉商量。虽然表面的理由是找不到别人可以说这事儿，但其实还有另一种感觉。说来也许有些夸张，信子其实想向俊吉求救。

信子打电话到俊吉的公司。

二

俊吉很快接起电话。

“信子姐吗？上次谢谢您。”

一个月前，俊吉来家里玩，他是为这件事道谢。“阿俊，我有点担心。”

因为有些避讳店里的人，信子特地跑到店外用公用电话打给俊吉。但即使已经在外面，信子也用手捂着听筒，压低了声音。

“担心？什么事？”俊吉的声音有些异常。

“精一出差去了北海道，已经十七八天了，到现在还没回来。以前都是一周左右就回来的。”

“没有任何联系吗？”

“他一直都这样，出去了就没消息。但以前最迟也就比预计的日子晚三四天就回来了，从没像这次，已经超过十天了。”俊吉沉默不语。信子以为是信号不好，对着话筒“喂，喂”了好几声。后来回味这几秒中的沉默时，信子发现，其实俊吉别有他意。

“要不再等几天？”俊吉终于开口。

“哦。”信子心情沉重。

“给北海道或福岛县的煤矿公司发过电报吗？”俊吉又问。

“没，电报还没有发。”

“我觉得还是先发个电报问问情况吧。等对方公司回复了，您再告诉我一下。要是明天晚上还没回来，我就去您府上。不过，您也别太担心，说不定今晚就突然回来了。”俊吉似乎特地加重了语气。信子挂上电话，觉得俊吉的话很受用，于是马上着手给已知的一家又一家煤矿公司发电报。信子没想到还有这种处理方法，心想，应该早点联系俊吉的。然而，一连写了五六封同样内容的电报后，信子的心又揪了起来。

这天晚上，信子等到很晚，精一还是没回来。第二天，煤矿公司也陆续回了电报。东北地区的四家公司说精一去过他们那里，但两周前就走了。北海道的两家公司则说精一从未去过他们那里。信子很担心，开始坐立不安，满脑子全是坏事情。那阵子，报纸上经常可以看到报道称在外跑业务的人在异乡被打劫甚至丧命。信子现在能想到的，全是些不吉利的事情。

俊吉在电话里说过，如果精一晚上还没回来，他就来家里。但信子白天就已经等不及了。虽然外面下着雨，信子还是特地跑到外面的一家小店，用一部红色公用电话打给俊吉。雨水沿着小店的房檐滴滴答答地向下落，打在信子肩头，她的心情更加低落了。

“哥还没回去吗？”俊吉一开口，声音里就满是担心。

“还没有。煤矿公司都回了电报。”

现在，信子只能依靠俊吉了。

“他们怎么说？”

“东北地区的公司说他两周前就走了。北海道的公司说他从没去过那里。”

“精一哥一直都是先去东北地区的公司转一圈，然后去北海道吗？”

“是的，一直都是。”

俊吉又沉默了。停顿了差不多五六秒。

“喂？喂？”

“啊，”俊吉这才又出声，“这样吧，今晚我先去您那里，见了面再说。”

“好吧，麻烦你了。我等你。”

挂上电话，信子察觉到有些不对劲。俊吉刚才说“见了面再说”，这种说法很奇怪。有什么事非要见面说？仔细想来，刚才俊吉的声音里好像有一种不寻常的决然。

俊吉到信子家时已经过了傍晚，他手里提着公文包，看着像是从公司下班后直接过来的。

当着店里人的面，俊吉一边说“这雨下得好大啊”一边朝里走。

信子在离店门有些远的里屋已经为俊吉准备好了晚饭。俊吉一落座，马上先开口：“还是没有任何消息吗？”俊吉的头发依旧纹丝不乱，一边说一边用白色手帕抚拭额头的汗水。

“没有。我该怎么办？真的好担心。”信子坐在对面。

“哥出门时带了多少钱？”

原来俊吉想的和自己一样，信子不由得心跳加快。

“我想想，好像有四五万吧。”

“这样啊。”

俊吉又沉默不语，双肘支在桌面上，手指交握，陷入沉思。他低着头，保持着同样的姿势，一动不动。

看着俊吉的样子，信子更加不安了。信子觉得俊吉一定和自己一样，在想那些不吉利的事情。

“唉，到底该怎么办？”信子忍不住开口。

俊吉抬起脸，仿佛是信子的问话把他拽起来的。

“信子姐……”俊吉说着，突然双膝并拢，低下了头。信子一惊。

“我做了对不起您的事情，之前一直瞒着您。”

信子瞪大了眼睛。俊吉向信子坦白，精一瞒着信子在外面有了女人。

三

一开始，信子完全听不懂俊吉在说什么。丈夫在外面有了女人？为什么自己一点感觉都没有。

“差不多是从一年前开始的。那个女人在青森，听说是酒吧的女老板。您知道的，精一哥一直去北海道。好像哥在那段时间里要等从青森开往北海道的船，就是在等船的时候，也可能是在别的什么时候，总之在那女人的酒吧里喝了几杯，然后勾搭上了。”

听完俊吉的话，信子渐渐明白了事情的来龙去脉。信子感到自己的脸色已经发白。

“真不敢相信。”信子说这话时嘴唇都在颤抖。

“这么说，您一点感觉都没有？”

“完全没有。”

信子快哭了。完全没有！信子一瞬间在脑海里将关于精一的所有记忆挨个儿搜索了一遍，甚至包括一些只有夫妻间才知道的细节，但还是完全找不到丈夫出轨的蛛丝马迹。

突然，信子一怔，恍然大悟。丈夫每次出差都会比预计的晚几天回来。三天或者四天，每次都会晚归。而且，他每次出去都不会给自己发来任何消息。

信子的身体开始发抖。

“是我不好。”俊吉蜷着身子，“精一哥不让我说。我也知道这样不好，但终究还是没能开口告诉您。”

“你早就知道了？”

“其实不能说是早就知道。那个女人给精一哥写的信都寄到我那里去了。我受了精一哥拜托，至多算是个收件人。当然，收信人的名字是精一哥，他对那个女人说我是他室友。信的内容我都没看过。收到信之后，我通常会打电话给精一哥，让他去我那里取。”

信子瞪着俊吉。原来他们是一伙儿的。

“请您原谅我。是我不好。您在电话里跟我说精一哥一直没回来，我真的不知道该说什么了。”

原来那天电话里的沉默是因为这个。

信子的眼神如发射箭矢，俊吉一下子就退缩了。

“是精一哥拜托我的，我没法说不。有好几次，我都想向您坦白，但最终还是没说出口。”

这事儿也许还真不能怪俊吉。他就是这样的性格，没法对精一说不。精一总是那么强势。俊吉每次被精一捉弄时只会静静地苦笑。他就是这样的人。

丈夫在外面有女人这个事实让信子的内心开始动摇。以前和别人聊家常的时候，倒是常听说这种事儿，一直以为离自己很遥远，没想到其实自己早已置身事内。信子觉得快要在这种暴风雨中窒息了。

绝不可以哭。现在哭，就会在俊吉面前丢人。信子拼命坚持着。

俊吉刻意不去看信子那红得好像发高烧的脸。俊吉战战兢兢地打开自己的包，取出一封信放在桌上。

“这里就有一信。”俊吉轻声说，“是那个女人寄来的最后一封信。寄到时精一哥已经出差了。因为错过了时间，所以这封还留在我这里。”

信子看着信，好像在看一样可怕的东西。她不愿伸手去碰，只是直直地盯着。浅色的小信封上，俊吉的住址旁写着丈夫的名字。字真丑。信封也又薄又脏。

“我知道您一定很难受，但还是看一下信里的内容吧。”俊吉低声说，“也许里面会有什么线索，从中能找到精一哥至今未归的理由。我总觉得这次的事情和那个女人有关。”

信子感到肩膀沉重，但还是伸手去拿信。信封上，青森邮局的邮戳清晰可见。信子切实感到了一种令人恶心的、遥远的距离。

信子觉得自己的手指在发抖。她从信封里抽出一张纸，那是很便宜的便笺纸，字真的很丑，还有很多错字，不过就措辞而言，通篇读起来也不算太糟糕。

> 你马上就要来我这里了吧？我真的盼着你早点过来，哪怕早一天也好。我有很重要的事对你说。你以前说的那些不是骗我的吧？如果你现在不要我了，我会恨你一辈子。我现在满脑子都只想着和你在一起。我受不了。请你也抛弃一切吧。我已经作好准备奋不顾身了。你太太虽然可怜，但真的也没办法。不管别人怎么说我不好，我都认了。我去赚钱养你。如果走投无路，我们就一起去死吧。只要能和你在一起，我死也开心。我已经别无他求。
>
> 常子

看完信，信子完全蒙了。这信里的一字一句太可怕，仿佛突然出现了一片真空地带，横在信子面前，让她根本无法将这封信与现实联系起来。信封背面写着寄信人“青森市 ×× 町沙龙芙蓉内　田所常子”。信子看到这几个字，突然冒出一种感觉：这个女人已经闯进自己家里，甚至连面容都好似近在眼前。

俊吉悄悄地拿起信。看完信，他什么也没说，好像有些害怕信子会有什么反应。

“阿俊，精一现在应该在那个女人那里吧。”信子觉得这声音听起来已经不像是自己的。

俊吉抱着头，什么也说不出口。

“我要去青森。”

任何人都有过这种心路历程吧。那些忍不住脱口而出的话，一旦说出口，就会变成毅然的决心。

俊吉抬起脸，表情很痛苦。

他逃也似的离开了。信子这才泪如决堤，哭倒在桌前。

四

第二天傍晚，信子坐上火车直奔青森。

她在车上心事重重，毫无睡意，觉得自己好凄惨，居然要一个人在火车上熬过一整夜。天气很闷热，有人打开了车窗。窗外什么也看不见。夜色不断地从眼前高速流逝。东北地区荒凉的光景如魔鬼一般，向暗夜深处狂奔而去。夜里的风好冷，会让人误以为已经入冬。火车有时会停靠在一些荒无人烟的车站。其中一些地方，信子除了站名，一无所知。一个人跑这么远，信子心里非常不安，甚至觉得连呼吸都变得困难。

前面座位上坐着一对年轻夫妇，他们用东北方言询问信子去哪里。夫妇俩后来相互依偎着进入梦乡，看上去睡得很舒服。天刚亮，列车再次进站，夫妇俩下了车。信子看了看站名，是一个叫浅虫的车站。信子久久都无法忘怀那对夫妇在月台上大步离开的模样。

青森是一个寂寥的小地方，天空阴郁又沉重，好像是被硬生生地摆放到屋顶和道路上方似的。

信子边走边打听“××町沙龙芙蓉”，来到了一处有很多小酒馆和咖啡馆的地方。正是一大清早，所有的店都还关着门。“沙龙芙蓉”的店面看着挺大，却有些像被荒废的破罐子模样。信子确认了一下地址，然后转身离去。

信子想了想，一般要过了下午三点，店才开门吧？

无所事事的信子在青森的街道上徘徊游荡。自己是一个空虚的路人，无论看到什么，眼睛里都只剩下无色。

但来到港口时，青函联络船黄色的烟囱点亮了她的眼睛，成了她眼中此时唯一的色彩。丈夫一直是坐这种船往返于此地和北海道之间的吧？想到这些，信子突然很怀念过去。她一直望着船，看了将近两小时。半岛上那些隆起的低矮山丘看起来好像匍匐在海面上。

五六个小时过去了，信子是孤单的彷徨者。但她心里还存着一丝期许：在街上和人群擦肩而过时，也许会突然遇到丈夫。

看看手表，已过下午三点。信子回到早上踩过点的地方。

沙龙芙蓉已经开门营业了。信子走到门前，却又突然止步。心跳得太厉害。信子觉得和那个叫田所常子的女人对决会让自己受不了。如果带上俊吉一起来就好了。为什么没拜托他一起来呢？懊悔如翻江倒海般涌上她心头。

信子在店门前反复逡巡了六七趟，最后一闭眼，一狠心，终于走进店里。

田所常子看上去有些胖，眼角处有不少黑斑和细纹，嘴唇涂得红红的，看上去比信子至少大两三岁。

信子先开口："谢谢您一直关照我先生。"

没想到田所常子表现出比自己更强烈的敌意。"太太，你说笑呢。"常子歪着头，"精一是我的男人，他更爱我。我的男人跟我说过很多关于你的事。太太，其实你并没有很爱他吧？我的男人已经没有我就不行了呢。"

信子几乎晕过去。这个女人凭什么对自己说这些？凭什么无中生有地断言自己不爱精一？她那红色嘴唇里冒出左一句右一句"我的男人"，真让人受不了。信子之前还担心这个女人会装傻不承认，所以身上还带着那封信，现在想来其实根本不需要。

"我对精一可是全心全意地付出所有，死都不怕的那种。我的男人也是这么对我说的。太太，我走到今天，真的是吃了不少苦的，但我已经铁了心。就算我今天在这里向你说对不起，你也不会原谅我，对吧？我不想做那些虚情假意的事。所以，说句实在的，抱歉了，太太，你还是放手吧。"这女人一副宣誓主权的架势。

信子觉得眼前发黑，连对面女人那花哨的衣角看上去也模糊、遥远。

"我丈夫现在在哪里？"信子哭着问道。

"我不知道。反正没来我这里。"常子浅笑一声，轻松作答。

“请您说实话。哪怕一小会儿也好，请您让我见一下我丈夫。”

听信子这么一说，常子扬起下巴笑出了声：“太太，你是在怀疑我？也难怪，大老远地从东京过来找人。不过我是真的不知道。你不信，我也没办法。”

“不会的，您应该知道的。您刚才都说到那分上了。拜托您，请告诉我。”信子的声音里带着呜咽。

常子冷冷地看着信子，理直气壮地撂下狠话：

“到现在为止，我可还当你是个朋友哦。你怎么不信？要不，我这间酒吧，还有我家里，随便你去搜。我已经说了很多遍，我不知道。你不信就自己去搜。”

五

信子像个病人似的回到东京，身体丢了重心，意识变得模糊，思考力也不知跑去哪儿了。

即便如此，信子还是第一时间电话联系了俊吉。

“啊？您已经回来了？”俊吉的声音听上去很焦急，“怎么样？结果如何？”

“你今天来我这里吧，见面说。”信子说完这句就挂了电话。听到俊吉的声音，信子稍稍恢复了精神。

刚到傍晚，俊吉就匆匆忙忙赶来了。看到俊吉的脸，信子心里突然一酸，哭了起来。

“怎么了？没找到吗？”俊吉看起来也没什么精神。

信子想停下来不哭的，可就是控制不住，抽泣声不断地从喉咙涌出。俊吉在一旁默不作声。

“对不起，让你看到我这副模样。”信子擦去泪水，抬起头，眼睛哭得有些麻木了。

“没事。”俊吉看着信子，感觉有些目眩，赶紧低下头，转移视线。

“我见到那个女人了。”信子好不容易勉强开口，但另一方面又有着很自然的、想向俊吉诉苦水的意愿。

听信子说完，俊吉若有所思地抱起双臂：“我觉得那个女人在说谎。”

“果然你也这么想？我也这么觉得。”信子红着双眼盯住俊吉。

“精一哥一定在那个女人那里。不会有错。其实您应该去一下她家里。”

“我下不了那么大的决心。”信子低下头。是啊，应该去的。是田所常子把精一藏起来的，她是故意虚张声势。自己太软弱了。那个时候如果不顾一切去了那个女人的家里，也许已经见到丈夫了。至少，也许能发现一些线索。信子好想用鞭子抽打那个怯懦的自己。

“那个时候如果阿俊你在就好了。我真的很后悔。”

俊吉吃惊地抬眼看向信子。不知是错觉还是信子太敏感，信子觉得俊吉的目光中好像闪过一道光，让她觉得有些狼狈。

“我一个人不行，还是应该有男人一起去。”信子特地强调了一下理由。

“我再去一次青森吧。”俊吉鼓起勇气。

“啊？”信子瞪大了眼睛，“真的吗，阿俊？”

信子仿佛看到了一线曙光。自己虽然失败了，但俊吉是男人，也许会成功，不，应该能成功。刹那间，信子仿佛看到被俊吉带回来的丈夫满脸愧疚的样子。

“拜托你！真的拜托你！你这么帮我，我都不知道该怎么谢你。”信子一个劲儿地双手合十。

“不用谢，我和精一哥是表兄弟。没办法，现在是非常时期。”俊吉用修长的手指拨弄着头发，有些害羞地说完就起身离开了。信子目送他走出家门，深深地感谢俊吉的善良。

三天后，俊吉的青森之行有了结果。

俊吉有气无力地来到信子面前。信子看到他那副模样，就感到失望了。

俊吉垂头丧气地说："我完全不是她的对手。她完全不否认和精一哥的关系，也不给我问话的机会，还自说自话、大言不惭地炫耀。居然会有这么厚颜的女人。"说完，他深深地叹了口气。信子想起田所常子那肉感的身体、浓重的黑眼圈、鲜红的嘴唇和咄咄逼人的语速。俊吉不行的。信子完全能想象俊吉在常子面前唯唯诺诺的模样。自己居然天真地幻想过俊吉能把丈夫带回来。

"但好歹我去了那个女人的公寓。"俊吉继续说，"也就十平方米大小，带厨房的，特别脏。那女人还凶巴巴地说：'你看到了吧，一眼就可以看遍整个房间，这下该满意了吧！'精一哥确实不在她那里。我也没发现有男人的衣物。想来不至于会躲在壁橱里。没办法，只能回来了。"

信子绝望地听着俊吉的叙述。俊吉这么柔弱，能做到这种程度，真的已经算很努力了。

"精一真的不在那个女人那里？阿俊，你怎么看？"

俊吉久久地注视着信子。

"也许是我想多了，但我觉得精一哥就在那个女人那里。即使不在那间公寓里，也在别的地方借了房子。"

"你这么想？"

信子想象着精一和那个女人在一间又狭小又昏暗的

房间里滚来滚去，觉得好心寒。

“那个女人的盛气凌人其实是为了掩盖她的心虚。她对精一哥那么痴情，还说为了精一哥，死都可以，怎么可能不知道精一哥在哪里？精一哥也真是的，完全陷进去了。真是个厉害的女人啊。对了，不如我们报警吧。”

“报警？”信子吓了一跳。

“到警局去提交失踪人员调查申请。单靠我们俩，真的拿她没办法。”

六

信子和俊吉一起去警局提交了调查申请。

信子本以为有青森这么明确的线索，事情应该很简单，但结果是一场空。两周后，警局通知信子去一趟。

“青森警局来了报告，你丈夫不在那里。也调查过那个叫田所常子的女人。”

负责人一边给信子看报告一边说。

信子很脸红。这种自家秘密经警察之口昭告的感觉让她很羞耻，甚至有些后悔提交了调查申请。

“有没有可能和罪案扯上关系？”负责人问道。信子倒吸一口冷气。警察现在问的正是她从一开始最为担心的事情。然而现在信子已经不去想那些了，因为她坚信丈夫的行踪一定和田所常子有关，一定是常子把丈夫藏起来了。

信子对负责人说自己没有头绪，道完谢就回去了。一想到从此和丈夫永别，信子心里涌上无尽的空虚，在房间里哭了很久，身体完全脱力，薄得好像纸片。

这天傍晚，俊吉来了。听信子说完警局的情况，俊吉说："这下麻烦了。田所常子真的太厉害，居然把警察都要了。"他歪着头，又发表了一通感想："普通老百姓提出的调查申请，警察可能不会太认真去找吧，他们有一大堆事要做。我总觉得他们有点敷衍，毕竟这属于很常见的桃色事件。"

俊吉言者无心，但最后那句"常见的桃色事件"又一次给了信子沉重一击。甚至等俊吉走后，那一击威力犹存，好像指甲戳进了心脏。在世人看来，这就是一件平常事。信子以前也曾在书上读到过，或是从别的地方听到过，但都是看过听过就忘了。然而，一旦降临到自己身上，她才发现这是足以影响一生的重大事件。那些曾经熟视无睹的他人的不幸，现在一股脑地回击到她自己身上。

之后过了很久，精一还是没有回来。信子每天都盼着有一天丈夫突然一脸愧疚回到自己身边。然而日子就像流水般渐渐变得平淡，终于，她不再去想。

柴米油盐的日常生活也起了作用。丈夫不见了，只能靠信子继续守着生意不错的店铺。店里的业务靠着那些在店里做了很久的雇员，不至于一下子垮掉，但信子还是将生意收缩到丈夫在的时候的一半规模，即使这样也很辛苦。信子想忘记一切，于是把全部心思都放在店铺的经营上。丈夫说不定哪天就回来了，他回来的时候一定会夸奖自己。信子的潜意识中依然涌动着一丝无望的希望。

然而，白天的工作结束后，空虚感就会强烈地袭来。心，没那么简单。一个人的时候会感觉冰冷的空气穿透全身。不，即使是在白天忙碌之际，也会时不时地突然涌上一种真空的感觉。

很自然地，信子变得有些依赖俊吉。事到如今，信子的身边只剩下俊吉。俊吉也表现出让信子觉得可以依靠的姿态。

俊吉给信子一种温暖的感觉，他表现出的诚意让信子愈发想要依靠他。信子曾以为俊吉在强势的精一面前只会柔柔弱弱、老老实实，但现在她发现俊吉的内心很坚强、很可靠。信子有点意外，意识到自己以前对俊吉的看法是错误的。她对俊吉有了新的认识。虽然很平凡，但毕竟是个男人。理所当然地，信子内心的天平对俊吉日益倾斜。

信子会去找俊吉商量各种事情。俊吉的意见对信子的内心而言是一种巨大的支持。俊吉每次都能提出很中肯的意见，他对任何事情都很认真。

信子独自在家时，俊吉会很注意自己的举止，即便是傍晚来到家里，也一定会在夜深前离开。无论信子如何盛情相邀，俊吉都会在逗留期间坚持暂时离开，吃完饭再过来，好像是为了故意避开与信子两个人用餐的尴尬。信子觉得俊吉在这些细节上的注意和用心很符合他的性格，一想到这些就想微笑。

有一次，俊吉连续五六天没来。信子打电话到俊吉的公司，同事说他请了病假。信子很想去俊吉的住所看他，但又觉得不妥，最终还是放弃了这个念头。毕竟俊吉还是单身。好像是由于俊吉对自己那种避嫌意识的反射，信子也变得犹豫起来。这是一种非常危险的预感。“俊吉喜欢你哦。”信子的耳边仿佛又响起了丈夫的那句醉话。

过了好久，俊吉一脸病容地来到信子家。再次见到俊吉，信子真的很开心。

“你生病了？”信子担心地看着俊吉。

“是的，胃不好，没办法，老毛病了。”俊吉的脸色依然有些苍白。

“这样可不行。我其实很想去看你。”

“是吗？”俊吉盯着信子。不知是不是因为刚刚病愈，俊吉的眼神似乎充满了炽热。信子的视线像撞上了意外之物，她狼狈地转过脸。

另一方面，有关精一的消息，以意外事件的方式突然传递给了信子。那是在差不多两个月之后。

七

这天，俊吉打电话给信子。

“有个人从仙台跑来找我，说了些奇怪的事，和精一哥有关。”

“啊？”信子的心狂跳一下，“奇怪的事？”

“见面再说。我这里现在正好午休，下午稍微请个假，我和那个人一起去您家。”

接完俊吉的电话，信子手按胸口，心跳得实在太强烈。关于丈夫，是不会有什么好消息的。信子的头脑中冒出来的全是坏事。

三十分钟后，俊吉带着一个人坐着出租车过来了。那是一个三十四五岁模样、肤色有点黑的圆脸男人。他穿着很得体的两件套西装，看上去像是哪家公司的高级职员，递来的名片上写着：白木淳三。名字旁边还印着一行小字：仙台藤若庄旅馆，庄主。

白木淳三齐膝正坐，向信子问候："初次见面，突然造访，很抱歉。"他的一举一动很有旅馆当家人的风范，开口说话也彬彬有礼。

"其实我是田所常子的哥哥。"白木突然说了这一句。

信子倒吸一口冷气，双目拧成细长的白眼，什么也不说，向他投去不屑的目光。

"因为某些缘由，我俩不同姓。她跟母亲的姓，但确实是我的亲妹妹。我来东京的时候完全没想过打扰府上，但高濑先生……"说着，白木看了一眼坐在旁边的俊吉，"从顺序上来说，是我先去找了高濑先生，聊了很多，然后就来您府上了。我妹妹真的给您添了太多麻烦。非常对不起。我在此郑重地向您道歉。"

白木双掌撑地，低头道歉，毫无装腔作势之感，完全是诚心诚意的态度。这一点，信子看得出来，她对白木印象蛮好，甚至有些无法相信他是田所常子的哥哥。

"信子姐，"在一旁沉默了好一会儿的俊吉开口了，

“听说田所常子死了。”

信子吃惊地瞪大眼睛。那个田所常子死了？突然，信子仿佛看到丈夫就站在田所常子那胖胖的幻影身后，好可怕。

“我妹妹是在青森县十和田湖附近奥入濑一带的森林里被发现的。”白木依旧语气平静，“找到她的时候已经是一具尸体了。也许您不知道，奥入濑一带很久以前就是山毛榉的原始森林，那是一片密林，哪怕是熟门熟路的人，一旦迷了路也很难走出来。他们发现我妹妹的时候，她躺在一条通往溪流深处瀑布的小路边。是当地人发现的。死了快两个月，已经是一堆白骨了。警察根据手提包里的物品断定是我妹妹，她旁边还倒着一只安眠药瓶子。他们说她是自杀。”

信子觉得有些窒息，耳边仿佛又响起了田所常子的声音：“和精一在一起，死都可以。”“如果走投无路，就一起去死。”信子感到很恐惧，脑海里浮现出一幅画面，在那片山毛榉的原始森林里，不知何处还横躺着另一具尸体。

“我妹妹是个不幸的人，年纪轻轻就因为家里的问题离家出走，一直过得乱糟糟的。我只知道她来过东京，之后很长一段时间里音信全无。”白木依然不急不慢，“差不多半年前，我突然收到她寄来的一张明信片，上面没写几个字，是从青森的沙龙芙蓉寄出的。刚收到时，我还有些气恼于她怎么还在那种地方混日子，但明信片上写着‘我马上就要抓住幸福了’。我当时还觉得很安心，心想最好如此。我妹妹虽然不争气，但如果能得到幸福，那肯定是好事。如果当时我马上跑去青森就好了，但我的生意真的很忙，所以只回寄给她一张明信片。我心里一直挂念着她，但终究还是没管她，随她去了，没想到结果是这样。警方在她房间里找到了我寄给她的那张明信片，才联系我去认尸。”

白木说完这些，从兜里拿出一个信封。“我在妹妹的房间里找到这个。还没写完，就放在她的抽屉里。”

信子看了一眼，是田所常子的笔迹，和之前见过的一样，信封上写着“东京　高濑俊吉先生　小……”。“小”字后面本来还写了个“关”字，但好像是写错又划掉了。小关是精一的姓。信子看着信封，仿佛注视着一件可怕之物。

八

“我完全不知道妹妹因何而死。毕竟太长时间杳无音信，不知道也是算情理之中吧。但我寻思着，也许靠这个信封能找到什么线索，就来东京找高濑先生。我妹妹虽然不知羞耻，但毕竟过世了，还是觉得她很可怜。我见到高濑先生后才知道她和您先生的事情，真的大吃一惊。不，是非常抱歉。今天突然造访，真的只是来登门谢罪的。”白木说完，再一次向信子低头致歉。

“很惭愧，白木先生还向我道歉了。但如果常子小姐的死和精一哥有关，我觉得我也有责任。我应该早点告诉信子姐我帮他俩通信的事。”俊吉有些懊恼地说。

现在说什么都没用了。比起白木和俊吉说的这些，信子更担心丈夫。既然田所常子死了，那么丈夫是否也已命丧他乡？信子拿出田所常子的那封信给白木看。

“这确实是我妹妹的笔迹。”白木看完信说，“从这封信的内容来看，我妹妹对您丈夫非常在乎。她以前就是这种性格，一根筋，不思前想后，也不论是非。脑子一热，就什么事都做得出。她之所以会离家出走过乱糟糟的日子，也是她的性格所致。真拿她没办法。”

白木说得好像在同情妹妹，也好像在向信子道歉。这时，俊吉提出自己该回公司了，起身先行离开。

信子越来越不安。这种不安和丈夫失联至今所积蓄的不安有所不同，是一种更趋向黑暗和恐怖的不安。

也许丈夫原本想和常子去殉情，但结果自己一个人活了下来，现在不知躲到哪里去了。

信子越想越觉得这就是事实。东北的陌生土地上，憔悴彷徨的丈夫那隐秘的身姿好似悬浮在空中。信子的不安似乎显现在了脸上，白木看着信子的表情，仿佛已经看穿她所想。

“常子死了以后，我在发现尸体处的附近转了一圈，像刑警做调查那样。我想，也许能找到一些与我妹妹自杀有关的证据的迹象。”

虽然白木用的是“证据的迹象”这种词，但信子明白，他以这种婉转的方式所指向的，其实正与精一有关。

“我拿着妹妹的照片，以发现尸体的奥入濑为中心跑了很多地方，比如酸汤、茑等八甲田山麓的温泉地、烧山部落，还有十和田湖边的旅馆，我挨家挨户地上门造访，问他们有没有见过我妹妹。”白木继续说，“结果白忙一场。他们都说不知道。初夏原本就是旅游旺季，游客很多，旅馆记不清客人长什么样很正常。不过在酸汤，一家旅馆的女服务员看了常子的照片后说好像见过，但只是很模糊的记忆，并没什么用。我甚至还去了位于荞麦休屋旅馆一条街的十和田湖派出所，那个派出所管辖着十和田湖地区，我原以为那里可能会有线索。”

信子有些吃惊，没想到白木会如此热心调查。

“结果还是徒劳，没能问到与常子有关的任何消息。不过听派出所的一名年轻片警说，那一带殉情或自杀的人特别多。”

信子悄悄地舒了一口气。按照白木的说法，至少没有迹象表明精一也自杀了。

白木刚才说了长长的一大段，不知是不是为了让信子好受些，接着又说：“因为他看上去蛮空闲的，我就和那片警聊了些别的。他说那一带没什么大的犯罪案件，最多有些小蟊贼偷旅客的东西，有时还会有人赖账白吃白住。对了，说到赖账，还听到一个有趣的案子。好像是今年的梅雨期，有两个男人投宿旅店，一大早跑去湖上划船，然后划到对岸逃走了。虽然各个地方都会有怪事，但因为我自己是开旅馆的，和一般人不一样，对这些事情还挺感兴趣的，就当作是给自己一个参考，对有些客人是要保持警惕的。”

白木后来又向信子道歉说打扰了这么长时间，又说了好几次自己妹妹让信子这么痛苦真的非常对不起。

白木走之前突然想到了什么，问信子：“抱歉，也许这么问有些失礼，不过听说高濑先生和您丈夫是表兄弟，是吗？”

信子回答是的。白木稍稍有些迟疑，欲言又止，但马上转换话题："如果您和高濑先生一起去东北，请一定到仙台来住我家。我们家不是什么高档的地方，但保证绝对很安静。我还可以带你们去松岛转转。"

信子没想到白木会说这些，一下子慌了神，脸红了，好像原本藏起来的坏东西突然被发现了，狼狈不堪。

她对白木那双眯眯眼第一次产生了畏惧感。

九

到了这一年的年末，精一还是没回来，是生是死，完全没有头绪。春天接着来了，依旧没有丈夫的消息。精一失踪至今，已经快一年了。

在此期间，信子一直忙着打理店铺。俊吉也常常来家里，做一名安静的听众，还帮信子出谋划策。似乎一切都没变。

要说没变，其实只是表象。俊吉的接近渐渐让信子的内心变得不平静。这种动摇非但不是苦痛，相反，不如说其中暗藏着愉悦。

信子想，女人的心理到底是怎么一回事？明明心里还想着丈夫，但接纳俊吉的意识同时在暗流涌动。信子有时候很害怕，觉得自己是一个很不道德的坏女人。所有女人都是这样吗？只有自己这么软弱吗？不，不是的，信子摇头。要怪就怪精一，怪丈夫不早点回来。亲爱的，你快点回来吧。你再不回来，要出大事了。信子痛苦地喘息着，呼喊着丈夫的名字。

仙台的白木淳三每个月都会寄一张明信片给信子以示问候，有时候还会寄一些当地的土产。也许那是一种替妹妹谢罪的行为吧。

而白木的每张明信片中一定会问一句："是否有您丈夫的消息？"

一说到白木，信子就想起他那双眯眯眼的犀利劲儿。虽然看上去有礼有节，却有一股能把人心看穿的狠劲，好可怕。不过，虽然眼睛可怕，他那张圆脸却给人一种安定感，好像常识一样确定无误。信子对白木有着一种放心的——或许也可以称之为信赖的感觉。

晚春过后，初夏的阳光开始变得强烈。这天，信子收到了白木淳三寄来的信。这一次不再是之前的那种明信片，而是一封很多页、有分量的长信。

信子独自花了很长时间读完了那封信，**又花了更长的时间去思考**。一周后，白木又寄来一张明信片。这次的措辞很简洁，说春末初夏时，松岛很值得一游，问信子要不要去松岛散散心，如果方便，可以约俊吉一起。

俊吉来家里的时候，信子给他看了那张明信片。“既然仙台的白木先生这么说了，我就去吧。”

俊吉看完信，说：“好啊，你从去年开始就一直辛苦，是该出去走走换换心情了。生意的事情可以交给店里的人，甚至暂时关掉几天也没事吧？”

“嗯。对了，阿俊，”信子有些害羞地望着俊吉的脸，微笑着说，“你……要不要一起去？白木先生也是这么提议的。你公司那边会不方便吗？”信子的眼神带着妩媚。

“公司的事情总归有办法的，”俊吉觉得有些晕眩，脸上好像被点亮了，看上去神采奕奕，“我可以和你一起去吗？”俊吉兴奋地问道。

“为什么不行？阿俊，没事的。一起……一起去吧。”信子很有兴致地说道。

“那就这么说定了。我去公司请假，差不多一周够了吧？”俊吉的嘴角很自然地溢出喜悦的笑意，“什么时候出发？”

“下个月吧，下个月中旬。”

“下个月？”俊吉脸上露出一丝不悦，“下个月就是六月了，雨水可能会很多哦。要不早点出发？”

“店里太忙，只能下个月中旬。好不好？”

“这样啊，那没办法，就六月吧。”俊吉放弃提前出发，“我现在就去公司请假。不能让别人抢占了假期。”

信子目送着俊吉兴高采烈离开的背影，但这一次，她的眼神和以往截然不同。

仙台之旅如约定的那样，在六月中旬成行了。此前俊吉担心的雨水问题看来也是多虑。

十点从上野出发的快车陆奥线在傍晚接近五点时就已经到达仙台。在列车上差不多七个小时里，平时一直很稳重、一脸认真样的俊吉坐在信子身边后突然变得有些话唠了。看到沿线的风景，还有时不时途经的名胜，俊吉都会伸出手指向窗外，一一告诉信子。

“阿俊，你知道得真多。这条线你常走吗？”信子问。

“很久以前曾来过这附近，其实也不算知道太多。”

这是一次看似非常愉快的旅行，在旁人看来，他俩不是夫妇就是恋人。

因为事前发过电报，白木淳三已经等在仙台车站的站台上了，“欢迎啊，欢迎来仙台。恭候多时了。”白木上前打招呼，依然彬彬有礼，圆脸堆笑的表情让他那双眯眯眼显得更细小了。

十

白木淳三带着信子和俊吉坐上了停在火车站外的私家车，出发去旅馆。夕阳照射在市内宽阔的大道上。

白木的旅馆藤若庄比信子想象得大。白木介绍说旅馆建造了新楼，就把信子他们安排在新建的独栋小楼里，似乎能闻到木头的清香。难怪白木之前说保证“安静”，周围确实听不到任何声音。

晚饭时，信子、俊吉，还有白木，和极具旅馆女主人风范、开朗的白木夫人一起，四个人围桌而坐。席间，所有人都刻意回避有关精一或田所常子的话题。

“明天我带你们去松岛吧。不过最多半天时间就够了。之后两位有什么打算？”不胜酒力的白木有些微醉，看看信子，又看看俊吉。

信子和俊吉还没商量过这次旅行的具体安排。

“我想从青森去秋田，然后沿着日本海岸线一路回去。途中还想去看看十和田湖。”

信子刚说完，俊吉就面露难色：“如果想去日本海岸，不用绕这么一大圈，从这里直接去山形，然后去鹤岗就行。或者也可以换条路线到里磐梯看看。里磐梯也很不错的。”俊吉提出反对意见。

“是嘛。但是十和田湖现在应该是最美的吧。”

“十和田湖最好看的是秋天的枫叶。”

白木听完两个人的小小争论，笑了笑：“不是哦，现在的十和田湖也很美，正是嫩绿变深绿的时候，对吧？”说完转脸向妻子求证。

“是哦。信子太太，十和田湖的深蓝色湖水可棒了，就像染靛蓝色的专业作坊将蓝色染料直接倒入湖中。新绿在那样的湖水映衬下，会显得特别透亮、美丽。”白木的妻子笑着说，一看就是个做事果敢、开朗又讨喜的女人。

“那还是去十和田湖吧，好不好，阿俊？”信子说。

俊吉不情不愿地回答：“那好吧。”

“阿俊，你以前去过吗？如果去过，会觉得无聊吧？”

“没……没去过。我没去过。”

“不管去不去十和田湖，先定下从青森到秋田的这段行程，如何？”白木笑着提出折中方案。

“好吧，就这么决定了。”俊吉同意。

吃完饭，又喝了会儿茶，白木夫妇闲聊了一会儿，起身说着“长途奔波应该累了吧？不打扰，告辞了”就离开了。女服务员进来说泡澡的场所已经准备好了。

“阿俊，你先去吧。”信子说。

俊吉一边点头说好，一边自顾准备入浴用品。女服务员走后，信子走到俊吉身旁，在他耳边小声说："阿俊，旅行途中，我们还是睡在不同的房间吧。"

俊吉有点吃惊，一副深感意外的模样。

"你应该明白吧。我这里还有着一条界线。"信子尽可能说得很温柔，好像在安抚小孩。"还"这个词颇有深意。俊吉一定是敏感地捕捉到了这句话中的深意，虽然很失望，但仍鼓起勇气，点头表示接受。

信子在漂亮、宽敞的房间里独自入睡。俊吉睡的房间离得有点远。信子夜里听到水声，以为下雨了，但早上起来一看，才发现旅馆后面有条河，是河水声。

信子走在庭院里，俊吉也穿着浴衣来到了院中。

"我早上去街上散过步了。"俊吉说，眼睛红红的。信子看得出来，俊吉昨晚没睡好。

信子和俊吉一起吃完早饭，看见白木走过来，圆脸带着微笑："早上好。我带两位出发去松岛吧。"

车子就在外面等着，白木的妻子和女服务员把他们送到玄关处。

在松岛，他们登上了高得好像瞭望台的地方，信子觉得当时看到的景色比海岸更美。大海紧搂着阳光，小岛托载着松树，那些松树似乎有些刻意地留出一定的间隔，一棵棵地并立着。白木还带他们参观了瑞严寺、盐釜等景点。

白木卖力地尽着地主之谊，后来还开车带他们逛到将近傍晚，午饭和休息的时段也都考虑得很周到，似乎是真心替妹妹赎罪。然而，关于精一或常子的事情，**在信子和俊吉都在的时候**，他绝对是闭口不谈的。

两人晚上又吃了顿大餐，深夜启程去青森。白木夫妇在站台上为他们送行。

“给你们添麻烦了，真的谢谢你们这么热情的招待。”信子在快发车时向他们道谢。

“哪里哪里，是我们邀请你们的，招呼不周啊。有时间请一定再来玩哦。”白木的话音刚落，火车就发车了。白木一直站在原地朝他们挥手，圆圆的脸上带着微笑。

二等车厢很挤，信子和俊吉好不容易分别找到座位，但离得有点远。

信子独自望着窗外，和去年一样的景色在眼前闪过。她流下了眼泪。白木那**低沉的声音**久久萦绕在耳边。

十一

火车一大早就抵达了青森。

“这片土地对信子姐来说有很多痛苦的回忆吧？”俊吉说。

“嗯，不太愉快呢。”信子点头。

眼前，曼妙的晨光照耀在车站前的广场上。身后，可以望见八甲田山。

“接下来去哪里？如果去秋田，就在弘前或大鳄温泉下，休息一下，消除疲劳。”俊吉直勾勾地看着信子。

“阿俊啊，我还是想去十和田湖。好不容易来到这里了，真的很想去看一下那里的景色。我很固执吧？”信子注视着俊吉的脸，语带娇媚。

“你这么想看十和田湖啊？那就去吧。”俊吉爽快地同意了。

“对不起啦，阿俊。”信子可怜巴巴地向俊吉致歉。

两个人坐上了开往十和田湖的大巴，在旁人看来只是两个愉快的旅行者。

大巴一路颠簸向上，每转过一个大弯，青森市就会变得更远、更低。已经可以看到津轻半岛和下北半岛的群山了，陆奥湾好像个大水塘，微微地泛着光亮。

大巴在萱野高原上稍作停留，这里美得好像公园。青草丛生的草原上开着野菊花，阔叶林喷吐着满满的新绿。据说这里已经是海拔五百多米的高度了。

“真美啊，阿俊，接下来的风景也很让人期待吧。”信子在草地上边走边说。

“是啊。”俊吉一边抽烟，一边眺望着前面的大山，若有所思。之后又坐了很久的大巴。山毛榉变多起来，溪谷里、森林里都是满满的绿色。

“快看，阿俊，是雪。”信子指着窗外。山上还留存着雪谷。好像起风了，山顶的积雪被吹得如烟如雾。

“太美了。”

随后又来到了海拔更高处，绿色越来越少，树木的模样也发生了变化。因乘车时间过长，乘客们都累了。

“你知道还有多久到十和田湖吗？”

“估计还要三小时吧。”

“据说下一站有温泉？”

“酸汤温泉。”

“对，就是那家。好累啊。”信子用手指按压额头，“今晚我们就入住那家温泉旅馆吧。”

俊吉看看信子，突然露出一抹微笑。

“昨晚是乘夜车，一宿没睡好，真的有点累了。还要熬三小时呢。这大巴颠得真让人受不了。”信子抱怨道，却又有些找借口的感觉。

酸汤温泉旅馆位于一片四周环山的洼地，地方很大，却陈旧，有些乡土气。附近只有这一家旅店。信子被领进一间房间，里面悬挂着明治时期的文人大町桂月的笔墨。

洗澡的地方是一个大浴场，是男女混浴。信子没去。俊吉则想都没想就去了。

“这里的温泉硫黄味很重。”过了一会儿，俊吉泡完澡，精神很好，脖子里挂着半湿的毛巾。

女服务员来房间铺被褥的时候，信子拜托她又多要了一个房间。俊吉虽然有些意外，但仍故意摆出一副无所谓的表情。

信子感到有些抱歉，特意用欢快的语气说：“哎，跟你说件有趣的事，这家旅馆的小卖部居然卖白萝卜、青菜和鱼呢，好像菜市场一样。”

“是嘛，也许有客人喜欢自己做饭吧。”说完，俊吉没再多话，径直回了自己的房间，看上去没有不高兴。

信子必须住在这里。这是**早就决定了**的事情。信子脑子里一直在想一件事，想到很晚才睡着。

早上，俊吉来了。“早上好。”俊吉的表情告诉信子，他昨晚睡得很好，“我们去坐早班车吧。”

俊吉吃完早饭，马上换上西装，大步流星地走出旅馆，直奔大巴车站。

信子和俊吉又坐上了一路爬坡的大巴，窗外一片早春风光。山毛榉的叶子很少，树下的积雪斑驳地覆盖地面，有一种仿佛季节错乱的荒凉感。

到了睡莲沼附近，大巴终于将一千米的标识甩在身后，再一次开进了繁密得让人有些窒息的山毛榉和罗汉柏的新绿中。周围好像被什么东西遮蔽了，越来越阴暗。其实是厚重繁茂的树叶导致的。道路变得狭窄起来，每每遇到两车交会，大巴都必须倒车相让。树木的枝叶敲打着大巴的车顶，嫩叶拂过车窗。路上能看到山樱，还有一些蕨类和舌头草的植物群。车外下方一片昏暗，但仍可以看到泛起白色浪花的流水。信子一路看风景，直至到达奥入濑溪谷。

田所常子就是在这片树林的深处走向了生命的终点。信子想象着田所常子那肉感的身体在这片山毛榉的原始树林里**欣然赴死**、渐渐消失的光景。俊吉则闭着眼，看上去睡得很舒服。

十二

十和田湖是要坐船游览的。今天的湖水显得有些异样的苍白，虽说苍白，却非常有力。

“看上去好深啊。”信子喃喃自语。导游介绍说，十和田湖最深的地方在中湖，水深三百八十米。

山好像绕着湖在流转。真是一处美景。岸边有鸳鸯在戏水。游览船开到湖中，绕着御仓半岛和中山半岛航行。导游又带大家观赏了断崖和森林的景点，最后回到休息处。

信子和俊吉住进旅馆，坐在旅馆中就能将湖景一览无遗。“真是个好地方，我们来对了呢。”信子一边眺望湖面一边说。事实上，入住这家旅馆是和俊吉经过一番愉快对立后决定的。信子本来想去稍远些的宇樽部旅馆，但俊吉极力反对，说如果想看湖景，这家才是首选。这一次是信子笑着让了步。

“哎，阿俊，”刚刚还在看湖的信子把头转向俊吉，优美地露齿一笑，“明早我们去湖上划船吧。”

俊吉注视着信子，眼睛放光：“雾很大哦，你确定要去？”俊吉的语气听上去很高兴。

“那正好啊，雾中游湖，多棒啊。”信子一直笑着。

游览船上的导游用麦克风讲解的声音甚至传到了旅馆里。

这一夜，信子还是独自睡一间房。

天一亮，信子马上起身洗漱。刚收拾完，换好衣服的俊吉已经静静地来到信子房门前，精神很好。

“阿俊，你好早啊。”

“嗯，走吧。”俊吉的语气里有些许从未有过的粗鲁和某种不妥协的意味。小船就在旅馆边上，好几艘连在一起，像放在盘子里的筷子，一支支靠在一起。还是大清早，周围一个人影都没有。

湖面上浓雾笼罩，一片白蒙蒙。虽然可以模糊地看到对面的一点山顶，但就像在迷失视野的大海上航行。连空气都是冷冰冰的。

“上来吧。”俊吉手里握着桨。

信子坐上船。她觉得很冷。小船开始在湖上行驶，似乎有明确的终点，径直向前移动着。眼前的大雾好似正在舔舐湖面。

好冷，信子的身体有点发抖。脸和衣服都已被雾打湿。手指感觉快要冻僵了。俊吉一句话都没说，好像参加划船比赛一样，神情严肃，专注地摆动手臂，摇桨划船。信子也没有发声。浓雾将两人与周围隔绝开来。哪怕是一米之外，也好像被白白的厚纱所隔，模糊不清。在肉眼可见的范围内能看到的只有小船和那近身的深蓝色湖水，已经完全迷失了距离感或对远近的感知。小船好似在白色的空中飘浮。

俊吉划船的动作渐渐停下来，接着把桨从水里收起来。他曾引以为豪的纹丝不乱的头发，已被冷风吹成放肆的乱发。俊吉面朝信子，好像要在信子身上烙下自己的眼神，也不知道过了多久，就这么一直盯着。

小船移动得缓慢起来，不久，就像被吸附在水面上，完全静止了。

周围如深夜般寂静，什么也听不见、看不见。

“阿俊，”信子哆嗦着冰冷的嘴唇，“在这里就算大喊大叫，对岸也听不到，对吗？”

俊吉愣了五秒钟左右，然后很爽朗地回了一声：“嗯。”

周围依然被一种白雾之暗笼罩。

“在这里，无论做什么都不会被发现，对吗？”

俊吉又隔了五秒钟，然后回答：“嗯。”

两个人的眼神在空中纠缠。

信子双手牢牢地抓住小船的船舷，娓娓道来：“这片湖很深，据说是排名日本第二深的湖。如果有人从这里掉下去，连尸体都浮不上来。”

俊吉停顿了十秒钟才作出回应，语气依然爽朗：“你知道很多嘛，谁告诉你的？”

这一次轮到信子沉默了。她似乎听到了划水声，但又觉得可能是自己的幻听，于是侧耳循声。白雾在两人之间轻盈地流连、游走。

“阿俊，据说这里六月雾最浓吧？”信子又说。

这一次，俊吉没有回答。紧张的气氛骤然升起。

好像是为了给出答案，俊吉抬了抬下巴：“信子姐，你看一下身后，我们过来的地方。”

信子好像被命令似的回头，只看到纯白的雾墙。

信子一惊，她感觉身后的俊吉正在向自己逼近。

“我们被雾包围了。”见信子转过脸，俊吉说，“如你所言，现在是雾最浓的时候。啊呀！”俊吉好像发现了什么东西，朝水上看去。

信子也看见了水面上漂着一个白色的东西，无名的恐惧向她袭来。俊吉伸出一支桨，捞起白色的东西，拿近一看，一时间说不出话来。

“啊，是手帕。这里居然会有手帕。”俊吉拿起手帕，将水拧干后展开。信子脸色惨白，凝视着手帕。那块手帕太可怕了。突然，俊吉将那块湿漉漉的手帕递到信子面前：“信子姐，这不会是精一哥的吧？”

啊！信子的神经一下子揪紧了。

“你仔细看，这边上印着旅馆的名字，我见过的。”

信子接过那块冰冷的白布。一角的千鸟格纹上，

“铃兰旅庄”几个蓝字被湖水浸泡得若有若无。信子瞪大了眼睛。这是丈夫的手帕。信子洗过很多次，有印象。丈夫那次失联出差时，就是揣着这块手帕出门的。

一年前，丈夫已经**沉入湖底**，现在唯独这块手帕浮了上来，而且漂到了信子面前，这难道是丈夫显灵？信子吓得牙齿咯咯作响。突然，俊吉放声大笑：“我开玩笑的啦。一年前的东西怎么可能现在浮出来？我恶作剧一下而已。是我趁你刚才转头的时候扔到水里的。我有一块和精一哥一模一样的手帕。他从北海道回来的时候送了我一块。我刚才故意假装很吃惊，看把你吓得脸都发白了。我就完全没事，和你正相反吧？”

俊吉低声笑了笑：“我其实知道了。”俊吉平静地继续说着，全然无所谓的模样，“当你提出要去仙台、青森和十和田湖的时候，我就觉得不对劲了。当你提出要住在酸汤的时候，我就确定了。你甚至提出要住在去年我和精一哥一起住过的旅店。你是在做实验，想重复去年六月我和精一哥的所有行程吧？你是想以此让我动摇吧？你想知道实验的结果吧？我其实已经知道了，但还是假装无所谓，开开心心地一路陪你玩。怎么样？你从我的表情中得到了你想要的结果吗？我并没有像你预期的那样表现出狼狈，你是不是很困惑？哈哈。另外，我虽然已经看透了一切，但还是选择听你的，把船划到这里。”

“田所常子也是你杀的吧？”信子终于挑明。

“她是我的女人。”俊吉点头承认。

十三

“那个女人对我言听计从。她本来在东京的酒吧做事，是我把她弄去青森的，也是我让她给精一哥写那封信的。还有，教她等你到了青森对你说些什么话的也是我。只有那封信的话，感觉太无力，还不够。你如果在青森实际见到田所常子本人，就不会怀疑了。这一招很成功。她什么都不知道，还以为做了那些事就可以和我在一起。”

“太可怜了。你居然还杀了她。”

“说白了，就是因为她挡了我的道。我和精一哥来这里的时候，向公司请了三天事假，带她去奥入濑森林那次请了病假。”

“他也是这么说的。”信子恍然大悟，回想起那阵子见到的俊吉总是一脸憔悴。

信子脱口而出的那句“他也是这么说的”让俊吉大

叫起来："啊！就是教你这次计谋的那个人吧？他连我请假的事情也调查了？"接着又问："但我还是很好奇，那个人究竟是怎么发现我趁着浓雾把精一哥推下十和田湖的？"

"我来告诉你。"信子终于回过神来，"常子小姐死后，那个人为了调查死因，在这附近寻访了很多人。那个时候，听说有一家旅店的两名男性客人一大早出去划船，就此赖账逃走，再也没回来。时间上，正好和精一失踪的那段时间吻合，于是那个人产生了疑问：为什么两个人要划船逃走？应该不是为了赖掉住宿费，而是因为：出去时是两个人，如果回旅店时**变成一个人**的话，会引起怀疑，所以干脆划船到对岸，再弃船逃走。那个人的推测和调查就是从这里开始的。"

"原来如此，那个人好像福尔摩斯啊。在松岛的招待，其实就是为了把我引到这里的诱饵吧？"俊吉低声笑道，"信子姐，"这一次他叫得很是郑重其事，"你知道我现在心里想什么吗？"

"我知道。"信子回答得很坚定，"但我不会答应。"

"我是真的很想要你。和精一哥在一起的时候，我总有一种劣等感。多说无益，我的动机不过如此。你其实差一点就变成我的人了吧？就差一点点。对吧？最多再过两三个月。”俊吉边说边笑，“你只认识你和精一哥结婚之后的我。其实我上过战场，在弘前的连队里当过兵，对这一带的地理很熟悉。我当然知道六月的这面湖上会起很浓的雾。那时候，我一路追着去北海道出差的精一哥，赶在他离开之前，在他常提起的福岛县煤矿公司里见到了他，然后把他带到这里。”

雾依然没有散去。在感知不到距离的白色世界中，两个人面对面。

“信子姐。”俊吉又一次叫她的名字，“你知道我现在心里想什么吗？”

“我知道。”信子回答得很强硬，“但是我不想和你一起死在这里。”

“可我想抱着你去死。才会明知道你在做实验，却还是乖乖听你的，把船划到这里。”

“和精一那时候一样吧？”

“你其实也想尝试一下同样的事情吧？我约精一哥的时候，他很好奇，是他自己划到这里的。我朝他胸口开了一枪。单靠力气，我肯定不是他的对手。”

信子说不出话。

“声音可能会传到对岸，但那又怎样？别人可能以为是在猎鸟。那把手枪也被扔到湖底了，和精一哥一起扔掉的。”

说完这些，俊吉站起身来，小船开始剧烈地摇晃。

“不，我不要和你一起死。”落入陷阱的信子叫道。

“一起去死吧，信子姐其实并不讨厌我吧！”

“讨厌！我不要！不要！”信子面对着俊吉，情绪激动地叫喊着。

“是吗？你也好卑怯啊！”俊吉已经完全站直了身体，摇摇晃晃，一步一步朝信子逼近。小船晃得更厉害了。信子的眼前雾色缭绕。

“不要，不要，不要！”

“和我一起死吧，来吧！”

突然传来一阵划水声。长着一张圆脸的白木淳三按照之前在仙台时与信子约定的那样及时赶至，似从那片白雾之暗中冒出的一股烟。

置身于侦查圈外的条件

一

尊敬的……

我只写了“尊敬的”三个字，后面的人名部分还空着，因为我还在犹豫着到底要写给谁看。也许可以写上警视厅警官的名字，也许可以想当然地写上一位律师的名字，或者干脆就这么空着也未尝不可。这里到底要写谁的名字，我得写完全信才能决定吧。

其实我自己也不确定这到底算是信还是手记。如果是信，遣词造句太过粗俗就显得很不礼貌；但如果是手记也不妥，因为已经预留抬头部分，清楚地表明这是指定给某人看的文体。也许都没错，这是一篇两者皆可的文章，是一种别有深意的虚构。

我得从发生在昭和二十五年四月即距今七年前的那件事开始说起。

那一年，我三十一岁，任职于东京 ×× 银行，那家银行在日本数一数二。我当时单身，物质方面没有任何不满，生活愉快，和很多人一样，对未来充满希望。

我在阿佐谷后面租了间房，和妹妹一起住。不知道现在那里变成什么样儿了，当时附近有一片小杂木林，用力做几个深呼吸，甚至会感觉仿佛置身于武藏野。我每天都高高兴兴地去上班。

妹妹叫光子，那年二十七岁。她十九岁就结了婚，但在战争快要结束的时候死了丈夫，是个不幸的战争寡妇。我们家只有兄妹俩，所以我收留了她。幸好他们没孩子。我一直暗中张罗，想替她找个好人家再婚。

妹妹性格开朗，总是一边唱歌一边收拾厨房或洗衣服。有时我嫌太吵，会斥责她。我经常在下班走到家附近的时候听到她唱《上海归来的莉璐》。那阵子刚开始流行这首歌，我妹妹很喜欢。银行里有个同事叫笠冈，也住在附近，有时下班我会和他一起听到我妹的歌声，感觉怪不好意思的。

"干吗不好意思？这么开朗多好啊！"笠冈笑着对我说。他四十二三岁，不是我的直属上司，是另一个科室的科长。我俩住得近，上下班经常一起。

"喂，你老大不小了，还这么大声唱歌，够了哦！"我进屋拉上格子门，站在玄关就开始朝妹妹喊。光子吐吐舌头：“哎，我哪里算老嘛！”

“本来嘛。女人年近三十就老了。”

“讨厌！我看上去比实际年龄至少小三岁好不好？很多人还叫我小姑娘呢。”

这话倒是没错。光子身材娇小，很显年轻。也许是因为婚姻生活比较短暂，她给人的感觉就是还很年轻，还很适合穿那种花哨的洋装。

“你好意思说？不怕被人笑啊。刚才笠冈先生也在，人家听你唱得这么大声，只能苦笑。”

“嘿，怎么可能？”妹妹说，“笠冈先生一直夸我唱得好哦。他人可好呢。他还说过，第一次见我的时候以为我才二十岁，最多二十一呢。”

“哼，瞧你美的。”我有些不高兴，一方面是因为妹妹这么说，另一方面是讨厌笠冈，他什么时候居然对妹妹说过这样的话？似乎有什么不受我掌控的事情正在暗潮涌动，这让我多少有些不愉快。

而且笠冈这个人虽已年过四十，却浓眉大鼻，看上去孔武有力。据说他身边一直桃花不断，家里的妻子为此吃尽苦头。必须小心这种男人。一旦发现什么征兆，我必须及时提醒妹妹。此后，我特地留心观察他俩，却没发现任何异常情况。既然什么都没发现，我就不好无事生非，甚至反省是自己想太多，瞎操心。

又过了三个月，六月末的一天，吃完早饭，光子开口对我说：“哥，后天是辉男的忌日，好久没去扫墓了，你让我去一趟乡下，行吗？”

辉男是光子死去的丈夫，她说的乡下在山形。其实光子已经有两年没去祭扫了。

“好啊，太久不去确实不好，你去吧。”我爽快地同意了。当天下班离开银行，我特地预支了薪水，回家交给光子。

“不用，我不缺钱。”光子跟我客气，但我还是硬塞给她。事后我回想，也许她说不缺钱是真的。

第二天早上，光子兴高采烈地出了门。我以为她是太兴奋，天还没亮就起床准备，嘴里还哼着那首《上海归来的莉璐》。这次她唱得很小声，我就没说她。我正好也要去上班，于是同路到了新宿站。

我挤上了开往东京的满载电车。

“再见！”妹妹在站台上朝我挥手，夏日的晨光照亮了她的半边脸。

那是我最后一次见到活着的光子。

二

光子失踪了。

确定她失踪是在一周之后，我发了电报给她在山形的婆家，对方回电报说光子从未去过。我愕然。

保险起见，我坐快车赶到山形，却发现她确实没去过。婆家人也满脸担心。商量之后，我回到东京赶紧向警视厅报了案。我详细地讲述了她的年龄、身高、体重、离家当天穿的衣服和体貌特征，还附上了一张近照。坏念头一个接一个涌上心头，不安和恐惧让我每天夜不能寐。对于报警，一半是心存期待，一半却觉得已然无望。我觉得警察正为那些大案子忙得不可开交，不会对我这种寻人的小案子太上心。

我实在想不出任何理由会令光子一去不回，当然事前也完全没有任何征兆。像现在这样不知去向，一定不是她自己的意思，一定是为人所迫。我同时感到后悔，居然同意让她一个女孩子独自远行。我是真的觉得她已经二十七岁，应该不需要人陪着去。可事到如今，我真的后悔没有一起跟去，确实是自己欠考虑。日子一天天过去，我能想到的只剩下最坏的结果。我一口气订了三份报纸，每天都看社会版。虽然不知道哪天可能看到可怕的消息，但还是得看。

光子离家后的第四天早上，我在上班路上遇到了有一阵子没见的笠冈。

“最近好像没看见你妹妹。你不在家的时候，我看见你们家的门一直关着。”

“嗯，她去乡下了。”

“哦，哪里的乡下？”

“山形。”

我那时还不知道光子已经失踪。我和笠冈并肩站在电车里抓着吊环扶手，聊着家常，一起去银行上班。

确定光子失踪之后，笠冈安慰我。那时银行的其他同事也都知道了，笠冈的安慰听起来和其他人的安慰没什么差别。

“你妹妹的事，真让人揪心啊。”他低声说着，看上去很担心。

“抱歉让你费心了。”

“有没有报案？”

“嗯，已经报了。”

“不能只报案，如果认识他们上面的人，最好去疏通一下关系，这样才会好好帮你查。”他不仅为我献策，还安慰我说，你妹妹那么开朗，是个好人，希望她早日平安回来。

光子离家后的第二十一天，也是报案后的第十天，我终于得到了有关光子的消息。报案还是有用的。

“I 县的 Y 警署联系我们，说发现一名死者可能符合条件。因为不是行凶致死，所以没有发照片过来。你要不要去看看？”把我叫到警视厅的负责人如是说。

我有些犹豫，因为 Y 镇虽然是北陆地区有名的温泉胜地，但是与山形方向相反。

“和你报案时描述的面容、体格、着装都比较接近，据说是在温泉旅馆猝死的，但当时不知道死者身份，就由当地政府暂时埋葬了。”

这番话让我下定决心去 Y 镇。我连夜出发，第二天下午就到了。

这个三面环山、河水清冽、因一首民谣而广为人知的温泉小镇成了我的伤心之地。镇政府工作人员带我来到了一片公墓的一隅，从临时掩埋的墓地里挖出来的正是我的光子。棺材里的尸体已经腐烂，但原貌依稀可见。我确定这就是光子。我哭了。

之后我又去看了存放在别处保管的死者遗物，有装着外套、内衣和化妆品的行李箱以及手提包等，这些也都是光子的。

“你看看有没有缺什么？”工作人员问。

我又看了一下，只缺一样，就是始终放在光子手提包里的名片夹。

“少了名片夹。”我说。工作人员和其他在场的人面面相觑，露出微妙的表情。其中一个人指了指行李箱，很明显，箱子上原本应该有写着名字的行李牌，现在却被强行扯掉了。意识到这一点之后，我又发现印着光子名字首字母的手帕也不见了。

工作人员告诉了我事情的始末。光子因为心绞痛，在旅馆的客房里突然断了气。她以前心脏就不太好。她是清晨五点左右发病的，医生一个小时后赶到，但那时她已经没了心跳。

“令妹不是一个人住店的。”负责人说这话的时候有些犹豫。未明说的情节太容易猜到了，我觉得自己的脸在发烧，头都抬不起来。接着，我去了旅馆，向他们道歉，说给他们添麻烦了。旅馆老板和女服务员们满脸同情、满怀怜悯地向我讲述了事情的来龙去脉。

光子是七月一日和一个男人一起住店的，那是光子和我在新宿站分开后的第二天。她应该是从东京直接到这里的。当天晚上，人还好好的，而且住得很开心，决定再住一晚。但就在次日拂晓时分，她突然发病。

当时惊动了很多人，和她一起的那个男人显得相当狼狈。医生宣布死亡时，女服务员好心地在她脸上盖了一块白布，那个男人却慌慌张张地换上外套说去一趟邮局，然后离开了旅馆。一开始，旅馆的人还以为他是去发电报。当时整个旅馆乱作一团，没人注意到那个男人是什么时候拿走了自己的手提包又是什么时候从光子的手提包里把名片夹拿走了。男人离开之后没再回来。

他们在旅馆登记簿上填写的都是假信息。旅馆方面曾按照他们留下的地址发过电报，却被贴上“查无此人”送了回来，没办法，只能求助于镇政府，把尸体抬走。

“从没见过那么薄情的坏男人。”女服务员们至今仍对那个男人咬牙切齿。

她们向我描述了那个男人的样貌。我又看了一眼旅馆登记簿上的笔迹，然后向旅馆支付了光子二人的住宿费，还多付了些钱，作为谢礼。第二天，我带着妹妹的骨灰回到东京。

三

世上没有比笠冈勇市更卑劣的男人了。

他和光子发生关系，是光子自己没经得起诱惑。光子算是有一半责任，这事儿不全怪他。但在温泉旅馆，光子猝死时，他居然一个人逃走，这等行为实在可恨。他一定是害怕，如果这突发事件曝光，他妻子、我以及外界所有人都会知道他的丑事。对他来说，光子的猝死是场意外的灾难，惊慌想逃的心理也并非不能理解。但是，作为光子的哥哥，我无法原谅这种行为。而且光子死后还遭到他的侮辱。为了隐瞒自己的恶行，他甚至拿走了光子的名片，害得光子变成一具无名尸，他自己却逃之夭夭。他的这种卑劣行径在我心中燃起了熊熊憎恶之火。现在回想起来，他事后居然还装出一副没事人的样子和我打招呼，问我妹妹是不是不在家。那正是他从Y镇逃回来的第二天啊！他居然还假装好心地教我该怎样报警，现在想来那完全是他为了转移注意力而做的伪装。

据旅馆方面所描述的男人长相，还有登记簿上的笔迹，我确定和光子一起住店的男人就是笠冈。我曾在银行悄悄看过他手写的文件，比对过字迹的特点，他的笔迹和登记簿上的如出一辙。我还听说他七月初曾声称要回老家省亲，请了一周的假。所有细节全部吻合。

给光子举办葬礼的时候，笠冈声称抱恙，自己不来，让他老婆代为参加。毫不知情的笠冈妻子长着一张惹人怜爱的尖尖小脸，在我妹妹的灵前诚心祭拜。我对周围的人说，妹妹是在亲戚家病故的。银行的同事们多少有些不相信，但我坚持这个说法，一来是为了维护妹妹的人品；二来，如果说出真相，连我自己都觉得丢人；另外，虽然想法还不成熟，但我确实另有考虑。

再次见到笠冈勇市是在葬礼之后回银行上班的第一个工作日。我约他到楼顶聊聊，他立即脸色大变。

楼顶没有别人，风很大，向下可以俯瞰烈日照耀下的东京街区。一切好似无机质的，唯有不知从哪里传来的阵阵噪声，听着有些像低沉的歌声。

笠冈面色惨白如纸。我知道那不只是强光照射所导致的。他的眼睛、鼻子和嘴巴都扭曲得变了形。我质问他发生在Y镇的事情，一开始他还矢口否认，说自己回了关西老家，声称对Y镇一无所知。

“既然你这么说，那我就把Y镇旅馆的女服务员带来和你见见，如何？”

听我这么一说，他当场哑口无言。

我又给了他一些时间，等他自己说出真相。楼顶起了风，吹乱了他原本就稀疏的头发。终于，他开口求饶：“请你原谅我！”然后开始坦白。

他和光子是两个多月前在一起的，一共发生过五次关系。我又惊又恨，自己怎么那么愚钝。我把预支的薪水交给光子时，她说不需要，原来是有笠冈支付旅费。

我没想到妹妹是这么随便的女人。虽然看上去非常外向，但其实她也有很老实的地方。她的婚姻生活很短暂，很早就死了丈夫，只能住在我家，没什么朋友，也不太外出，一句话，就是不谙世事。而笠冈是情场老手，什么女人没见过？要勾搭光子这样的，根本就是信手拈来。二十七岁的光子遇到对女人了如指掌的笠冈，只需尝到一次甜头，随后陷入情网的速度之快，可想而知。我曾有过预感，也暗地里起过戒心，但终究没能识破。只怪我当初太大意，事到如今，实在追悔莫及。

光子在旅馆刚刚发病的时候非常痛苦。笠冈很惊慌，马上去找旅馆的人和医生。只是不知为何，医生迟迟未到。光子越来越痛苦，脸色也成了暗紫色，女服务员们跑来跑去，一阵骚乱，笠冈更是狼狈不堪。没过多久，刚才还一直抓紧胸口喊难受的光子，突然，手停住了。笠冈说他起初没意识到光子已死，是等医生来了之后才确认的。

笠冈自称当时彻底吓傻了，完全没想到光子会死掉。他最先做出的本能反应，是对可能造成的后果产生了恐惧。他不想让自己的妻子知道，不想让我这个当哥哥的知道，也不想让同事们知道。情急之下，他抢走了光子的名片夹，又扯掉了行李箱上写着光子名字的行李牌，还心思缜密地把绣有光子名字首字母的手帕带走了。他说他当时疯了似的，一心想逃跑，脑子里除了逃没有别的念头。

“请你原谅我！是我不好！随你怎么揍我都行！”坦白了一切的笠冈说着就要下跪。

“揍你？”我惊诧地瞪着他。他和我，对“报仇”一词的理解程度相差甚远。

“随你怎么揍我都行，但请一定替我保密。如果公开，我就完了。我只求你这一件事。”

“完了？”这算什么意思？如果被自己妻子知道就会有麻烦？就没法在银行待下去？我凝视着这个彻头彻尾自私自利的男人。他玩弄了一个女人，又轻易地弃尸而逃，居然以为挨几拳就能了结？这还真符合他一贯的作风。

如果他嘴里没吐出那句恶心的“揍我”，也许我未必会对他产生杀意。

四

我决定杀死笠冈勇市。没必要逐条详述下此决心的理由，总而言之，一个字：恨。当然，最根本的原因是要报复他对光子犯下的恶行。我的杀意在情感上日益强烈，而且随着时间的推移，越来越发酵、变味。笠冈勇市这种人就不应该活在这个世界上。

我想过杀死笠冈的很多方法。其实这件事原本不必费心，杀他的方法有很多。重要的是，需要想到一个办法不让别人知道我这个加害者的存在。如果杀了他，我却被捕了，那么一切都是徒劳，只是为了报复的报复，毫无意义。

我为此参阅了很多书。书里的诸多罪犯为了掩盖罪行，煞费苦心的程度简直让人想为之哭泣。但最终他们都失败了，原因不在于他们不够努力，而是他们的方法太幼稚。其实大部分书里所写的都是一种已知的结果，即一开始就知道谁是罪犯。然而在这个世界上还存在很多未被发现的罪行和未被抓捕的罪犯，所谓完美的犯罪并非空想。

如果能成功地杀死笠冈，我不打算藏尸。很多罪犯就是因为采取这种小动作才失败的。愚蠢！真正重要的是：不让别人知道是我干的。

我还读了些侦探小说，但没发现实用价值，尽是些破绽百出、异想天开的花招。毕竟是虚构的娱乐读物，不能当真，有些情节甚至夸张到了令人捧腹的程度，牵强附会，荒唐可笑，除了魔术师，常人根本做不到。

但其中不乏值得参考之处，比如关于不在场证明的部分。我觉得要逃脱制裁，唯一的办法就是制造完美的不在场证明。书中的罪犯们为了制造不在场证明，常常会做一些小动作，长则一两个小时，短则二三十分钟。为了制造不在场证明，有的像魔术师一样瞬间移动，有的操控时钟，有的像演员般快速变装，也有的使用变声工具或其他拟声器材。这些听来很有趣，但实用性很低。对我来说，时间短了不行。我需要很长一段时间的不在场证明。我坚信一定会想到制造不在场证明的好办法。

接着，我开始寻思如何置身于犯罪嫌疑人范围之外。即使犯罪的行动再巧妙，如果一开始就身处被怀疑对象范围内，那么风险必然很高。今时今日的侦查手段和审问技术一定会把我逼至破绽百出。重要的是，得置身于没有人怀疑我的安全地带。

当一个人被谋杀时，警察一般都会以被害人为中心，彻查他的生活圈，包括家人和朋友，因公因私的交友关系都会浮现在这个圈子内。抓住“动机”这一准绳而侦查出的事实往往比当事人本人的记忆更精准。如此一来，罪犯就无路可逃了。

而我所考虑的，是要站到侦查圈外，要彻底切断我和笠冈勇市的各种关联。打个比方来说，如果我现在就把他杀死，那么作为同事，我必然会出现在警方的侦查圈内，这太危险。

经过深思熟虑，我终于定下方案。为了彻底切断和他的联系，我必须辞去银行的工作。事实上，我和他只有工作关系，只要辞了职，就可以远离他的生活圈。但是光辞去银行的工作还不够，我需要下决心离开东京。离他越远，怀疑的视线就越不会投到我身上。接着，我选一个和银行完全无关的工作，这样会更有效。

不过，完成这么多的部署需要花很长的时间。如果在别人的记忆中仍有我的存在，那么危险系数等于没有降低。我需要一段漫长的时间去抹除所有人记忆中的我——黑井忠男。只有这样，当笠冈勇市被发现死于非命时，我才能完全置身于侦查圈外。

起初，我给自己定了三年的时间。却还是觉得三年太危险，于是延长到五年。但心里还是没底。最终，我把时间定为七年。这样我就可以从笠冈勇市的周围彻底消失。那类一两个小时的不在场证明都是小把戏，太着急、太沉不住气必然会失败。七年，需要足够的耐心，听上去好像很漫长，但毕竟一旦失败就可能被执行死刑，所以值得等待七年。换言之，我就是要制造很长一段时间的不在场证明，长到在人们的意识中不会对我有任何印象。

还有一件必须做的事情：我不能让别人知道我的动机。这一点非常重要。所幸没人把光子的死和笠冈联系在一起。我也从未对别人提及。知道真相的只有我和笠冈。

笠冈曾可怜巴巴地求我不要把这件事说出去，我答应了他。这是一个只有我俩知道的秘密，外面的人不会察觉到我的动机。

我万事盘算清楚之后，特地去找了笠冈。“现在怨恨你也无济于事。我妹妹是重情之人，我也不想再追究了。不过为了我妹妹，我希望你永远保密这事儿。”

笠冈眼睛发亮，喜极而泣：“真的吗？谢谢你！谢谢！其实你完全可以揍我一顿，怎么揍都不过分。谢谢你原谅我。当然！我会把这个秘密带进坟墓。”

他就是一个能大言不惭地说这种话的人，我对他的憎恨有增无减，也更坚定了我等待七年的信念。

笠冈看上去非常开心，之后的几天里表现得和我特别热络，我也假装配合他。辞职前，绝不能给别人留下我俩交恶的印象。

又过了一个月，我随便找了个理由辞职了。

五

我靠着旧关系在山口县一个叫宇部的小地方找了一家水泥公司做事。这座沿海小镇地处东京和本州的边缘。告别银行，选择水泥，以环境隔绝的程度来说，这是极佳的选择。

在我的送别会上，笠冈勇市是最闹腾的。他好几次抓住我的手，说什么要和我分开感到很遗憾。他本来就嗜酒，借机举杯说要代表所有人祝福我前程似锦。我在一旁冷眼看着他闹腾。我猜他心里一定暗呼痛快，因为我的存在让他难受。

他和其他同事一起去东京站为我送行，挥手喊了好几声“万岁”。天晓得这“万岁”到底是为谁而喊，无人知晓我和他之间有多深的过节。离开东京的最后时刻，我看到品川附近流光溢彩的灯火，姑且把这当作我和东京的告别吧，是我选择自我隔离去远方。

然而我并非离开了东京就无所作为，而是早就埋好了眼线。原来的部门里有个打杂的小伙子叫重村，我以前一直很关照他，他很敬重我。

“重村，虽说我辞职了，但毕竟是工作了这么久的地方，是有感情的。等我走了，还是想通过你了解银行里的事情。如果有什么人事变动，希望你写信告诉我。”

重村答应了。事实上，他这几年里确实说到做到。银行里有什么人事变动，他会连同内部通报一起寄给我。

我想知道的是笠冈勇市的变动。不能等过了七年之后找不到他。即使身在远方也必须一直监视他。重村的报告让我可以掌握笠冈的动向。七年来，为了让重村不断地给我消息，我不得不一直寄东西给他来讨好他。

第一年过去了，第二年过去了，我一直窝在乡下。在此期间，我好几次有过冲动想回东京，但每次都强行忍住了。虽说已经渐渐习惯了乡下的生活，我的报仇之心却丝毫未变。时不时有人来说媒，但都被我拒绝了。我害怕自己的生活一旦发生改变，意志与决心就会动摇。

第三年过去了，第四年也过去了。听说笠冈担任过吉祥寺分行的副经理，之后又成了目黑分行的副经理。重村的报告没有中断过。到了第五年，笠冈成了涩谷分行的副经理。

还剩两年，我耐着性子，继续等待。也许有人会说我是偏执狂，因为我的意志从未有过丝毫的动摇。虽然日子一长，原先“为妹妹报仇”的表层理由有些淡化了，但我在笠冈看不见的地方，始终保持着对他的憎恨与敌意。

我的境遇也有了一些小小的变化。我在公司里晋升为组长，身边有了喜欢的女人，但并没有和她谈婚论嫁。宇部是水泥之镇，家家户户的屋檐都好像覆着一层薄薄的雪，一直有白色的灰尘落下，远远望去，好似一片平静的沧海。天气好的时候还可以眺望九州的远山。然而我的意志并没有被这悠然的景色软化。

第六年，笠冈勇市晋升为大森分行的行长。还剩一年。

六年，其实已经很漫长了，我即将完全脱离笠冈的圈子，无论怎么扩大他的交际圈展开搜查，都不会找到黑井忠男这个人。我和他的联系已经完全切断，无论在时间还是空间上都已彻底隔绝。发生在笠冈身上的任何事情，都不会有人联想到与我有关。与其说我“不在”了，倒不如说我“消失”了。

第六年年底，笠冈调任中野分行做行长。算我运气好，重村也去了同一家分行做出纳。

“笠冈成了分行行长之后，比以前更嗜酒了，几乎每晚都要去新宿二幸后巷的那些小酒馆，喝完一家又一家。”重村写信向我报告。这些情报对我至关重要。

终于迎来了第七年，实在等了很久。与其说是在观念上，不如说是在体感上，我真切地感受到了沉甸甸的七年之重，但我的意志不因岁月流逝而产生丝毫的退缩。对这样的自己，我感到非常欣慰。

到了四月，我向公司请了两周的假。其实并不需要两周，但我必须把到了东京之后有可能见不到笠冈的等待期也算进去。如果见到了，只需一小时就能解决问题。我计划事成之后马上离开东京。这是七年前辞去银行工作时就已经确定的计划。

我早早地准备好了氰化钾。在工厂做事，得到这个并不费力。这毒药最管用：时间短，起效快，效率高。

我把毒药藏在兜里，踌躇满志地前往东京。

在东京站下了车，七年来变化之大让我非常吃惊，很多原本没有的高楼拔地而起。还是东京好啊！时隔这么久，眼前的东京一切都让我无比怀念。但同时在某些方面，我也有一种怅然若失的感觉，在乡下度过的七年已经将我完全消耗了。看着街头橱窗里映出的自己未老先衰的面容，我清楚地意识到，青春已荡然无存。然而，将青春投掷在笠冈这个目标人物上的过程让我觉得，付出多大代价也值得。

我把所有从东京发车的列车时刻表都记了下来。虽然刚到达，却不能有丝毫懈怠，要提前作好逃离的准备。

傍晚时分，我在神田找到一家小旅馆住了进去。这里离新宿和东京站都很近，而且很不起眼。

六

这天夜里，从十点到将近十二点，我从新宿二幸后巷一直走到歌舞伎町附近。在这个时间段，最有可能遇到流连于各个小酒馆的笠冈勇市。事实上，满大街都是笠冈那样的人。然而无论在谁看来，我都不过是淹没在人群中的游客。没人认识我，也无人知晓我是来自何方的漂泊之人。七年前 ×× 银行东京总行证券部的黑井忠男仿佛从未存在过。

当天夜里，我没能遇到笠冈勇市。若是才来第一天就撞见，那一定是从天而降的馅饼。第二天白天，我几乎没出旅馆。白天还是小心为妙，如果白天出门，说不定会遇到以前的熟人。

其实这种担心完全属于多虑。即使遇到以前的熟人，久违地互相问候一两句，也绝不会有人把我和笠冈勇市的突然死亡联系在一起。他和我的关联早已断得干干净净。我和他之间隔着七年的时间和一千零五十公里的空间。笠冈的生活圈里已然完全没有我的存在。之所以不在白天出门，只不过是自己不乐意，是为了确保万无一失而小心行事。

这天夜里，我又在新宿附近徘徊，依然白跑一趟。此时，我的心头有了一丝危机感，突然想到笠冈有可能生病或者出差了。但即便为此，大不了我在这里耗完假期回去，之后找机会再来。我压根不会感到失落，和等了七年的辛苦相比，这点儿等待根本不算什么。

然而，第三天晚上出门后，我发现之前的担心都是杞人忧天。十点二十七分，我在二幸后巷捕捉到了笠冈勇市的身影，他正从一家酒馆走出来。

一看到他，我心中竟然波澜不惊，原以为会有的强烈冲动反而变成平静。笠冈勇市步履踉跄。我在他身后熟络地上前拍了一下他的肩膀，仿佛我们昨天刚刚见过。他的后脑原本头发就不多，现在更是秃了一大块。

"笠冈先生，好久不见！"我很自然地开口打招呼，话音刚落，就有一股感动哽咽在喉咙。笠冈勇市似乎一时没想起我是谁。他一脸无措，好像在努力回忆站在面前微笑着的男人到底是他的哪个客户。从时间上来说，客观地讲，其实没过太久，于是他的脸上突然露出了吃惊的表情，然后做出酒醉者特有的大幅度夸张动作，举起双手重重地拍在我肩上。

“哟！这不是黑井嘛！”他的眼睛瞪得很大，证明他尚未从切实的惊愕中回过神来。

“哟！”他又说了一遍，似乎在犹豫后面要说什么。

“好久不见。真高兴看到你精神还是这么好。”我抑制住比他更强烈的激动，面带微笑，想让他和自己都平静下来。我们站在马路正中，周围的路人从我俩身边陆续经过，却没有人注意到我们。

“你是什么时候回来的？”笠冈终于又开口了，看得出来他现在的心情很复杂，刻意在控制情绪。

“刚到，好久没来了，东京越来越繁华了。”我回答。

他终于恢复常态，露出酩酊大醉者的嘴脸：“东京嘛，就是人多车多，乱哄哄的，忒没劲！”比起七年前，他的外貌和气质都长进了，说话的语调也颇有分行行长的官腔。

“啊，对了，虽然有点迟，但还是要向你道喜。听说你当上分行行长了，恭喜啊。”我以为这是他爱听的，顺口说了出来。

笠冈看看我，反问一句：“你听谁说的？”

我倒吸一口冷气，急忙回答：“哎呀，就是道听途说，好事传千里嘛。”

因为是值得恭喜的好事，所以笠冈没放在心上，一直乐呵呵的。

“好久没见，一起喝一杯吧！”他说。

我摸摸胸口，好险，言多必失。我告诫自己，绝不能掉以轻心。我等的就是笠冈主动开口请我喝酒。那正是我求之不得的。我想接下去应该会很顺利。

“你走了多少年？”笠冈兴致颇高，边走边说，似乎已经把过去的事全忘了。

“七年了。”

“七年？有这么久吗？”他说。

他无意间说出的“这那么久吗？”又激发了我的敌意。他怎么会懂这七年的内涵和分量？因为这个男人，我辞掉了银行的工作，颠沛流离到西部的乡下。我的前半生就这么毁了。我注视着他宽阔的肩膀，心想，接下去该换你尝尝这七年的滋味了。

“对了，笠冈先生。”我装作像是临时想起的样子，“喝酒的时候，咱们能不能别提时隔七年之类的话题？毕竟七年前的记忆实在有些不堪。”

他同意，就这么定了。他对我的这句话似乎也有所感触：“好啊。就像普通朋友一样，边喝边聊吧。”

七

我们走进路过的第一家酒馆，地方挺大，客人也很多。对我来说，这里的条件非常好，人越多越好。

笠冈好像经常来这里，身边经过的女服务员们都笑脸相迎。

“你现在的工作有意思吗？”笠冈问我。

“没什么特别有意思的，不过在乡下，比较悠闲。”

“悠闲最好啦。像我这样每天神经紧绷的，真受不了呢。”他夸张地说着。服务员送来了啤酒，他一边倒酒一边劝酒。他醉了，我也假装醉了。

在这段漫长的岁月里，我一直从本州的最西部关注着这个男人，现在他近在眼前。实在有些不可思议。我感到错觉般的奇妙，甚至怀疑眼前的他是否真实。

突然，他低声唱起歌来。曲调非常悠长。一开始我完全没听出他在唱什么，然而，当他提高音量，我不由得盯住他的脸。他唱的正是那首《上海归来的莉璐》。

啊，这个男人曾经听光子唱了很多遍这首歌吧，有可能是光子教他唱的。也许是因为见到我，光子的哥哥，他才又想起了这首歌？他满脸通红，呼呼地喘着气，用缓慢的调子反复唱着“莉璐”。我突然感到一股莫名的悲伤，也可能是因为有些醉了。不知不觉，我也跟着一起唱了。

“莉璐，莉璐，你在何方？莉璐，莉璐，谁人知晓？”唱着唱着，耳边似乎响起了我曾经嫌她太吵的光子的声音。我的脸颊上不禁流下了泪水。

“真是首好歌啊。”一曲唱罢，笠冈摇头晃脑，**“那时候刚开始流行这首歌**，真的挺让人怀念，对吧？”

笠冈发表感慨的时候，刚好旁边经过一个年轻的女服务员，瞥了一眼笠冈，然后将视线转向我。只是一瞬间的事，但她一定听到了笠冈说的话，因为她也一边走一边哼唱起“莉璐，莉璐”。那一瞬间，我觉得有些不太舒服，仿佛刚刚经过一条暗黑的隧道。

我必须快点动手。我看看笠冈，他趴在桌上，眼睛已经睁不开了，马上要睡着的样子。他面前的杯子里还剩下一半的液体。周围喝酒的客人们一片嘈杂，没人朝我们这边看。

我从兜里掏出毒药，打开纸包，眼前是阿司匹林般的白色粉末，小小的一堆。我拿起笠冈的酒杯藏在桌子下方，用手指将纸对折，把药粉全部倒入。细腻的白色粉末可爱地落入黄色液体中，悠然地在其中漫舞。我心中毫无起伏。我把杯子放回桌上，迅速倒满啤酒。啤酒冒着白沫，混入其中的白色粉末消失不见。

“笠冈先生！”我大声叫他，拍拍他肩膀。

“哦。”他半睁着通红的双眼，抬起头来。

“再干一杯！来吧。”我把自己的杯子也倒满啤酒高高举起。他的喉咙里发出含糊不清的声音，拿起眼前的酒杯。他将杯子拿到嘴边，微微皱眉。我屏住呼吸，却并不担心。只见他喉咙一动，一饮而尽，然后好像履行完了义务，又俯下脸趴在桌上。从现在开始到毒发，大概需要一分钟。我穿上鞋，装出一副到外面透透气的样子从店里出来，迈开大步离开了。再过四五分钟他就会丧命。我没觉得发生了什么大事，甚至觉得很没劲。路上的行人有说有笑，边走边聊，却与我毫无瓜葛，显得万般无情。我又变回无人知晓的外来客。

看了下表，已经是夜里十一点三分。我记得时刻表上有一班夜里十一点三十五分开往大阪的车。回到旅馆准备一下，完全能赶上。正好有出租车经过，我顺手拦下，打开门坐上车，很有气势地说了句：“去神田。”

车子迅速将我带离“现场”。这个时候，笠冈应该已经断气了吧？这就是隐忍七年后终于了结的感觉吗？但这感觉未免太过轻盈，一点都没有真实感。我迎着车窗边的夜风，有些茫然。我告诉自己，一定还需要些时间，才能感受到那切实的重量。

尊敬的……

是时候填上收信人的名字了。但我的决心似乎还不充分，还得再写几笔。

我坐在返回乡下的夜行列车上，反复回忆着有没有哪里出纰漏。经过细致推敲，我觉得没有失误。总体上，我对自己的表现很满意，但似乎哪里还是留下了一条缝儿。那条缝儿让我心神不宁，对应有的满足感产生了虽微小却顽固的抗拒感。

列车的左侧是大海，一片漆黑，看不见海水也望不到渔火。看着那一片黑暗，我突然想起那条缝儿是什么了，就是喝酒的时候那个小酒馆里的女服务员的眼神。当时我就觉得哪里不舒服，现在则成了挥之不去的不祥预感。我摇摇头对自己说不要担心，是我太神经质，没必要紧张。我反复告诉自己要镇定、镇定。

我现在绝对处于安全地带。我和笠冈勇市的关系早已被完全切断。无论警方的侦查人员如何梳理人物关系，我都绝不可能出现在侦查圈内。七年前就离开同一职场的男人能和他扯上什么关系？即使是那些被请去作证的人，估计连黑井的“黑”字都想不起来吧。因为不是打劫，所以警方肯定会从情杀或仇杀着手，但没有别人知道光子的事，我已经从所有人的记忆中消失。虽然在喝酒的地方被人看到了脸，却完全不用担心——那么多人，谁会在意一个新客人呢？就算有人能准确地想起我的模样，也不过是个游客，而且已经离开东京。警方不可能仅仅根据他们所描述的样貌就把我找出来，因为我不存在于任何人的记忆中。

历经了这么漫长的时间，制定了这么细致的部署，现在，我获得了一种安全感。所有的痛苦和忍耐，都是为了获得这种安全感而付出的代价。

重村又给我来信了，说笠冈分行长不知道被谁用氰化钾毒死了，警方对于凶手是谁还没有头绪，正在追查。我想，应该没我什么事了。

然而，三周后的今天，我听说警视厅的侦查人员突然来了水泥公司，向总务科的人了解我的情况。据说他们着重询问了关于我请假的事情。总务科的朋友告诉我这个消息的时候，我一瞬间想到了小酒馆里那个女服务员的眼神，那个让我浑身不自在的不祥预感眼看着就要应验了。我突然如梦初醒。

那时候，笠冈勇市和我都在唱《上海归来的莉璐》。

随后，他还发了一通感慨："那时候刚开始流行这首歌，真的挺让人怀念，对吧？"女服务员肯定听到了这句话。之后她的视线转向了我，接着她也哼唱起《上海归来的莉璐》。接受调查的时候，她肯定对警方说起了这段。笠冈是那家店的常客，女服务员多少会留意到熟客带来的客人吧。

警方一定是推测出在《上海归来的莉璐》这首歌开始流行的时候，也就是昭和二十五年左右，我与被害人关系密切，然后缩小了侦查圈。查到这个程度，后面的事情就简单了。女服务员目睹的和笠冈一起喝酒之人的长相，结合昭和二十五年××银行的在职人员，两个条件叠加，就锁定我了。

缜密细致的计算，整整七年的忍耐，现在却儿戏般地瞬间崩塌。我独自放声大笑起来。光子的"莉璐"居然成了我的死穴。我说就嘛，这首歌太吵！

再写下去就太累了。但我想说，虽然失败了，我却一点都不后悔。侦查人员马上就要来敲我的门，逮捕令一定就在他们的兜里。

这篇文章该写给谁看？警官还是律师？或者直接作为我的遗书？我又犹豫了几分钟，然而直到此时此刻，我依然难以下决定。

小官僚之死

一

昭和二十×年早春的某天，警视厅搜查二科的科长被指名接听一通外线电话。对方虽然指名叫他接电话，却没有报上姓名。这是一个嘶哑、低沉的声音。科长把听筒靠在耳边，仔细去听这通电话的背景声音。没有列车或汽车的噪声，也没有音乐声，直觉告诉他，这是从家里打来的。对方说了很久，列举了很多数字，内容很详实，感觉可信度很高。科长问了好几次他叫什么名字，他只回答现在不方便说。那个嘶哑的声音很礼貌地寒暄道别后，挂断了电话，听上去他平时应该是个讲究礼数的人。

电话中举报的贪污受贿事件刚刚在报纸上公开时，大家都把警方视为神，惊叹他们的触角之敏锐。人们都觉得不可思议，不知警方是如何察觉到这一事件的。大部分人将功劳归于警方的专业技能，并没有太多其他方面的怀疑。然而，那些认为警方专业、本领高强而感到安心的人，其实是被骗了。

贪污受贿事件中没有直接的受害者。送钱的和收钱的都是既得利益者。如果用官方的说法，受害者是国家，是人民大众。然而，这说法太大、太空，并不会让民众个人有受害的感觉。

只要个人不觉得受害，就无法提起诉讼。但贪污受贿事件中不存在个人受害者。即使只存在受益者，也能确认为贪污受贿。

受益者们为了维护相互的安全，会彼此保密，如果对方暴露了，自己也会受到牵连，没有比这更坚固的同盟了。他们都很小心，加上官僚的贪得无厌和商人的老奸巨猾，使得保密的方式得以无限升级。没有人知道警方究竟是如何察觉到这隐藏在两重、三重保护之中的秘密的。人们都感叹警方有特异功能，心想也许他们有着不同于常人的特殊触觉。因为技术总和职业相关，普通人把理由归纳为专业，一般不会起疑，就像外行总把行家看得很神秘。

然而，贪污受贿事件之所以被发现，其实大多是因为有人告密。如果把这层面纱揭开，那么所谓的调查技术就不再神秘。大部分的事件只要一揭开，就会变得很简单。说到昭和二十 × 年早春发生的这起砂糖贪污受贿事件，最初为调查提供线索的就是那通对方没有自报姓名、声音沙哑的电话。

告密的是内部人员吗？如果认定贪污的构成中只存在享受利益者，那么原本不应该出现告密者。

难道是外部人员？但官商之间的保密程度犹如盔甲般坚固，外部不可能窥探到，更不可能知道得这么详细。告密的内容虽然只是一部分，但都有准确数据，具体程度和可信度足以让警方展开调查。光靠模棱两可的推测，不可能说出这样的事实。所以怎么看都像是内部的告密者。

但是内部，也就是受益者，为什么会变成破坏者？这意味着受益者没能保持获利状态，以至于受益者变成了受害者。越是需要坚守的秘密，内部就越复杂，利益的安全性也就越难以保障。一旦有疏忽，受益者就可能会变成受害者。在这种情况下，受害的感觉会异常强烈，那种愤恨必须找到一个出口。换句话说，就是必须损害加害者。

那个打电话来的声音嘶哑之人应该是白川健策的手下，这已经成为警方的定论。白川健策原本是受益者，现在却成了受害者。白川曾是××党的党魁，出任过两次内阁大臣。那起贪污受贿事件就是在他担任大臣期间

所辖 ×× 省[1] 内发生的。那个省归他管，相当于他的老巢，他理所当然本该是受益者。但因为别人的介入，性质转变，令白川遭到了损失。而且那时候面临总选举，白川健策极需资金，且越多越好，所以受害的程度是双重的。

“告诉你们一件事，日本 ×× 共同联合会理事长冲村喜六将六百万日元公款作为政治捐款，向 ×× 省前局长、现任 ×× 党国会议员冈村亮三等议员行贿。时间是今年一月末。目的是让他们放宽对粗糖的分配。希望警方予以调查。”

简单来说，那个嘶哑声音在电话里告密的就是这些。警方后来发现这六百万中的大部分原本说好要献给白川健策，但被冈村亮三等几名议员拦截了。事实上，白川在总选举中的失败已经让他在政坛走下坡路。这么看来，是白川健策指使那个声音嘶哑的手下来告密的。这种推测应该没错。

当时百分之九十六的粗糖都靠进口，而分配权掌握在 ×× 省手里。日本的好几家工厂都在从事把粗糖加工成砂糖的生意，事实上，大正以来，常常会发生和砂

① 此处的“省”相当于国家行政机构中的“部”。

糖有关的行贿受贿案件。于是砂糖成了历届内阁的重要资金来源，其中的操作手法好像变魔术般巧妙至极，没有充分的调查，根本无从指证。

接到告密电话后，警方有理由确信这是一条有价值的线索，因为日本 ×× 共同联合会是小企业集团，并非大公司。一般大公司不容易露出马脚，但同样的操作由小企业来炮制会拙劣很多。一旦突破那些小企业，顺藤摸瓜，就有可能揪出与大企业相关的更大贪污受贿案。从小企业着手，但目标锁定大企业。怀着这样的期待，警方燃起了昂扬的斗志。

警方开始暗中调查日本 ×× 共同联合会，查明了账簿中确有一笔款项用途不明，于是警方先以挪用公款嫌疑逮捕了理事长冲村喜六。

警方并不认为冲村喜六和议员冈村亮三之间是单纯的金钱交易。冈村以前担任过 ×× 省的局长，肯定和自己以前的手下有联系。冈村收取的钱款是所谓“斡旋受贿”，即关于粗糖分配的斡旋所得。冲村和冈村之间肯定还存着在另一名官员。

与其直接找局长、部长级的大官，不如让下面的小吏先开口，再向上攻克。这是调查过程中的常用手段。由小及大的原则在这个案件中也适用。×× 省业务部第三科副主任濑川幸雄被叫来作为证人问话，也是这个原因。

濑川副主任承认自己和三名科员一道被冲村喜六请去打麻将，并收受了对方赠送的七八千日元作为麻将本金。但七八千日元也太少了吧？警方告诉濑川，其实他们已经掌握了一个事实，打麻将的地点在赤坂的高级料亭，当晚是设宴款待的，还叫了歌伎作陪。濑川一听警方已经知道了这么多，立马脸色惨白，终于承认不止收了麻将本金，但他同时强调："收钱的不是我一个。"

二

濑川副主任用有气无力的声音吐出了一个名字：业务部第三科科长唐津淳平。唐津并没有参与冲村喜六的款待，但冲村曾盯着濑川询问唐津淳平的兴趣爱好和家庭情况。后来，唐津科长曾心事重重对濑川透露过一句"做砂糖生意的那些人真的很会来事儿"。濑川副主任说，冲村和唐津之间肯定发生过什么。濑川这么说，不仅是一心想自保，还因为上面的人经常比他赚取更多的利益，所以他一直心存嫉妒。

冲村喜六很快招认曾动用联合会将近一千万的公

款，目的是为联合会牟利，钱款则给了冈村亮三等六名议员作为政治捐款。这六名议员包括白川健策，都是在××省手握实权、有影响力的议员。虽然做法有欠考虑，但冲村喜六一直相信钱被送到了重量级人物白川健策手里，他并不知道冈村没把钱给白川。

冈村议员虽然仗着前任局长的影响力拿到了钱，但仅仅属于“斡旋受贿”，不算犯罪。而且单凭冲村的交代，不足以追究冈村的责任。但如果冲村和议员们之间还有另一个官员作为中介，那就有办法收拾他们了。“政治捐款”事件中如果存在作为中介的官员，那么这名官员就违反了国家公务员法，议员们就可以被归类为“共犯”而被追究责任。而且，警方在调查这一事件的过程中认为这种可能性很大，铆足了劲头追查这条线索。

然而，冲村喜六对第三科科长唐津淳平的事情矢口否认，说自己与他完全没有金钱往来。

不过警方的调查如同毛细血管具有渗透功能，他们其实已经掌握了一些情况。唐津科长曾收受价值三万日元的百货店兑换券，他的妻子也收到过高档马海毛大衣。送礼方是冲村喜六，他很简单地委托百货店直接把东西送到唐津家。

但这也许反而显得光明正大。冲村喜六说那只是为了向平日里关照自己的政府官员表示感谢，送些“年货”而已。原来如此，冲村一定要这么说也无可厚非，毕竟只是三万日元的兑换券和四万日元左右的大衣。然而警方觉得这只是表面的事实，背后肯定还隐藏着更大的内幕。

警方开始悄悄地调查唐津淳平。他今年四十三岁，是个挺本分的人，在政府部门工作很卖力，很能干。但他不是毕业于东京大学，而是某私立大学，按照政府部门不成文的规矩，他的仕途注定不可能走得很远。和他同期入职的那些东大毕业生，有人已经做到了局长或部长。这种由学历导致的不幸在这个社会已经被大家视为寻常。唐津喜欢喝酒，对人和善，很喜欢照顾人。他没什么特别的兴趣爱好，相对来说，属于比较老实本分的性格。

他的妻子叫幸子，娘家在京都经商，今年三十八岁，身材高大，五官立体。她的话很多，听说天生喜欢、也最喜欢的就是漂亮衣服。他们只有一个孩子，生活还挺宽裕。她穿的那件新的马海毛外套，大家都看到了，而唐津的月薪到手才四万三千日元。这些都是周围那些主妇们口口相传的。

在调查唐津淳平的过程中，警方确信唐津身上一定有事，于是决定将之前请来作为证人问话的濑川以犯罪嫌疑人的名义逮捕。除了麻将本金的七八千日元，濑川很有可能在商户宴请上收受了贿赂。然而最终决定把他从证人变成嫌疑人是为了对当事人进行心理上的胁迫，他越是陷入绝望与焦躁，越会趁着尚未完全崩溃而努力求救。之前把他当作证人时，警方表现得还算宽容，如今这种这种宽容没有了，濑川的意识一定会改变，表情会变成哀求、阿谀，会苦闷得垂下肩膀，然后会吐出最后的线索。警方就是这么打算的。

东京T会馆的地下有家茶室，装潢上佳，气氛奢华，经常有很多外国客人。唐津科长常和冲村喜六在这里悠然小聚。濑川副主任供述称好几次听到他们打电话约在那里见面。不仅如此，濑川还追加了一个猜测——两人见面的时候，议员也在，金钱往来在那里进行，也许唐津科长就是中间人。这番猜测让警方相信已经逼近事件核心，调查正沿着既定的轨道进行，不久就能大有斩获。

然而现在这个阶段，还不能将唐津科长拘捕，缺乏充足的抓捕理由，需要进一步收集证据。要拘捕政府部门的一位科长，必须先清理所有可能的借口，让他无处可逃，用冰海般的证据将他镇住，把他的周围都严实填埋。日本 ×× 共同联合会方面，除了作为理事长的冲村喜六，警方又新找了两名理事做证人，但没有问出关于唐津淳平的任何信息。

不过，对于唐津科长的动静，警方没有丝毫放松。这段时间里，准确地说，是从二月二十七日起的四天里，唐津要出差去冈山县的食品工厂考察。看上去没什么特别的，每到年度结算的末尾，为了把当年的预算用完，政府部门总会安排类似的考察旅行。唐津科长的出差多半属于这种情况。警方没把他的出差当回事，很放心地认为，即使有什么事也可以等他回来再说。

警方传唤了联合会的两名理事，确认了一千万日元政治捐款的事实。但这些钱都是交给理事长冲村喜六一个人负责使用的，这两名理事碰都没碰。最重要的是冲村喜六也咬紧牙关不松口，他坚称是自己在业务上的挪用，希望只是以这个理由被起诉。×× 省业务部第三科科长以下的几个小吏就算拿了钱、赴了宴，总额也不超过十万日元。冲村喜六平时算是一个正经男人，不玩弄女性，无不良嗜好，他说其他九百多万是自己花掉了，肯定是撒谎。他还说自己不知道这些钱去哪里了，又说是炒股票亏掉了，却完全找不到他买卖股票的记录。再追问下去，他就一口咬定“忘记了”。

不过，冲村喜六这阵子的脸色非常憔悴，有时说话也不利索了，精神上的损耗非常明显。审讯室又小又脏，一箱箱装着文件的箱子乱糟糟地堆在一边，落满灰尘。这些灰尘似乎已经无情地落到冲村喜六心里去了，他的精神支柱渐渐不再强韧，眼看就要崩溃。

终于，他支撑不下去了，开始一点一点招认，而这正好发生在唐津科长出差期间。他招认的内容很符合警方预估的细节。为了在分配粗糖时占到便宜，他送给××省相关议员九百七十万日元，送给前任局长冈村亮三议员的数额特别大，交款地点就在T会馆的地下茶室，中间人是唐津科长。金钱的交付是在冲村喜六和议员之间直接进行的，科长在一旁抽烟旁观，没有碰钱。

不出警方所料，**公务员是中间人**，商人向议员行贿。这次，议员没法再以惯用的政治捐款来逃脱罪名，他们是“共犯”。至此，日本××共同联合会的砂糖事件清清楚楚地具有了贪污受贿性质。

这下就等唐津科长出差回来了。然而警方事后非常后悔没去唐津的出差地直接抓捕，当时放松了警惕，以为那不过是一次很休闲的年末出差，而这种心理投射事实上阻碍了现实调查的进程。同时，报社也闻到了案件的味道。

按政府的出差安排，唐津科长本该三月二日回到东京。然而就在预定回来的三月二日当天，唐津淳平在热海的旅馆春蝶阁自缢身亡。

三

春蝶阁在热海属于二流旅馆，地处来宫，建在一个很清静的地方。有一栋主楼和一栋辅楼，两栋楼以长廊相连。据说辅楼主要用来供同行人员住宿，每个房间都是独门独户，入口处有格子移门，可以上锁。

唐津淳平科长的尸体是隔壁房间的客人于三月二日早上八点左右发现的，当时还引起了一阵骚动。那名客人认识唐津科长，说自己本来早上去叫他起床，却不料发现了吊在房梁上的尸体，就去叫旅馆的人，又拜托他们去找医生。旅馆方面同时联系了医生和警方。

那名客人一发现尸体就马上把唐津从房梁上解下来，平放在榻榻米上。他说当时以为科长也许还活着，也许能因此而得救，解下尸体之后才去找旅馆的人。**旅馆的人并没有见到吊在房梁上的尸体**，旅馆的人赶到房间时，尸体已经平躺在榻榻米上。

医生给尸体做了检查，推定死亡时间是三小时前，也就是在天还没亮的五点钟左右，唐津科长断了气。他的颈部有勒痕，法医明确断定是缢死。在场的当地警方将其作为自杀处理。

警方听取了尸体发现者的口供。那人叫筱田正彦，是唐津科长的朋友。二月二十八日晚，他碰巧在热海的这家旅馆遇到了从冈山回来的唐津。次日，也就是三月一日，从早上到晚上十点，他们在筱田的房间里打麻将。一起打麻将的另外两人分别是筱田的情妇稻木良子和筱田在当地的熟人。打完麻将，大家各自回房。筱田和稻木良子睡一间房，唐津回隔壁。唐津打完麻将还叫了上门按摩服务。按摩结束后，十二点左右就寝。之后，早上八点左右，筱田去了唐津房间。没人知道自前一天夜里十二点到第二天早上八点的这段时间里发生了什么。唐津事前也无任何异常举动，和筱田他们还开心地聊家常，打麻将也很愉快。筱田说完全没想到唐津会自杀。

警方整理遗物时没有发现遗书。唐津的包里只有出差的相关资料、洗漱用品和杂志。还有一包土特产，应该是打算带回家的，是大阪的板栗糕。从包装纸可以判断是在大阪道顿崛的商店买的，并非在车站买的那种。警方推测唐津从冈山回东京的途中曾在大阪下车。

发现死者的筱田也证实了警方的推测。筱田说他曾在东京的家里接到唐津的电话，那是二月二十七日晚十点钟左右，是唐津从大阪的酒店打来的。唐津说想见面，于是相约去热海泡温泉打麻将。他们还约定了具体的碰头时间和地点。第二天，筱田带着稻木良子先到了热海。唐津随后在晚上八点半左右如约来到旅馆。据筱田的叙述，唐津自称是坐快车浪速号到的。

警方完成尸检后，筱田给唐津科长家和××省打电话告知此事。为了把骨灰带回东京，××省派了单位用车送唐津的妻子去车站，之后她坐火车到热海。在旅馆看到天人永隔的丈夫，她哭着说实在想不出丈夫有什么理由会自杀。这位妻子说她这么想是有依据的，因为二月二十七日十一点左右，丈夫曾从大阪打电话回家说："我会按计划于一两天后到家，给孩子买点礼物就回去，乖乖在家等我哦。"说这话的时候，丈夫的声音听上去很有精神，根本无法想象会变成这样。

这时，唐津的妻子见到了筱田。"您就是筱田先生吗？"她看着筱田，好像是初次见面。唐津的妻子向筱田道谢："我听我先生提起过老师您的名字，一直给您添麻烦，谢谢您。"听这语气，完全是初次见面的问候。

为什么尊称筱田为"老师"？筱田向警方递上自己

的名片，上面写着律师[①]。

之后，唐津淳平之死被当作温泉胜地常发生的自杀事件，草草处理，只在报纸地方版登出一小篇报道。

东京警方是在遗体已经火化成骨灰之后，才得知唐津科长的死讯。之前还优哉游哉等着科长回来的警方这才回过神来，惊愕不已。居然让如此重要的证人死了，唐津淳平毕竟是这次砂糖事件中所有线索交会的中心人物啊。

警方原本以为唐津科长是个小官僚，应该既谨慎又胆小。商人或政治家要么财大要么气粗，一般不会轻易投降，但小官僚相对而言就很脆弱，只要一拉一拽，就会滔滔不绝地全盘交代。那些小官僚在政府部门工作时，坐在看上去很有威严的办公桌前虽然貌似伟岸，但是只要让他们坐到凄凄冷冷的审讯室里，就会因犯罪意识而战栗，很容易将秘密吐露。警方原本是想从唐津嘴里问出官商勾结的关键证据。

得知唐津自杀后，警方感到被对手摆了一道。其实在之前的贿赂案中已经多次出现过掌握真相的科长级人物自杀。比如某个案子里，副科长接受审讯时突然从

---

① 日语中“老师”和“律师”是同一个词。

四楼窗户跳下去摔破头。又比如另一个案子里，贪污犯罪嫌疑人在拘留所里用别人送来的慰问品里的剃须刀自杀。还有一个案子里，公共事业法人的科长在即将被拘留前跑到事务所里喝下毒药，在办公桌前吐血身亡。他们都是接触实际业务的“熟练工”，同时掌握着事件的关键线索。他们的死让警方无法继续调查案件，一切烟消云散。

警方得知唐津科长自杀后，不仅感到后悔，而且感到绝望，这次的事件恐怕又要重蹈覆辙了。单凭冲村喜六的供述完全不够。收钱的一方如果坚称那些钱只是“政治捐款”就根本无法立案。警方曾努力想把方向转到“公务员做中介”这条思路上来，如果走通了，马上就能以共犯的名义下令逮捕那些议员。警方原本还指望能钓到“大鱼”。“三白景气”[①]时代，做砂糖生意的都赚钱了，商人们都在挖空心思把利润“做”得看上去很低，这就需要政治家的帮助。政治家也不可能放过这杯“糖水”，砂糖企业从很早以前就一直是政党的隐秘金库。

警方吃惊于唐津科长居然会自杀，不过也因此多出

---

① 日本曾将羊毛、棉花和盐称作“三白”，与钢铁、煤炭等“黑色”产业对应。

一条线索，那就是发现尸体的筱田正彦。这个名字，警方并非初次听闻，并不陌生。筱田正彦虽然对外声称担任着某公司的重要职务，但那并非一家很出名的公司。他还自称律师，其实没人知道他究竟是做什么的。他曾因诈骗案或违反统一制度而被检察院传讯过多次。警方明白，这个人在政坛和官场都很吃得开，他就是因贪污而引发骚乱的“东阳棉纺事件”的幕后老大。

筱田认识很多政界要人。唐津科长在热海的旅馆和他碰面后，第二天早上就自杀了。不难想象，也许是筱田正彦向唐津灌输了某种“因果关系”，才导致唐津自杀。这并非没有先例。在“全 ×× 事件”中，一名代理科长在自杀前夜和自己的上司在家里住了一晚，第二天早上去上班，上司中途下车，代理科长一个人进了公司，之后就服毒自杀了。上司辩解称自杀的代理科长神经衰弱，早就担心他会自杀，才住到他家去安慰他。但警方推测，其中必然有某种“因果关系”，那名上司口口声声的“安抚”也许是怂恿他去死。

唐津科长和筱田正彦从二月二十七日到三月二日的关系，看上去和上述案件如出一辙。

四

警方从东京奔赴热海。当地警署说并不知道自杀的那个人居然有这样的背景，所以之前没和东京的警视厅联系，现在听他们这么一说，大为吃惊。但尸体已经作为自杀者火葬处理完毕，只剩下骨灰。现场照片和医生鉴定书可以借阅，之所以要说“借”，是因为东京警方受到管辖范围的约束，理论上并没有调查权，看材料只能“借”助当地警方的善意。

医生的死亡鉴定书上明确写明是缢亡，死后三小时发现，无其他疑点，故无需解剖。再看死者照片，颈部皮肤上确实有凸起的黑色环状勒痕。尸体的姿势是仰卧，但也有尸体背部朝上的照片。颈后没有环状勒痕，表皮也未见脱落。当然，尸体之所以躺在榻榻米上，是因为案发后第一发现者筱田正彦不小心把本来吊在房梁上的尸体解了下来。

警方向旅店春蝶阁的工作人员了解情况，他们的说法是这样的：二月二十八日上午十一点左右，筱田打电话给旅馆说今晚会有三个人入住，想订两个房间。筱田正彦曾在这家旅馆住过三四次，和他一起来的稻木良子也是熟人。稻木的娘家在来宫经营果园，筱田来热海时一般会住在稻木的娘家；但如果稻木的娘家不方便，两人就会入住春蝶阁。筱田来电话订房的时候，正好有他想要的两间相邻空房。

筱田和良子下午六点左右到达旅馆，入住后泡澡，吃晚饭。当时筱田说还有一位客人会晚些到，让女服务员领着先看了一下隔壁的空房。当时筱田还曾对身后的稻木良子说："这个房间也不错嘛。"

唐津晚上八点半左右到达旅馆。

女服务员听到唐津对筱田说："筱田老师，我坐浪速号刚到。"唐津称筱田为老师，非常尊重。筱田对唐津说话的语气则比较随便。

之后他们开始在筱田的房间里喝酒。十点钟不到，稻木良子来到玄关，对旅馆工作人员说："我现在回一趟家，最晚十二点前会回来。"

此后，房间里的两个男人再也没有叫女服务员进屋，没人知道他们谈了什么。良子十二点前回到旅店，女服务员跟着她一起进屋，唐津就此告辞离开，回到隔壁自己的房间。

当时女服务员问他们："各位明天需要早起吗？"

唐津科长回答说："需要，我们打算十点钟开始打麻将，早上九点钟叫早吧。"说这话的时候，他看上去心情不错。

第二天早上，正如前一天唐津所言，他们十点钟开始在筱田正彦的房里打麻将。在那之前，还来了一个叫内山的中年男人，先拜会了筱田，然后四个人凑成了一桌。把内山带到筱田房间的时候，女服务员感觉内山和唐津是初次见面。

麻将一直打到晚上将近十一点。打完麻将，筱田送内山到玄关，然后内山自行回去了。女服务员曾对筱田说："这么晚了让人回去，会不会不太好啊？"筱田却说："有什么关系？他是本地人，没事的。"不过旅馆的人对那个叫内山的男人完全没有"他是当地人"的印象。

唐津先是和筱田还有良子一起喝着茶聊了一会儿，之后对女服务员说："请帮我叫个按摩师傅。"说完起身离座，等泡完澡回到房间，按摩师傅已经到了。做完一个小时的按摩，按摩师傅就走了。

之后女服务员进房准备取暖的炭火等物品。女服务员问："明天您需要早起吗？"唐津说："是的。我明天白天必须回到东京，还是九点钟叫早吧。"之后他又询问了列车时刻表，女服务员说有一班十点五十二分从热海发车的普快，唐津当时喃喃自语说："要不就坐这趟车回去吧。"女服务员道了晚安后离开了唐津房间。那是唐津生前最后一次被人看到。

听完这番陈述，警方若有所失地回到东京。地方警署已经认定是自杀且处理完毕，尸体也成了灰烬，实在束手无策。地方警署没有联系东京方面其实不算失误。东京警方确实没料到唐津科长就这么死了。

唐津科长已死，警方只能放弃对这一事件的进一步侦查，眼前已看不到任何可能性。话虽如此，警方仍有一丝不甘心。不为别的，只因出现在唐津死亡现场的第一人是筱田正彦。如果不是筱田正彦，也许警方还不会太介意。但筱田是出了名的传说中在政坛和官场都能呼风唤雨的幕后老大，警方觉得这事儿和他脱不了干系。

警方请来筱田正彦。当然不是传唤，而是请他来说明唐津科长死亡前后的情况。

先询问了他和唐津约在热海见面的情况。对此，筱田简单地说了一句，约在热海是因为自己原先在那里工作过，接着详细地娓娓道来：

“唐津科长是二月二十七日晚从大阪打电话到我家的。我和他以前就认识，时不时会一起吃吃饭。我知道他这次是去冈山出差，就问他怎么从大阪打电话来。他说返程正好经过大阪，然后问我有没有看到关于砂糖贪污案的报道。我说看到过，问他怎么了。唐津说因为这件事，想在回东京前和我见上一面，拜托我能不能找个地方和他见面聊聊。我说那就去热海吧。我女人的娘家就在来宫，我把她家的详细地址告诉了唐津。不过第二天早上，我女人问了家里，家里说来了客人，不方便在她家见面。唐津之前告诉我说他住在大阪车站酒店，于是我马上打电话到酒店，告诉他见面的地方换到春蝶阁。唐津说会乘中午的快车出发。我和我女人，哦，她叫稻木良子，我们先到了热海住进春蝶阁，在那里等唐津。他是九点左右到的，说是坐快车刚到。我们一起喝了会儿酒，良子说她要回趟家，就出去了，剩我和唐津两个人。我问唐津：‘是不是在担心砂糖事件？难道和你也有关系？’他说没有太大关系，只是从企业那里收了点压岁钱的程度。但他在大阪买了份报纸，看到之前作为证人被请去警局的主任现在成了犯罪嫌疑人而被逮捕。他当时一副无助的样子，说既然手下被逮捕，自己可能也快了吧。我对他说，就拿了那么点小钱，即使被叫去警局，只要说明一下情况，也很快就会没事的，不用太担心。但唐津抱怨说，如果被叫去接受调查，那么在单位里跌打滚爬一路辛苦坐到的位子就难保了，好不容易看到的希望也会化为泡影。我安慰他，叫他别发愁，万一被叫去问话，我会和 ×× 次长打招呼的，让他放宽心，别担心。唐津听了我的话，很高兴。之后我提出明天可以打几圈麻将散散心，唐津赞成。良子的朋友内山是当地人，所以把他叫来了。第二天，我们从早上开始打麻将。唐津的心情好了很多，高高兴兴地一直打到晚上十一点。打完麻将，内山回去了，唐津也回到隔壁房间。之后的事情我就不知道了。那天早上，我想找他一起去附近的梅林散散步，就去他房间找他。没听到动静，我以为他还睡着，进门一看，却发现正面房梁上，唐津穿着睡衣吊在那里。当时我是真的吓到了，但突然想到他可能还有口气，就一个人把他从房梁上解了下来。我当时的想法是，如果一直这么吊着，可能原本有救的也没救了。然后我去叫了女服务员和医生，听说已经死了三小时，那就是清晨五点左右自杀的吧，我当然还在熟睡，完全不知道发生了什么；就算醒着，以隔壁房间那种构造，也根本听不到什么动静。和我一起的良子也说什么都不知道。我真不明白唐津为什么要寻短见。前一天晚上听了我的安慰，他看上去很安心，之后还开心地一起打了麻将，玩得可愉快呢。实在没想到，真的太可怜了。”

五

砂糖事件彻底没了线索。唐津淳平死后，警方才意识到他在这起事件中有多重要，先前就不该那么笃定地等他出差回来，而是应该尽早逮捕他，现在捶胸顿足也追悔莫及。即便抓了濑川副主任，企业向议员行贿的决定性事实也无法确认。起到中介作用的公务员一死，受贿方的议员就不可能被当成共犯了。

虽然把筱田正彦请来了解情况，但只能像听故事一样听他讲完，而拿他没办法。二月二十八日晚，在那家旅馆的房间里只有他们两个，也许筱田说的是真的，但没人能证明，也没人能猜到哪些部分是真，哪些部分是假，或者全都是编出来的。唯一可以肯定的是，那都是他的一家之言。

只有一处与筱田正彦的“故事”有所不符，警方调查唐津淳平的动向时发现了这样一个事实：

唐津科长住在目黑区上目黑，平时上班都是先坐大巴到涩谷再转地铁。但从二月十五日起，他每天都会搭局长的车。局长家离唐津家大概两公里。工作日，单位会派车到局长家，也会经过唐津科长家附近。唐津站在路边等。车子先去接局长，然后接唐津科长。

二月二十四日早上，局长的车经过老地方，却没见到之前一直在那里等的唐津科长。司机只好驶过。

但事实上，那天唐津是老时间八点出门的。他并没有在路边等局长的车，也没有按时到单位上班。那天他是下午四点才到公司的。以前从来没发生过类似的事情，他一直都是按时上班的。

第二天，也就是二月二十五日，发生了同样的情况。局长的车开过老地方，没看到唐津的身影。当天他是下午四点半左右，也就是五点下班前三十分钟才到的。那天他心神不定地把堆在桌上的文件一个个敲完章，半小时后就回家了。据科员们回忆，那天唐津科长进进出出时一直心神不定。而且那天，也就是二月二十五日，他仍是一早就出门了。连续两天，从早上离开家到下午进单位的八小时里，没人知道他去了哪里、做了什么。

其实警方还了解到其他情况。之后的二月二十六日，正是已经定好了要去冈山县出差的日子。他一早就带着行李出了家门。妻子送他到门口，唐津答应会给孩子买礼物。那天他没有去单位，是为了赶早班车吗？非也。唐津到达冈山站是二月二十七日早上十点三十七分，他坐的是名为安艺号的快车，这趟车是前一晚八点四十五分从东京站发车的。因此在二月二十六日，唐津原本有充足的时间可以去上班。事实上，以前他每次出差，只要是坐当天晚班火车，他白天都会正常去上班，向科员们交代一下自己出差期间的注意事项，也向部长或局长问候寒暄，这才是他的一贯作风。然而这一次，他根本不去单位露脸，简直令人觉得不可思议。列车是晚上八点四十五分的，即便五点下班回家吃好晚饭再去车站也完全来得及，但他那天是早上八点出门，距离发车还有大约十二个小时，他到底去了哪里？做了什么？没有人知道唐津自二十四日至二十六日三天的行踪。

那阵子，警方已经开始对砂糖事件展开调查，日本××共同联合会理事长冲村喜六因挪用公款而被逮捕，濑川幸雄副主任和两名科员作为证人也被警方传唤，接受调查。唐津身上最可疑的就是这三天的行踪，没去上班，行踪不明。警方推测他一定是去哪里见了谁，而且他所见的那个人必定是最能给予他支持和力量的人。

这个推测基本无误。同时，关于筱田，警方也渐渐掌握了一些确切的信息。如果要问筱田正彦究竟是怎样一个人，还真没有人确切地知道。但从仅有的已知信息来看，他出生在北陆，曾就读于私立大学，中途退学。在战后物资匮乏时期，他居然有本事获取大量物资，令人难以置信。据说那时候的他靠赠送物资，在政坛和官场如鱼得水。之后没有人知道他究竟在做什么，但大家都猜测他靠自己的人脉在官商之间做中介。这些都可以作为“欺诈事件”和“锦线事件”的相关背书。说他是公司高管也行，律师也行，但都模棱两可，让人不由得去揣测萦绕在他周围的暧昧气息。

筱田正彦曾在老家做过议员候选人，但两次都落选了。因为在政坛吃得开，他在这方面的意愿一直很强烈。如今他的妻儿都在老家，他本人在东京品川和情妇同居。他的情妇稻木良子在赤坂经营茶馆，其实她原本只是赤坂的一名艺伎。由此可知，筱田的收入有多惊人。

虽然竞选议员失败，但他在政坛和官场说话还是很有分量的。安慰唐津的时候，他曾说：“我会去和××次长打招呼的，你放心吧。”并非虚张声势，而是确有实力。

唐津淳平称筱田正彦为“老师”，把他当靠山，很想借助筱田的势力。四十三岁的唐津其实很焦躁，和自己同年进单位的那些东大毕业生有的已经当上了局长，再耽搁不求出路的话，可能自己这辈子只能做到科长。他也许是想通过在政坛和官场都能呼风唤雨的筱田正彦，为自己的将来铺一条光明大道，毕竟对在政府部门做事的人来说，出人头地是唯一的生存之道。

唐津淳平行踪不明的三天里，也许是去见了筱田正彦，讨论贪污受贿的事。但也可能有另一种猜测，筱田正彦才是官商之间真正的中介，毕竟他的老本行就是做中间人。为了促成这次的买卖，筱田需要××省业务部第三科室的唐津淳平。也许是筱田指使唐津的。也许是筱田对唐津说："如果你替那些议员把事情办成了，他们都会记着你的好，对你的将来一定有好处。"这种话对唐津很管用，于是筱田说什么他就做什么，同时幻想着自己的锦绣前程。

唐津在T会馆的地下茶室里把冲村喜六介绍给几名议员，见证了金钱的赠送过程。但他不过是个小科长，能有什么本事请得动那些议员？遇到这个疑点时，把筱田正彦这个关键人物放进去，问题就迎刃而解了。唐津科长带着冲村喜六去T会馆之前肯定还有一个三方见面的时刻，由筱田正彦作为中介，把唐津淳平介绍给议员们，然后唐津才能以熟人的身份把议员们介绍给冲村喜六。

得知唐津科长自杀后，冲村喜六向警方供述："我之前一直忍着不想提唐津先生的名字，但他现在已经死了，我什么都招。指使我给议员们送钱的是唐津。他说只要给议员送钱，后面什么都好说。并不是我想要送钱给议员，都是唐津教的。”

唐津教冲村？这种可能性太低了，肯定主要是筱田正彦在幕后指使的。

这下又得回到前面的问题上。筱田正彦在热海的第一个晚上，唐津去找他商量事情，他说是自己问唐津：“你也和那件事情有关？”现在想来，这话怎么听都是假的。筱田正彦才是整个事件的策划者。稻木良子回家后，两个男人的实际对话内容和筱田正彦向警方的陈述肯定存在着巨大差异。

不过现在已经没有任何证据了，留在这个世界上的，只剩筱田正彦的舌头。

由一通嗓音嘶哑的来电而展开的贪污受贿案，如今就像一只被踩扁的薄纸箱。刚开始，警方还曾期待抓捕大人物，现在，那道彩虹般的希望已经消失。

六

我对几年前发生的那桩悬案很感兴趣。

最近好几起贪污受贿案中，政府部门副科长级别的人物都自杀了。这是一种怎样的心理？为了不连累上司？因害怕将要失去来之不易的工作和生活而感到绝望？相较之下，我觉得前者所占的比重应该更大。

他们是为了不给上司添麻烦而选择自杀的——我对于这种心理很不以为然。如果上司本身是清正廉洁的，那么不给上司添麻烦的想法倒还可以理解；但如果是为了不让上司的罪行曝光而选择自杀，又何苦呢？

说到底，那些在政府部门当副科长的大多毕业于普通大学，工龄较长，四十多岁，肯做实事，业务熟练。这些人一般性格比较老实，更愿意选择勤勤恳恳做到退休，靠退休金安享晚年。换句话说，他们是已经断了出人头地念头的人，虽然会对那种给自己俸禄、让自己能养老的恩惠心存感谢，但不至于会为了那些亏待自己的政府部门或上司而牺牲自己。

然而在贪污受贿事件中，掌握上司秘密的往往就是这些做实事的人。当领导的也必须在一定程度上让一些做实事的人变成“自己人”，副科长就是很好的人选，做什么都很得力，也很熟悉业务。这种时候，上司就会摆出一副很懂他的样子接近他、关注他。

看到之前高高在上的领导竟然会如此亲和、友善地接近自己，误以为被上司看好的副科长们就会对这份“知遇之恩”心存感激。曾自暴自弃、在太阳照不到的阴冷角落里暗自萎靡的男人会因此突然变得头脑发热。早已经放弃了的出人头地想法也会回春般在心头燃起。他们甚至会以为只有自己才是被上司特别看中的人，会在同事中引以为豪，还会产生要和同侪一争高下的斗志。当他们收钱又收礼、被请去高级料亭享受饕餮美食、陶醉于以前从未尝过的甜头和乐子时，就会对上司的所谓义气特别感恩。

不能给上司添麻烦的心理一定就是这种时候滋生出来的。当承受不了这种“恩情”的时候，他们就会选择自行了断。这一段心路历程其实不难理解，走到这一步，需要考虑的只剩下包括家人生计在内的后事了。

据说那些被警察请去了解情况的副科长一旦回到单位，就会被上司一脸严肃地反复追问被叫去问了什么、怎么回答的。那种追问就像拷问，让人招架不住。随着事态发展，这种拷问也会愈演愈烈。此时，副科长们就必须同时承受警方的调查和上司的追问，精神上饱受折磨。他们原本就是活得小心翼翼的人，这样一来完全有可能被逼疯。上司还会不断地对其“循循善诱”，让他们记住不能忘恩，不能给单位添麻烦。上司还会婉转地叫他们不要担心家里，都替他们安排妥当了。归根结底，与其说是开导安慰，不如说是趁他们头脑混乱之际强行植入某种因果关系。我一直认为在贪污受贿事件中，那些科长的自杀其实是一种精神上的谋杀。如果没有外在的压力，他们不可能自发地寻死。

虽然我称其为一种精神上的谋杀，但客观上毕竟是自杀。那些从高楼窗户跳下来或喝农药的，无论在谁看来都是明显的自杀。精神上的谋杀只是比喻。

不过，对几年前砂糖事件中发生的自杀事件，我倒是有一处不解。

我对这个事件产生兴趣的契机，是一位在冈山县食品厂工作的朋友来找我时碰巧说起了唐津科长自杀的事情。当年就是他去冈山站接待了唐津科长，一直关照他到回东京为止。

“唐津科长来县里的工厂视察是很早以前就定好的。”我朋友说，“之前定的是二月二十七日到三月二日，一共四天，视察县内六家工厂。第一天视察的是我们工厂。我接到通知说他坐快车安艺号来，就去车站接他。他是乘十点三十七分的列车抵达的，一个人，无人同行。他又矮又胖，可能因为前额谢顶，感觉已经有四十七八岁了。他一脸疲惫，我觉得可能是因为他在车上没有睡觉。我们一起坐上停在车站外的汽车，唐津说自己今天必须回东京，问我能不能帮他买下午回东京的快车票。我当时很吃惊，明明原定是出差四天的，现在却一晚都不住，当天来当天走。我问他是不是出了什么急事。他‘嗯’了一下，一脸抱歉地说东京有件事必须明天完成。我把唐津送到工厂，马上又回车站买了去东京的萨摩号特二等车票。唐津科长当天只视察了两家工厂。当时我还在想，这些当官的真是自说自话。作好准备等着他去视察的工厂也生气了，但没有正面提出抗议。唐津科长应该就是坐下午四点三十七分的萨摩号回东京的。明明预定出差四天，结果只用了六小时就草草了事。我们送行后都在抱怨当官的做事太敷衍，四天后才听说唐津科长在热海自杀了，是在他回东京的途中？我们都很吃惊。真要去寻死的话，至于那么着急当天赶回去吗？他当时肯定不是要寻死的样子，虽然看上去很累，但说话很有精神，还和我们说笑话套近乎。在站台送行的时候，他还把手伸出车窗一直朝我们挥手呢。”

计划出差四天的人，却当天到当天走，这究竟是为什么？唐津淳平从东京站出发前应该不是这样打算的。他一定是到了冈山之后或者是在去冈山的车上作出了这个决定。

唐津可能是在车上买了报纸，看到了什么报道，也可能是他坐的安艺号于九点五分到达姬路[1]后，他从站台上买了份晨报。他一定是看到了此前就很在意的事件的报道。也许是报道中提到曾作为证人被传唤的濑川受贿嫌疑越来越重，迟早会被逮捕。唐津可能因此意识到自己不能再犹豫不决，不能把四天都耗在冈山优哉游哉，必须马上回东京，才会一到冈山站就提出当天下午回去。

不过，唐津淳平并没有直接回东京，而是在大阪下了车。着急说要回东京的人为什么会在大阪下车？在大阪有如此重要的事？似乎他在大阪并没有和任何人见面，只不过在大阪的车站酒店打了电话给东京的家里，以及打电话给筱田正彦。

是了，唐津淳平为了在大阪打电话给筱田正彦，甚至浪费了原本直达东京的特二等车票。根据筱田的证词，唐津在电话中说自己“在报纸上看到了”。虽说筱田的话不能太当真，但这部分也许是事实。唐津说自己看到了，也许就是晚报上的那篇报道，称濑川作为嫌疑人终于被逮捕了。

从冈山发车的萨摩号于晚六点零一分到达姬路。唐津淳平也许是在姬路站买了报纸，得知濑川被抓了。

---

① 兵库县内仅次于神户市内的第二大城市，著名港口。

他等不及在车上睡一晚回到东京，一秒都不想耽误，于是马上联系了筱田，商量对策。他之所以下决心在大阪下车，一定是：他想打电话给筱田。

住进酒店后，他用酒店的电话打给筱田。筱田正彦在电话里指定去热海面谈。不仅如此，筱田正彦在电话里一定还提到了其他更具实质性的消息。

唐津淳平随后打电话给家里，告诉妻子会按计划给孩子买礼物，一两天后回家。唐津是先给筱田正彦打电话再给妻子打的，这一点很值得注意。他之所以会在电话里对妻子那样说，是因为和筱田的通话让他不那么担心了。换句话说，到那时为止，唐津完全没有自杀的念头。

第二天，也就是二月二十八日，唐津淳平接到筱田正彦的电话，被告知见面地点改为热海的旅馆而不是稻木良子家。于是他上午在大阪市内逛了逛，给孩子买了大阪特产板栗糕，然后搭乘中午十二点五十分发车的浪速号。

七

唐津淳平于晚上八点十分到达热海，坐出租车来到春蝶阁是八点半左右。见到等待他的筱田，唐津说：“老师，我坐浪速号刚到。”

之后他泡了个澡，接着去筱田屋里一起喝酒。筱田的情妇稻木良子也在场。良子十点多暂时离开，回了趟在附近经营果园的娘家。屋里只剩下筱田正彦和唐津淳平两个人。

直到稻木良子回旅馆前的一个半小时里，两个人究竟谈了什么？筱田正彦说他安慰了唐津：“不用那么担心，别发愁了。我会去和 ×× 次长打招呼的。”这肯定是假话。

在这一个半小时里，筱田正彦肯定向唐津淳平灌输了某种因果关系。大部分自杀的副科长都是如此，外人恐怕无法想象他们到底是怎样被灌输思想的。

“如果你被抓，全都坦白可不行哦。之前施恩于你的所有人都会遭殃，政府部门会受牵连，你自己也会吃苦头。你仔细想一下：如果你能妥善解决，那么你的上司和前辈们都会对你感激不尽，我们也会努力让你的妻儿过上尽可能好的日子。”领导们可能就是这样温柔开导的吧？乍一听，可能觉得是安慰，其实是裹着糖衣的威吓。原本就萎靡不振的男人，一定会感受到顶头上司那巨大的压迫感。况且他们也害怕会丧失现有的一切。

"恩义"这种老朽的道德可以将自我牺牲转变成美德。在心理上把副科长们逼成自杀者的，事实上是一种集结其周围所有压力施诸其精神的谋杀行动。

不过，唐泽淳平的情况可能有所不同。虽然不知道筱田正彦是否向他灌输过所谓的因果关系，但也许根本没奏效。并非所有科长级别的人都是一个模子里刻出来的，也并非所有人都能轻而易举地接受自杀心理。唐津淳平也许反抗了筱田正彦并表现出不想死的强烈意志。如果是这样的话，筱田正彦会怎么做？他肯定盘算着这样下去不行。老奸巨猾的他肯定先转换话题，比如可能会突然笑着说："那我再想想办法。以后的事情先别管，明天打几圈麻将再回去。没事，别担心，我会尽力的，我去找 ×× 次长疏通一下。"唐津淳平一定是听了这话才上钩的，可能还露出了放心的微笑。两个人在那一个半小时里的对话也许就是这样的内容。

我这么猜想，其实是有事实证明的。如果那天晚上的对话让唐津淳平产生了自杀的念头，那么第二天他就不可能还有心思打麻将。女服务员们也都说当时看到唐津的神情相当愉悦。另外，如果真是想寻死的人，为什么还叫按摩师傅来捏肩膀？他或许确实累了，但寻死之人本不需要这种放松、享受。

另外，唐津淳平如果是因为筱田正彦说了什么而想寻死，那么应该在两个人单独聊天后的**二月二十八日晚到第二天三月一日早上**这段时间付诸行动，这样才合乎逻辑。为什么会在打了那么久麻将之后、三月二日天色未明之时才行动？

我还有一个理由。按摩师傅回去后，女服务员曾问唐津淳平："明天您要早起吗？"他当时回答说："我明天白天必须回到东京。"女服务员向他告知十点五十二分发车去东京的普快信息，他曾说打算坐那班车。医生报告中也提到死亡时间是第二天清晨五点左右。至少五点之前，唐泽淳平应该完全没有自杀的念头。

还有一点，现场没有遗书。这种情况下寻死的人居然不给妻子或者谁留一封遗书，太不可思议了。毕竟自己的死不是为了别的，而是出于自我牺牲美德的自我升华。如果是带着这种意识而选择去死，一定会想把自己的心意表达出来，比如"全 ×× 事件"中的自杀者，在服毒后意识完全丧失之前一直伏案写遗书。

最重要的一点是，遗体发现者只有筱田正彦**一个人**。虽然他说唐津淳平是吊在房梁上的，但女服务员们到的时候尸体已躺在榻榻米上。看到唐津"吊在房梁上"的只有筱田正彦。姑且相信法医的鉴定是准确的，根据现场照片，颈前部有勒痕，颈后没有，所以明显不是勒死，而是缢亡。但是**使人缢亡**的方法有很多。

比如杀人者可以将意识不清的唐津抱到房梁上，把他的头放进垂下的绳圈内。这样的事情靠一个人的力气恐怕完成不了，然而并没有别人看到死者吊在房梁上的样子，说看到的只有筱田正彦一个人。

为了使人缢亡，其实也不必抱上房梁。自杀者中也有人把绳子拴到衣橱把手上，然后把绳圈套在自己的脖子上，身体前屈，使自己缢亡。只要下体重心不稳，重力全作用在颈部，绳子勒紧气管施加压迫，就能达到缢亡的目的。能让唐津淳平缢亡的所在未必只有房梁。

我推测，那天早上八点，筱田正彦去唐津淳平的房间肯定是有目的的。他自称是去邀请唐津去梅林散步，可那时热海的赏梅季节已过。但这不重要。八点这个时间节点，是筱田特地选好的，他要赶在女服务员前头进入唐津的房间。如果女服务员先看到尸体，也许就不会有“吊在房梁上”的说法了。

筱田正彦突然把见面地点改到春蝶阁，并不是因为稻木良子娘家不方便这么简单。他以前在这家旅馆住过多次，对房间的结构很了解。辅楼的每个房间都是独门独户，即使有一点小声响，隔壁房间的人也不会听到。他从东京特地打电话来订这两个相邻的辅楼房间，是因为比起情妇的娘家，这里更适合动手。筱田正彦在唐津淳平到达之前还特地去检查过隔壁房间，他曾对稻木良子说："这个房间也不错嘛。"但筱田正彦从东京打电话到春蝶阁预约这两个相邻房间的时候有一个未解之谜：他也许已经预感唐津淳平**没有自杀的意愿**，究竟是通过唐津平日的性格推测出的还是前一天晚上接到唐津从大阪车站酒店打来电话交谈时发现的？答案肯定是两者居其一。

八

我搜集了有关这个案子的不少信息，愈发感兴趣，于是特地去热海春蝶阁住了一晚。当然，我特地要了辅楼的房间。

旅馆地处来宫的坡上地带，可以俯瞰大海和热海的灯火，很安静、很舒服。我虽然提出要辅楼的房间，却没有指定说要"几年前有人自杀过的房间"。旅馆方面肯定会极力掩饰这种事。我觉得辅楼房间的构造应该都差不多，就按照旅馆方面的安排入住了。打开玄关入口处的格子移门，我看到一个四平方米左右、铺着铁平石的狭窄土间，朝里走是七平方米多的次卧和十平方米左右的主卧，卧室门外有两米宽的走廊，面朝庭院，摆放着接待用的配套家具。浴室、卫生间在次卧后方。主卧和走廊上方横着一根柏木房梁，有两米高。

“您看这间房还满意吗？”女服务员看我一直站着打量房间，特地问了一声。

“不错。所有的辅楼房间都这样吗？”

“所有房间的构造都差不多。”

我点点头，在黑檀木书桌前坐下。女服务员出去准备茶水，趁着没别人，我开始在房间里四处找寻哪里可以拴绳子。我发现壁龛处挂着一幅富冈铁斋[1]的仿作。壁龛的粗立柱用的是珍贵木材，散发着黑色光泽。要拴绳子的话，这里就可以，柱子上的木节正好可以将绕在上面的绳子固定住。只要把绳子做成一个环，把头伸进去，身体前倾，就能勒住脖子；臀部离开地面一尺左右，重心就能完全落在勒着绳子的脖子上，完成“缢亡”。绕在柱子上的绳子会紧紧卡在突起的木节上，就算人体的重量向下施力，绳环也不会向下滑落。

我站起身，仔细观察壁龛的柱子，并没有发现绳子摩擦过的痕迹。也许这种摩擦本来就不会留下痕迹，也

① 日本文人画画家。

许已经被修补过了，或者根本就不是这个房间。

这时，女服务员端着茶水进来，我佯装翻开报纸。

晚饭的时候，我问女服务员：“这附近的旅馆有人自杀或殉情吗？”

我的旁敲侧击其实是一种侦查。但年轻的女服务员只是笑，没什么特别的反应。

“你在这做了很久吗？”

“没有，我一年半前才来的。”

我有些失望。不过她接着又说：“热海本就是自杀殉情的胜地，没什么稀奇的。”

女服务员走后，我反复琢磨着她的话。自杀胜地，毫不稀奇！当地警方一定也是这么想的，唐津淳平才会被当作众多自杀者中的一个，简单地验尸，简单地处理，没有解剖，也没有确认胃部有没有安眠药成分。

筱田正彦指定在热海和唐津淳平见面应该不是偶然。他特意选择有很多人自杀的地方，利用了警方的盲点。他是精心计划过的。

女服务员收拾完餐具，帮我铺床，告辞前还特意嘱咐：“您记得从里面把门锁上哦。”我仔细一看，门上是插扣式的门锁。

锁！对啊！那天晚上，唐津淳平肯定是从房间里面把门锁上的。这是常识，谁都会上锁，特别是为人谨慎的唐津淳平，不可能不上锁。

三月二日早上八点左右，筱田正彦如何进入上了锁的唐津淳平的房间？从里面可以把门打开的只有唐津本人，但当时他已经变成冷冰冰的尸体，那么到底是谁从里面把门打开了？

不可能是别人，打开门的只可能是唐津淳平，但不是在变成尸体后的八点，而是在他还活着的五点前。

筱田正彦说自己是八点去叫唐津淳平起床的，但其实早在五点左右他就已经去过了。那时候他是在门外把唐津叫醒的，唐津从里面把锁打开，让筱田正彦进去。筱田也许借口说自己醒了，睡不着，想找唐津喝酒，顺势拿出威士忌，里面有安眠药。唐津淳平在不知情的情况下喝下睡着，筱田就开始行动。打从一开始就不需要房梁。为了看上去像是“吊在房梁上”，筱田在八点的时候第二次来到唐津的房间。这一次，屋内没有上锁，他很容易就进了房间。

我一边抽烟一边思考，觉得这种推理非常合乎逻辑，而且还在冒出更奇怪的想法。

总之，和其他贪污受贿案一样，一名小官僚惨遭杀害，调查也因此中断。得救的是那些更上层的官僚和收了钱的议员。×× 省业务部第三科的科长唐津淳平为他们做了件好事，连遗书都没留就死了。

然而，受到唐津淳平最多好处的还是筱田正彦。因为他，唐津“自杀”事件得以平息，**得救**的议员和官员们会越发给他面子，他也会因此得到越来越多的好处。

有人报告说唐津的太太过上了比以前更富足的生活。其实大家都懂，这就是议员和“上面的人”支付的变相“抚恤金”。这也不由得让人感慨筱田的势力之大。

我有时会想象筱田正彦的面容，他可能是有着肉嘟嘟圆脸、看上去很有派头、面颊发红的男人，也可能是一个颧骨突出、面容消瘦、走起路来颤颤巍巍的男人。事实上，他到底是怎样一个男人？

贪污受贿事件一直以来层出不穷，今后也会源源不断。每次被拿来充当牺牲品的都是政府部门里那些不分白天黑夜埋头苦干实干的小官僚。他们也有想要出人头地的小小梦想，但当他们自以为机会来临时，往往是他们沦为官商勾结的罪犯之日。这种压力让他们无处可逃，“恩义”与屈从的义务感将他们牢牢捆绑。

他们是弱不禁风的小草。

俳句刊登在卷首的女人

一

完成了俳句杂志《蒲之穗》四月号的校对，主编石本麦人与俳句同人山尾梨郊、藤田青沙、西冈静子边喝茶边聊天。他们还是聚会在老地方——本职为医生的麦人家。

“石本医生，志村幸这个月也没投稿吧？”开了家二手书店的山尾梨郊说。

“嗯，她终究还是没投。”麦人边看着样稿边说。

“已经连着三期没看到她的作品了，她是不是病得很重啊？”在贸易公司上班的藤田青沙对麦人说。在这些编委中，属青沙最年轻，今年二十八岁，单身。

“可能吧，据说是胃溃疡。”

“胃溃疡算大病吗？不是做个手术就能好吗？”

“如果在一般医院是可以的，但她在那种地方，谁会马上给她做手术啊？”麦人侧头惋惜道。他口中的“那种地方”是指隔壁县H市一家免费救助伤病者的慈善医院，名叫“爱光园”。他们所提到的志村幸是一名女性投稿者，从去年开始一直寄作品给《蒲之穗》，她的俳句曾在麦人负责选稿的杂咏类别被选中，刊登在卷首。杂志上登出她的名字时，会加上“爱光园”三个小字，好像特意昭告她的住所。换句话说，她是一个住在那家慈善医院里的病人。

“不马上动手术是因为没钱吗？”这次换梨郊发问。

“缺钱是肯定的，但我也不清楚是不是据此来决定是否做手术。唉，在那种医院，肯定没法好好治疗。”麦人把自己的医院经营得很好。他戴着眼镜，转脸去看另外三个人，镜片闪了几次光。

“太可怜了。”西冈静子说。她老公在公司里当科长，有两个孩子。她身上似乎有着衣食无忧的光环。

“她没有亲人吗？”

“都住进慈善医院了，应该没有吧？”麦人叼起一支烟。

“她到底几岁了？”梨郊问。

“我收到过她寄来的信。我们把她的作品刊登在卷首之后，她寄来过一封感谢信。以来信看，应该三十二三岁吧。”麦人回答。

西冈静子转动眼珠，好像在默默计算与她自己的年龄差距。

“她结婚了吗？”

“这我不知道，我没问过她的私事。”麦人稍稍眯起眼，看看梨郊，“不过说真的，我觉得有必要再给她写封信，她已经连着三个月没寄稿子了。”

“再给她写一封？”

“嗯！不瞒你们说，上个月我写过信问候她，顺便鼓励她多投稿。虽然她只交过两次会费，但我告诉她以后都不用交了，因为我觉得她的作品在众多投稿者中特别出挑。”

“确实如此。”西冈静子也有同感，“我也一直在关注她，之前登在卷首的那篇俳句就非常棒。”

“她回信了吗？”青沙问。

“根本没有，她之前明明那么热心参与并坚持投稿。这让我更担心，也许她是病情加重了。”麦人的嘴里吐着白烟。

“石本医生，”青沙说，“请您再写信给她吧。告诉她就算病情加重无法投稿也没关系，请多多鼓励她。”

“嗯，我也是这么想的。”

“我突然想起了她写的一首俳句——‘形单影只时，手掌之中蓑衣虫，翻转赏玩乐’。可见她真的是孤身一人，寂寞到只能和虫玩。”

“蓑衣虫那首啊？好像是。”麦人拿着香烟，手肘支在书桌上，抬头回味那首俳句。其他三人同样若有所思。

一个月后，四个人为了五月号的杂志又聚到麦人家。

“石本医生，她还是没投稿吗？”藤田青沙问。

“谁？哦！你说志村幸？”

“对。我把这期的来稿翻了一遍，还是没看到有她的。”

“是啊，她还是没投稿，也没回我的信。其实她完全可以请人帮忙回信的。”麦人的语气稍稍有些不满。

“不知道究竟出了什么事。”西冈静子喃喃自语。

“不会是死了吧？”梨郊伸长了脖子对麦人说。

“如果死了，慈善医院会来通知的。但如果活着，她就应该回信啊。”

“会不会是爱光园疏忽了？”

“嗯……”麦人的眼神似乎同意这种说法。

静子却插嘴说：“我觉得她还活着。如果死了，爱光园肯定会通知我们的，好歹我们写过信给她，还每月寄去杂志。”

“我同意静子的说法。”青沙说，“她可能病得太严重了。读信可以拜托别人，但要回信，可能她连口述的力气都没有了。”

“也有道理，”麦人的眼神显示他已经改变了之前的想法，“确实有这种可能。要不去见一下爱光园的负责人问个清楚？”

“对了，石本医生，您记得吗，”青沙说，“下个月月初，A 分部有场俳句会吧？您会出席吧？A 分部离 H 市很近，坐火车只要四十分钟。您可以在会前或会后去一趟爱光园，怎么样？见到您本人，她一定会感到高兴又荣幸的。那天正好是周日，我可以陪您一起去。”

“你可真够热心的。”麦人看着青沙，镜片后的眼睛笑成了一条线。他爱抽烟，一笑就露出满口黑牙：“你这主意很好啊。A 分部离 H 市确实很近。你如果愿意陪我，那就顺路去一趟吧。”

“我也拜托您去看看她。”静子微微低头拜托。

“她举目无亲，真的很可怜。”梨郊说，“如果那天店里生意不忙，也想一起去。”

去爱光园这件事就这么定了。

二

五月的一个晴朗周日，麦人和青沙前往《蒲之穗》

A 分部参加俳句会。A 分部虽说地处东京，但其实是个紧挨邻县的乡下地方。原本说可能会来的梨郊因为要参加二手书交易会，所以没来。

俳句会三点钟结束。分部的人多次挽留，但麦人推辞说还有安排。会后，麦人与青沙一起坐上了前往 H 市的火车。下了火车，距离爱光园还有六公里远，他们又坐上巴士，一路上可以看见麦田、油菜花田和远处泛着微光的大片沼泽，这一带也被称作水乡。

爱光园建在树林深处，三幢木结构建筑又旧又脏，看着有些阴森。好在玄关前花坛里繁茂的杜鹃花开得张扬又放肆。

两人来到积了灰的接待室，一名护士打开小窗探出头来。

“我们来看志村小姐，志村幸小姐。”青沙说。

“志村幸？”透过窗户，两人看到有着瓜子脸的护士侧头回忆，“哦，她已经出院了。”说完，护士打量起两人。

“出院？什么时候？”

“我想想，差不多三个月前吧。”

麦人和青沙面面相觑。

“她痊愈了？”

“啊，这我就不知道了。”护士的表情有些敷衍。

“那您知道她现在的住址吗？她出院以后住在哪里？”

“这个啊……”

麦人赶紧递上名片：“这是我的名片。请问院长先生在吗？我想向他请教一下志村小姐的事。”

护士仔细地看了看名片，上面有麦人的真实姓名和医学博士头衔。

“您稍等一下。”说完，护士那张瓜子脸就从接待室的窗户里消失了。两人等了很久，足够抽完一支烟，终于，那名护士再次现身，把两人带到了简陋的会客室。

院长年过五十，体形肥胖，容光焕发，显得和整幢建筑物格格不入。他手里拿着一份病历。

“真抱歉，百忙之中打扰您了。我们是来看志村小姐的，但听说她已经出院了？”麦人说。

“对，二月十日出院的。”院长看着病历回答。

“她痊愈了吗？”

“请您看一下这个。”院长递上病历。

麦人摘下眼镜，眼睛眯成细线，仔细察看了好一会儿，“原来如此。”麦人看完抬起头，又戴上眼镜，“她本人不知道病情吧？”

“她不知道，我们只告诉她是胃溃疡。”院长回答。

随后麦人和院长又聊了两三个问题，还夹带着德语医学术语，一旁的青沙完全听不懂他们在说什么。

“谢谢您。”麦人说，“我们从没见过志村小姐，但她经常给我们杂志投稿，所以想来探望她一下。”

“您这么一说，志村小姐的枕边确实经常摆着俳句杂志。”院长说。

“她以前写俳句的热情很高，但最近几个月我们一直没收到她的投稿，有点担心她的情况。”麦人说。

“志村小姐是三个月前出院的，停止投稿正好在那段时间吧？”

“可是她那样的身体竟然可以出院？她想做什么？有人来接她吗？”

“有，”院长点点头，“她的结婚对象。”

“结婚？”麦人和青沙都满脸吃惊地看着院长。

“对。事情比较突然，我来详细说明一下吧。”院长笑着说起了事情的来龙去脉。

志村幸本名志村幸子，无亲无故。她的出生地和户籍所在地都是四国岛的M市。去年年末，按照每年惯例，爱光园为不幸的患者举办了慈善募捐活动，报纸上也有报道。一位住在东京中野、名叫岩本英太郎的先生寄来了五千日元和一封信，信上说他是四国岛M市人，如果院内有他的老乡，他希望把这笔钱捐赠给老乡作为慰问金。经院方调查，院内只有志村一人符合条件，于是把五千日元都给了她，并将这一决定告知岩本。志村也给岩本寄了封感谢信。

之后，岩本回信表示慰问，志村也再次回信。就这样书信往来三四次后，一天，岩本英太郎来到爱光园探望志村。他大约三十五六岁，仪表堂堂。探望志村的时候，他又赠给志村三千日元，还亲切地安慰了这个生病的老乡，然后回东京。

自那以后，岩本又来过两次。缘分这东西谁也说不清。总之，岩本与志村之间似乎产生了感情。今年一月底，他来见院长，说要和志村结婚，想接她出院，用自己的方式帮她调理身体。

“倒也不是不可以，但您知道志村小姐得的是什么病吗？”当时院长向他说了实情，“其实她得的不是胃溃疡，虽然我们对她本人是这么说的，但实际上她得的是胃癌。就算和您结婚，她最多只能再活半年。”

岩本听完似乎很受打击，表情凝重，想了许久，但终究还是下定决心。他说知道实情后觉得志村更加可怜，说不想让她死在这里，不管是三个月还是半年，都希望她人生的最后一程走得幸福圆满，就算死也想让她死在自己家里。他心情沉痛地向院长再三请求。院长听了他的话，深受感动，同意志村出院。

“原来如此。她身边居然还有这么一个人，志村小姐的人生虽然短暂，但至少最后是幸福的。”听院长说完，麦人接着说：“您知道岩本先生的住址吗？”

“知道，我当时抄下来了。”

院长叫护士来，这次是另一名年轻护士，按院长的吩咐拿来了一本记事本。

院长翻开记事本，用手指逐条寻找：“中野区 ××町 × 号。”

麦人把住址抄在自己的记事本上。

“对了，之前我们曾寄过两封信给志村小姐，是不是被贵院帮忙转寄到这个地址了？”麦人问。

院长向护士确认，护士说那两封信都被贴上转寄地址投进了邮筒。

院长特地强调：“凡是寄给出院患者的信件，我交代过她们，都一定要转寄出去。”

三

“这就有点奇怪了，我们一直没收到她的回信。”麦人侧头若有所思，“她至今没有回信，难道是发生了最坏的事情？”

“啊，这很难说啊。以她二月出院时的身体情况来看，能再多活四个月已经算是奇迹了。”院长说。

麦人一言不发地抽着烟。一旁的青沙也神情凝重。这时天色已晚，三人头顶的灯都亮了。

离开爱光园，麦人看到麦田间白色暮霭随风缥缈。

“志村幸已经死了吗？”两人在田边小路上等大巴时，青沙问身旁的麦人。

“也许吧。院长刚才给我看过她的病历，确定是癌症，而且恶化得很厉害。”麦人蜷起身子，肉实的后背显得更加圆鼓鼓的，“今天是五月十日吧？刚才院长说她是二月十日出院的，到今天刚好三个月，还真有可能。”

“真的已经死了吗？实在太可怜了！”青沙像是在自言自语。

“嗯，不过所幸她身边有个好男人，也算无憾了吧。在那种慈善医院，很多病人都是孤零零离开人世的。从某种意义上来说，志村幸算是幸福的，临死前还享受到了爱情的甜蜜。”

两人回到东京已是深夜。第二天一大早，麦人还没起床，青沙就突然造访。

“你怎么来得这么早？”

“我过会儿还要去上班。石本医生，我昨晚回去后，把杂志上志村幸的俳句重读了一遍。”青沙说这话的时候，年轻的双眸闪闪发光。

“我发现那段时间她果然在恋爱。这是她最后一次在杂志上刊登的作品——‘念君如盼春，斯人不知何时来，揉捏被角愁’。这首写的应该是她在不堪的病床上苦苦等待岩本时的心境吧。”

“原来如此。”麦人揉揉惺忪的睡眼，“所以最后的那段日子她应该是幸福的。”

“石本医生，”青沙上前一步，“我很想知道她现在过得怎么样。就算已经死了，我也想给她上炷香。您有她新家的地址吧？请告诉我，我想下班后过去看看。”

“也好。”麦人站起身，从西装兜里拿出记事本，戴上眼镜，“找到了。”

青沙拿出自己的记事本记下地址。麦人看着青沙，点起一支烟：“你昨天回家后一直想着她的事情？”

“是我们把她的作品选出来登在杂志上的，我对她有一种莫名的亲切感。”青沙把记事本还给麦人。

“确实如此。”麦人也有同感，点了点头，“她的作品曾经刊登在我们杂志的卷首，这真是难得的缘分。

好，你去看看吧。”

青沙欠身告辞后，麦人前去洗漱。

麦人结束了作为院长的一整天的工作，泡了个澡。晚上八点左右，他正喝着小酒，青沙又来了，一脸难过。

“去过了？”

“嗯，去过了。”

“辛苦你了，来喝一杯吧？”

麦人递上杯子，青沙却没有马上伸手去接。

“怎么样？”

“她已经死了。”青沙声音低沉。

“果然如此。刚才看你进门时的脸色我就猜到了。真可怜啊。”麦人也觉得难过，“你给她上过香了？”

“没有，他们已经搬走了，听说一个月前就搬走了。”青沙拿起酒杯。

“搬走了？那么是谁告诉你她已经死了？”

“附近的邻居说的。事情是这样的。”青沙向麦人讲述起今天的经历。

青沙下班后，照着记事本上的地址，六点钟左右来到中野一带。他从车站出来步行了二十分钟，地址有点难找，但总算找到了。这一带都是住宅区，岩本家是座老宅，在住宅区的深处。青沙敲门后才发现这里已经住了别人，据说之前的租客岩本先生一个月前在妻子死后没多久就搬走了。

青沙又去找房东，想多打听一些消息。房东说岩本是去年十一月开始在这里租住的，据说他在丸之内附近的公司上班，当时单身。岩本经常出差，一个月里大概有二十天不在家，大部分时间都是铁将军把门。邻居们还曾议论过，说花那么多钱租这栋房子实在不划算。但只要他在家，人们就能从墙外看到他打扫屋子的身影。不过这种情形并不常见。

今年二月，他家里突然多出一位妻子。他的妻子从不出门，听说一直卧病在床。有个看上去很面生的医生每周两次上门看诊。岩本依旧出差频繁，也许是因为忙不过来，所以请了个保姆模样的女人帮忙照顾家里，那保姆也很少出门。听说住在东京山手附近的人向来如此，邻居之间没什么交情，也没人知道他们家的具体情况。

四月初的一天夜里，岩本家门口好几次传出汽车的引擎声。第二天早上，他家门口就贴出了“忌中”[1]的告示，邻居们这才知道是他妻子死了。傍晚时分，开来一辆灵车，举行了一场简单的葬礼。岩本好像没什么亲朋

① 意为“有丧之家”。

好友，他一个人坐上灵车，跟去了火葬场。邻居们看在眼里，都说没见过这么可怜又凄凉的葬礼。三天后，来过两三个像是他家亲戚的人。

可能岩本觉得那样的葬礼实在有点不像样，也可能是妻子过世后，他不想再住下去了，总之，没过多久，岩本就向房东提出退租，没人知道他搬去了哪里。

“房东也说岩本先生是个可怜人。石本医生，志村幸真的已经死了，岩本把她接回去没过两个月就死了。”青沙一脸沉痛。

“果然还是没挺住啊。”麦人喃喃自语。

“石本医生，得胃癌的人会死得这么快吗？”

“得癌症的都一样。爱光园的院长一月底时曾告诉岩本，志村最多再活半年，还特地强调是最多。结果她只活了两个月。唉，真的好可怜。志村幸的幸福居然如此短暂。下一期杂志的后记里，你记得加上一句‘我们为幸女士祈求冥福’吧。”

“好。说起来岩本先生也真的很可怜。”

“是啊。”

十点过后，青沙微醺着告辞。麦人又去泡澡。

麦人的身体泡进热水，脑子里还在想着志村的死和她短暂即逝的幸福。虽说未能风光大葬，但至少有岩本送她最后一程，她应该是带着满足离开人世的吧。

麦人一边想一边抬头望着满是蒸气的天花板。突然，他似乎意识到一个重要的问题，眼神变得犀利起来。

四

第二天，麦人打电话到青沙的公司，请他下班后来家里一趟。青沙答应了。

晚上七点左右，青沙来了："您找我有事吗？"

"关于志村幸的事。"麦人说。

"原来石本医生您很在意她的死啊！我也一样，昨晚一直觉得哪里不对劲。"青沙摸摸自己的脸。

"你能帮我去打听几件事吗？房东说志村幸葬礼后的第三天，有几个亲戚模样的人去过岩本家，对吗？"麦人问。

"是的。"

"幸孑然一身，所以那些应该是岩本的亲戚吧？但葬礼过去三天，亲戚才来奔丧，似乎有点不合常理？"

"但如果亲戚住在乡下，也许是需要点时间赶到。"

"也有道理。岩本老家在四国岛，如果从四国岛赶来，也算合理。不过，她和岩本住在一起才短短两个月，估计还没办结婚手续吧？住在乡下的岩本亲戚可能是从信上得知两人结婚的消息，但他们肯定没见过志村幸，对她也不会有多深的感情。如果是这样，岩本的亲戚会因为她的过世而大老远从乡下跑来东京吗？”

“也是。但她好歹做了岩本两个月的妻子，如果接到她过世的电报还是会想来吧。毕竟乡下人更讲礼数。”

“是吗？”麦人一边抽烟，一边思索，“另外，房东提到志村幸去世的那天晚上，有人听见好几次汽车声。”

“是的。”

“我想知道得更具体些。比如是几点听到汽车声的、听到了几次？这次你不要问房东，去问邻居，说不定他们知道得更多。还有，顺便问一下大家知不知道岩本本人会不会开车。”

“什么意思？石本医生，难道您对志村幸的死有所怀疑？”青沙瞪大双眼。

“不，还谈不上有怀疑，只是想弄清楚一些事情。”麦人的表情让人捉摸不透。

“是吗？反正您吩咐的，我照办就是了。”

“哎，你别不高兴哦。对了，还有一件事情，你去打听一下那个上门为志村幸看病的医生具体是在哪里行医的。房东觉得那个医生很面生，但也许周围有人认识，你顺便一起确认一下。还有……”

“您稍等，我拿笔记一下。”青沙从口袋里掏出小本子记下要点，平时记事、记俳句他用的都是这个本子。

麦人接着说：“还有殡仪馆，请你也去打听一下，志村幸的丧事是哪家殡仪馆办的？另外还有一件最重要的事，志村幸搬进岩本家后，岩本请的保姆是通过哪家保姆公司找来的？这一点也请你务必打听清楚。”

“好的。就这些，对吗？我记下了。”青沙原本还想多问几句，但最终选择话不多说直接回家。

两天后的傍晚，青沙再次过来：“抱歉，我来晚了。”

“不会，辛苦了。打听清楚了吗？”麦人凑近问。

“说实话，不算太清楚。”青沙有些愁眉苦脸，“我去找了岩本当时的邻居，因为平时没来往，所以对岩本家里的事，他们也不太清楚。不过隔壁邻居家有个大儿子正读大学，他说志村幸过世的那天晚上他正在挑灯夜读，听到过好几次汽车声。”青沙拿出记事本，边看边汇报，“第一次是在十一点左右，他听到有车子开到岩本家之后就停在他家门口，说听到岩本家的开门声，还有人走动的脚步声，觉得是有人下车进了岩本家。另外，他听到有女人的说话声。”

“什么？女人的说话声？是保姆的声音吗？”

“他说不是。他说他以前听到过保姆的声音，很确定那晚的女人声音不是保姆的。大概一个小时之后，停在岩本家门口的汽车发动引擎开走了。这次他没有听到人声。后来他看完书打算去睡觉，临睡前去洗手间的时候，又听见有汽车停在岩本家门口的声音，当时是凌晨两点左右。”

“等一下。”麦人拿出笔开始做笔记，“天亮以后，那辆汽车仍停在岩本家门口吗？”

“不，那辆汽车在早上六点左右开走了。当时隔壁邻居家的太太已经醒了，正好听到。另外，他们说岩本会开车，邻居曾经见过岩本开车回家，好像是一辆挂着白色车牌的雷诺，但并不确定，也可能是别的车牌。”

“好，我先把这些线索整理一下。”麦人拿出一张纸，列出以下重点：

汽车（来）晚上十一点左右

（去）十二点左右

（来）第二天凌晨两点左右

（去）第二天清晨六点左右

“就是这样，对吧？那个上门看诊的医生呢？”

“附近的人果然都不认识那个医生。听说那个医生看上去已经上了年纪，每周来两次。”

“殡仪馆呢？”

“邻居都说不知道。没办法，我只好自己跑了附近的两三家殡仪馆，请他们查一下登记簿，结果都没找到岩本家办过丧事的记录。”

“辛苦你跑了那么多地方。保姆呢？”

“也没查到。那保姆从不和邻居说话。邻居们说她是个美人，大概三十岁左右，看上去挺厉害的。”

“哦，是吗？”麦人闭目思索，手里拿着烟，任其燃成灰烬。

“您觉得哪里不对劲吗？”青沙喝了口茶，看着麦人。

“嗯，但仍说不清楚到底是哪里不对劲。”麦人睁开眼，笑着对青沙说，“不过，算了。对不住你啊，辛苦你跑了那么多地方，真的谢谢你。”

青沙微微一笑：“看来您也着了志村幸的魔。”

五

第二天上午，麦人做完手头的事情，提前离开了自己的医院。

他先来到中野区民政局，工作人员告诉他，四月里，民政局未曾发出过名叫志村幸或岩本幸的入葬许可证。接着，他又跑了四五家地处中野区的殡仪馆，依然毫无线索。

之后，麦人又来到医师协会事务所，拜托他们帮助调查。两天后，麦人得到了调查结果。去岩本家上门看诊并开出死亡证明的是在池袋行医的 Y 医生。

麦人打电话给 Y 医生。“请问患者的名字是岩本幸或志村幸吗？”

电话那头的 Y 医生好像一边翻病历一边回答：“不，她叫草壁泰子，今年三十七岁，是草壁俊介的妻子。”

“草壁俊介的妻子？名字叫泰子？”麦人逐一记下，手里握着铅笔，兴奋得有些颤抖，“那您上门看诊的人家是姓岩本吗？”

电话那头的 Y 医生回答：“应该是，门牌上写的是岩本。我当时也觉得有点奇怪，还问过草壁先生，但他说自己是住在朋友家。”

“原来如此。那么患者得的是什么病？”

“Magenkrebs[①]。其实我初诊时就知道她快不行了，

① 德文：胃癌。

但还是连续出诊了一个多月。我以前从没去过中野一带出诊，他们提出找我看病的时候，我觉得蛮意外的。”

“死亡时间是几点？”

“四月十日晚十点三十分。这是草壁先生自己说的。他打电话给我说妻子死了，让我去一下。放下电话我就马上出发了。我到达后推测死亡时间是一个多小时前，从遗体情况来看，与草壁先生所讲述的基本吻合，于是我据此出具了死亡证明。”

“您到他家的时候还有其他人吗？”

“只有草壁先生和一个好像保姆的女人，只有他们俩。两个人都哭得很伤心。”

“谢谢您。”麦人挂断电话，久久无法动弹。之后，他让人备车，前往警局。

一周后，一个名叫草壁俊介的三十八岁男子因涉嫌杀妻在品川附近被捕，他的情妇，就是那个伪装成保姆的女人，一并落网。

草壁俊介杀妻有两个目的，一是嫌妻子碍事，二是为了两百万日元的保险金。他的情妇有个朋友在爱光园做护士，情妇从护士口中得知慈善医院里有个病人叫志村幸，无亲无故，命不久矣，而且志村幸和草壁的妻子年龄相仿。从情妇那里听说了这件事，俊介制订了杀人计划。他先把志村幸接出医院，等她死了再以自己妻子的名义申请死亡证明。听护士说志村幸老家在四国岛 M 市，俊介就以捐款给老乡的名义接近志村幸。他几次去医院探望，假装爱上了志村幸。原本就极度渴望爱情的志村幸很快深陷俊介的情网，欣然接受了他的求婚，跟他一起回到在中野租的房子。租下这栋房子其实也是草壁俊介杀人计划的一部分。

志村幸并不知道自己得的是癌症，还以为只是胃溃疡。俊介愿意把她接回家静养，甚至花钱为她请保姆，让她感动得哭了。但她根本没想到所谓保姆其实是俊介的情妇，也是草壁这个杀人凶手的同谋。

草壁俊介真正的家位于世田谷，他的妻子就住在那里。他总以出差为由，偶尔来到中野的住处，因为他大部分时间必须待在世田谷的家里。他小心谨慎地按计划行事，一心等着志村幸断气。志村幸死于四月十日晚十点多。濒死之际，她似乎发现了保姆的真实身份，却束手无策。志村幸一死，等在一旁的俊介马上开车回世田谷去接自己真正的妻子，听说那辆车是他向附近的朋友借的。他随便找了个理由把妻子带到中野的住处。妻子下车时说了一些话，隔壁邻居家的大儿子听到的女人说话声，就是草壁妻子的声音。

妻子一走进屋内，俊介立刻从后面扑倒她并将其勒死。听说情妇还曾帮忙捂住她的嘴巴、按住她的手。妻子死后，两人连忙把尸体藏到暗处。接着，俊介到附近的公共电话亭打电话叫 Y 医生来。

Y 医生验的是志村幸的遗体，俊介很顺利地拿到了医生出具的死亡证明，所写的名字是草壁泰子。他找志村幸下手的原因之一是志村与泰子年龄相仿，很容易在医生那里蒙混过关。

Y 医生一走，俊介马上把草壁泰子的尸体装进预先买好的棺材里，盖上了盖子。因为担心半夜里敲钉子可能会惊动邻居，所以他等到天亮以后才给棺木钉上钉子。病死的志村幸则被俊介抬进停在门口的汽车。大约深夜十二点左右，俊介开车出去。邻居家大儿子听到的第二次汽车声就是这时的声响。

俊介开着载有志村幸尸体的汽车疾驶在深夜的甲州街道上，最后开到人烟稀少的北多摩郡的乡下，把志村幸的尸体丢弃在田野小路边，又开车回到中野。来回用了大约两个小时，他开车回到中野住处时的声音也被隔壁的大学生听见了。他离开的这两个小时里，情妇无所顾忌地待在被勒死的草壁妻子尸体旁边等他回来。

因为车子是向朋友借的，不能一直停在中野的住处，必须还给朋友。于是，第二天早上六点，俊介把车子开出去还给朋友。邻居家的太太醒来时听到的就是这时的声音。

按照俊介的计划，遗弃在小路边的志村幸的遗体应该会被当作无名尸处理。他还刻意给志村幸的尸体换上了破旧的衣服。事实上，志村幸的确被当成病死在路旁的女乞丐，由当地政府部门草草掩埋。

之后，俊介把妻子去世的消息告诉了远在北海道的妻子那边的亲戚。妻子的亲戚们来到他在中野的住处，祭拜了放在佛坛上的骨灰。由于彼此不太熟络，每年也就通信两三次，北海道的亲戚们还以为俊介一家搬到了中野。

麦人和青沙之前都没有查到殡仪馆的信息，因为他们都是用岩本这个姓氏去打听的。中野的殡仪馆是拿着草泰壁子的下葬许可书用灵车将尸体运到火葬场的。殡仪馆的工作人员对警方说，当时他们也觉得有些奇怪，接到联系到达现场时，尸体已经被摆进棺材，连棺材盖都钉好了。当时他们还很惊讶，居然有人操办得这么利落。

保险金到手后，草壁俊介卖掉了世田谷的房子，和情妇搬入品川的公寓。警方就是在那里将两人抓获。

报纸上报道了这起案件后，青沙来到麦人家中："您是什么时候发现志村幸之死有疑点的？"

"一开始是听你说亲戚在葬礼过后三天才赶来，我当时就觉得有点不对劲。后来让我确定事有蹊跷的，是她去世那晚邻居听到汽车声音的次数。"

麦人边说边翻开之前记的笔记，汽车的"来"和"去"各有两次。

青沙也凑上前。"可是这些汽车声并不足以构成疑问吧？您还记得吗？那位 Y 医生说过，他十一点半左右也曾开车到达草壁家并出具了死亡证明，但并没有人提到这段时间前后听到汽车声响啊。"

麦人看看青沙，淡淡一笑："他们的房子地处住宅区的最深处，路很窄，我去实地调查过。那位 Y 医生开的是大车，没法开到草壁家门口，只能停在外面的大马路上。而草壁借来的是雷诺小车。你忘记啦，是你自己告诉我的，邻居曾看见他把车子开到自家门口。"

麦人最后说："新一期杂志编辑后记里那篇志村幸的悼文，我来写。"

驿 路

一

这年秋末，小塚贞一失踪了。

他出门的时候只带了简单的旅行用品，并无异样。他今年春天刚退休，之前在银行担任总行营业部长。这次出发前，他只对家里人说，想暂时离开东京去旅行，就当作给自己放大假。他以前就很喜欢旅行，家里人也没多想。他没说自己会去哪里，也没说何时回来，这是他一贯的作风。

小塚和妻子百合子有两个儿子。长子在政府部门做公务员，去年结婚，小两口有自己的家。次子今年刚刚大学毕业，在贸易公司就职。小塚离家三十天后，百合子报警说他失踪了。虽然小塚以前也不会事先告知回来的时间，但按惯例，他一般出去两周左右就会回来。然而这一次，他已经走了一个月，音信全无。小塚在银行里勤勤恳恳工作了二十五年，精明能干，很受器重。退休前，上司还邀请他去银行的关联企业担任要职，他却婉言谢绝，说再换别的工作太麻烦，趁还有时间，自己想好好玩一玩。在普通人看来，他拒绝的可是个肥差。

听周围的人说，小塚贞一性格很朴实，工作上雷厉风行，卓有成效，但多少有些孤僻，兴趣爱好只有摄影、旅行和看书。通常情况下，越是这样看上去老实的人，越容易在外面有女人，小塚却不然。哪怕偶尔赴宴，通常也是饭后就离席，有时会陪大家换个地方继续喝，但花天酒地的场所从来不去，工作上的交际应酬只是偶尔打打高尔夫，不是很起劲。

他并没有因为自己是上司眼里的红人就和同事交恶，相反，他对同事的业务也都很尽心，待人接物很有分寸。在大家眼中，他可谓有口皆碑。

人们都说小塚之所以能晋升到这样高的职位是因为他吃得起苦，又拼得了命。他其实并不属于这家银行里占主流地位的学阀派系。论学历，他只是乡下高等商业学校毕业，一般来说，这种学历出身的人，能当个小地方的分行长就算到头了。但小塚在退休前能受邀去银行关联企业担任要职，这足以说明上司对他的克己与勤勉相当赏识。年轻的时候，大家都叫他工作狂。他本身就有才华，但在这个世界上，仅仅有才华，未必能出人头地。说到底，将他推上事业巅峰的，还是他异于常人的努力。

他没有理由离家出走。家里都挺好的，没什么家庭问题。他是在担任地方上的代理分行长时，经人介绍与百合子相亲结婚的。夫妻关系肯定不差，因为一到节假日，人们常常能看到他俩一起在银座附近的餐厅用餐。

小塚贞一谢绝银行关联企业的要职时曾对领导说过这样一番话："承蒙领导关照，让我有幸在这里工作了这么长时间。现在房子有了，衣食也无忧，两个儿子一个结了婚，一个大学毕业找到了工作。作为父亲，我自认已经鞠躬尽瘁。我累了，退休后只想安安静静养老。非常感谢领导一直想着我，要是我以后改变主意，想出来做事了，到时候还请领导多多关照。"

小塚贞一的身子骨确实没那么结实。他个子很高，但很瘦，特别是在退休前，他身上总有一种孤寂感。但那并不是即将退休人员身上常见的因失落而导致的寂寞，相反，那是一种完全的满足感，是对长年累月的工作予以了结后卸下包袱、无事一身轻的感觉。

据传小塚曾经对同事说："从今往后，我要做我自己喜欢做的事。我要去旅行，去好好享受人生。"

二

警方接到百合子报案后，派了呼野和北尾一老一少两名刑警前往小塚家进行调查。

小塚家一看就是那种中产阶级卓尔不凡的住宅。两名刑警来到客厅，发现面积虽不大，却布置得简洁又舒适。接待两名刑警的正是小塚的夫人百合子，年纪大约四十六七岁，前额很宽，个子很高。刑警们向她详细询问了小塚贞一离家时的情形。百合子此前已经在寻人申请表中填写过小塚离家时的穿着，根据表上所写，他只带了一个行李箱，里面装着秋季西服和一些随身用品。走的时候，小塚看上去是单纯地出发去旅行。

小塚夫人给呼野的印象是“很聪明”，但又有些高冷。丈夫失踪了，她却看不出有一丝慌乱，无论警方问什么，她都能冷静且有条不紊地一一作答。

如果是小塚有意而为的失踪，一定会留下蛛丝马迹，比如事先在哪里藏好一封遗书；或者平时交谈时故意话中有话；或者对家人以外的朋友们故意说漏嘴，让他们事后回想的时候觉得煞有介事。对此，小塚夫人悉数否认。没有遗书，没有异常的态度，也没有在出门时说起让人特别在意的事情，亲朋好友也已经确认，没有人觉得小塚之前的言行举止有哪里不对劲。

“这么问也许有些失礼，您别见怪。请问家里有没有让小塚先生烦恼的事？”

面对刑警的质疑，小塚夫人笑着作答：“没有，我们家没有您说的那种事。虽然我听说别人家有时会有各种剪不断理还乱的家务事……”

小塚夫人口中的家务事其实有特殊含义，指丈夫出轨或夫妻不和，这些往往是丈夫离家出走的原因。

小塚夫人继续说明：“我们家绝对没有那种事，我丈夫肯定不是主动失踪。只不过，他一向都不告诉我们旅行的目的地。他总是随性出游。我现在担心的是他在外面遇到什么意外。”

刑警问：“您丈夫出门时身上带了多少现金？”

“我当时以为他只带了旅行用的钱，但后来发现他这次出门带得有点多。”

“您说的多，具体是多少？”

“大约八十万日元。”

“这数目确实有点多啊。您丈夫以前出去旅行时有过类似的情况吗？”

“没有。所以我才更担心，但愿不要因为这笔钱而出什么事情。”

“您之前并不知道小塚先生带了这么多钱？”

“我不知道。我不太在意这些事情。”

“您能想到您丈夫带这么多钱可能会用在哪里吗？”

“我不知道。”小塚夫人摇摇头。

呼野问：“小塚先生退休后好像说过他不想再工作替别人打工，只想好好休养生息。那他有没有自己当老板做生意的意向？”

“他是说过这样的话，但我觉得他并没有自己做老板的念头。不过，我丈夫倒是瞒着我买过股票，我觉得那笔钱可能会用在那方面。”

“但是出门旅行带这么多钱，还是有点奇怪吧？”

接着，刑警们了解了一下小塚贞一的基本履历。小塚原本是地方分行的小职员，一路摸爬滚打，得以晋升。进入总行之前，他曾先后出任广岛分行和名古屋分行的分行长，先是十年前在广岛分行干了两年，然后去名古屋分行又干了两年，之后一直在东京总行，从调查部长升到营业部长。

小塚的兴趣爱好是摄影和旅行，而且喜欢独自出游，走到哪儿玩到哪儿。

呼野问起小塚都去过哪些地方旅行，小塚夫人说正好有东西请他们看，然后从里屋搬出三大本相册。

翻开相册，里面贴满了各地的风景照，都是小塚旅行时拍摄的。年轻的北尾刑警也喜欢摄影，一看就知道小塚是真的喜欢摄影，每张照片的构图都很有巧思，拍摄技巧绝非等闲。

这三本相册记录了小塚曾经去过的地方，有福井县的东寻坊和永平寺，岐阜县的下吕温泉附近和犬山附近，长野县的木曾福岛，京都和奈良，和歌山县的串本，爱知县的蒋郡等，处处皆是美景。他在每个地方都拍了大约二十几张照片，每张照片都见证了他一个人漫游四方时的恣意与快乐。

每张照片的空白处都写着拍摄时的年月日，可见小塚贞一是个注重细节的人。呼野把这些日期一一抄到记事本上。

三

小塚没有理由自杀。

他家庭和睦，孩子们都长大成人，一个已成家立业，另一个也已大学毕业。小塚的人生旅途已经走完大半，接下去，他可以随心所欲地过属于自己的日子。呼野不明白，这样的人怎么可能主动失踪？呼野今年四十八岁，做了这么多年刑警，差不多也到了该担心退休以后怎么办的时候。在他看来，退休后的小塚贞一能拒做高管，心如止水，简直是令他羡慕不已的理想人生。

但如果小塚真是下决心离家出走，那就一定和女人有关。同样，如果小塚的失踪与罪行有关，也一定和女人脱不了关系。

刑警们又调查了小塚的人际关系，发现小塚的生活圈里都是有头有脸的大人物，比如银行高层或社会名流。

这些人对小塚的失踪十分担心，对警方的调查全力配合。但被问及小塚可能离家出走的原因时，他们都没能提供有价值的线索。警方进行了深入的调查，发现小塚身边完全没有女人的影子。大家都说他是一个正直又安分的好男人。

那位之前打算给小塚安排新职位的高管也说："怎么形容好呢，好像一下子松了劲，退休后的小塚显得异常平静。我常听他说，现在家里也好，孩子也好，都不用他操心了。我对他说，这是你这么多年辛苦打拼应得的。我是真的替他高兴。毕竟我们这群人里，像小塚这样家庭和睦的，真的不多了。我问过他：你什么工作都不做，有何打算？他当时笑着说：以后悠闲自在地钓钓鱼，或者弄个小果园。总之，退休对他来说，有种得到解放的感觉。”

如果小塚真的是他们所说的这种心态，那么他完全没有理由选择主动失踪。

至于小塚在外面是否有女人，在刑警们不厌其烦的再三追问下，终于有一名银行职员提起了一件事：“如果一定要说可能有什么，我记得有个叫大村的女人经常打电话来找小塚。”

银行的客户里有很多叫大村的，但打电话给小塚的大村似乎并非银行的客户。每次接听大村的来电时，小塚都会很小心，似乎在提防着周围的耳目。

刑警追问这是不是最近的事情。那名职员说不是，几年前就开始了，而且一直打来。总之，当被问及小塚是否有可能存在不正当的男女关系时，只有“大村的电话”稍有可疑，其他人都回答不知道小塚在外面是否有女人。一般而言，银行里的每个人都会有秘密，而且大部分秘密其实都不是秘密，但唯独小塚似乎是个例外。

了解电话事件后，谨慎起见，呼野特地再次上门拜访了小塚夫人。

“大村女士？”小塚夫人想了想，“这么说来，很久以前好像接到过两三次那样的电话。这次我丈夫出门前也打来过一次。以前有一次他正好不在家，是我接的，我问有什么事我可以转告，对方却说没什么事，以后会再打来，然后挂断了。等我丈夫回来，我问过他。他说对方是朋友的太太，打电话来是回复之前拜托朋友的事。”

“您说您先生这次出门前也接到过大村打来的电话？”

“是的，当时是我先接的，但我丈夫马上接过电话。他没回答对方具体内容，只是简单应了一句就挂了。如果那就是大村打来的电话，应该有过几次吧。”小塚夫人依然平静且沉着地回答了刑警的问题。

呼野起身告辞，突然瞥见了客厅墙上挂着的画，是用强烈的色彩描绘南太平洋小岛上原住民女子的三张复制品。

“是高更的画吧？”呼野问。

“是的，我丈夫喜欢。”小塚夫人说。

四

警方马上在全国发布告示，寻找失踪的小塚贞一。

这并非单纯的出走事件，小塚身上携有八十万日元巨款，警方担心他会因此遭遇不测，于是重点在福井县、岐阜县、爱知县、长野县、京都府、奈良县和三重县的温泉旅馆附近排查是否有人横死街头或是否有疑似小塚的人物出现。警方认为这些都是小塚曾经旅行过的地方，小塚退休后选择外出旅行时很可能会故地重游。然而这些地方都没有传来任何消息。有人提出一种假设：小塚这次旅行的目的是自杀。虽说他里里外外似乎都没有任何烦恼，但根据他退休后不一般的言行举止及平日的性格来看，小塚很可能会自寻短见。

小塚的性格很顶真，什么事情都想得很透彻，这样的人更容易深陷厌世情绪。事实上，他之所以拒绝退休后待遇优厚的肥差，也许就是因为他把死当作一路辛苦走来、人生最后的归宿。这种想法固然有些玄乎，但以小塚的性格来说，未必不可能。

不过呼野并不这么认为。他坚信小塚还活着，于是直接向上司请示并说明了自己的想法，动身前往广岛。

呼野带着北尾一起西下赶去广岛。两人坐夜车从东京站出发。在车上，年轻的北尾问呼野："我们这次去广岛是要调查小塚十年前在广岛分行担任分行长时期的事情吗？"

老前辈呼野回答说是的。

"您为什么在意那段时间的事情？小塚在广岛完成任期之后在名古屋也当过分行长吧，如果说这次失踪与他之前的任职有关，那也是名古屋时期离现在更近、更有关系吧？我们不用去名古屋吗？直接去广岛？您能告诉我理由吗？”

“你在小塚家里也看过那几本相册吧？他夫人说那些照片都是在他工作换到东京之后一个人去各地旅行时拍摄的。但你仔细想想照片上的那些地方，东寻坊、永平寺、下吕、蒲郡、城崎、诹访、琵琶湖、犬山、木曾福岛、奈良、串本……都是这种地方哦。你发现了吗？照片上都是知名旅游景点，光看照片就觉得很美，而且这些景点附近一般都会有温泉或名胜景区。你知道这意味着什么吗？”

年轻的北尾歪着头，一脸不解。

“按性格来说，他应该是一个人去旅行的。但他这种人会喜欢去那种名胜景区吗？你不觉无名乡间更符合他的性格吗？”

“对哦！”北尾点点头。

“所以我认为他不是一个人去旅行的，肯定有人陪着。小塚的性格那么孤僻，一般来说，他应该不喜欢去那些景区。我认为小塚出门时虽然是一个人，但旅行时并非一个人，一定有人陪着。”

“有人陪着？”年轻的刑警一脸惊讶。

“这样才符合逻辑啊。而且陪他的不是男人，肯定是女人。”

“可是……”

“我知道你想说什么。你想说，大家都说小塚在外面没有女人，对吧？但他们说的是在东京的小塚，我们不知道他以前的情况。换句话说，名古屋或广岛时期的小塚是个谜。”

“但为什么我们跳过名古屋先去广岛？”

“你仔细想想，小塚以往的旅行目的地都在东京以西、广岛以东，对吧？按照这个规律，我猜想小塚从东京出发，对方从广岛出发，一年两次，约在两地的中间相会。”

“啊，对哦。”

“当然，假设女方从名古屋出发，两人也可以在诹访或蒲郡见面，但在这种情况下，奈良和串本位于名古屋以西，不符合在两地之间见面的规律。而且如果选在蒲郡或下吕见面，那就离名古屋太近，不利于两人秘密出游。所以我觉得，女方从广岛出发的假设更符合逻辑。”

“可是小塚在广岛工作是十年前的事情了，情人关系能保持这么久？”

“这确实是个问题。但从小塚在东京完全没有绯闻这个事实来看，并非不可能，毕竟两人一年见面两次。

你也知道有个叫大村的常常给小塚打电话吧，电话里是个女人的声音，而且是从东京市内打的，所以打电话的人并非陪小塚一起旅行的人。我猜打电话的其实是小塚与情人之间的联络人。这种事肯定不能让家里或外人知道，所以小塚与情人之间并无直接书信往来。我估计，打电话的女人是帮他俩传信的联络人。”

“谁会是联络人？”

“应该是对双方都比较熟悉的人吧，比如女方的闺蜜或者小塚的好兄弟，两者必有其一。”

“这么说来，小塚这次出门其实是去见情人？”

“我觉得是。与其说他是因为退休了觉得可以松一口气，倒不如说他是认准了时机已经成熟。家里的小孩都养大了，一个个踏上社会了，只要不乱来，自己留下的钱足够他们过上好日子。我猜测，接下去，他一定想为自己多考虑，去实现属于自己的梦想。也许这是小塚很久以前就计划好的。”

“所以小塚现在很有可能正与在广岛时期好上的女人一起在某个地方归隐，过着神仙眷侣的生活？”

“我觉得很有可能。你也见过挂在小塚客厅墙上高更的画吧？高更当年为了追求自己的第二次人生，曾不顾一切远涉重洋到达南太平洋的一个小岛。人都是一样的，历经了长期艰苦奋斗，来到接近人生终点的驿路时，会想要找回自己失去已久的自由。小塚已经完成了对家庭的责任与义务，现在他所想的就是放肆地好好为自己活一场。我看到小塚家的画，特意去读了高更的传记，这位画家曾说过：人这一生，总是在为后代牺牲自我，而后代又会为他们的后代继续牺牲自我。这种愚蠢的事情周而复始，永不停息。如果所有的人都为后代牺牲了自我，那艺术与美好的人生该由谁来创造？……原话我记不清了，但大意如此。高更有他爱的画，而小塚有他爱的人。”

五

清晨时分，呼野二人到达广岛。他们直奔小塚工作过的分行，见到了刚来上班的分行长，秘密地进行了一番调查。

“情况就是这样。现在银行里有没有十年前小塚任职期间与他熟悉的人？”

分行长说有很多。呼野二人与他们逐一见面，了解情况。

根据这些人的回忆，当时小塚是单身一人在广岛工作的，因为伙食和住房问题无法解决，他的家人留在东京。据说当时小塚夫人是因为担心广岛原子弹的辐射影响而不愿随行。听到这里，呼野又想起了小塚夫人那副冷淡的模样。

据说在广岛的那两年里，小塚和在东京一样，没有任何绯闻，是一位作风正派的分行长。

这家银行名气很大，分行的办公室很宽敞，工作人员很多，其中女职员的人数相当可观。呼野看着她们，眼睛一亮，突然想到了什么："请问现在的女职员中有没有曾在小塚任职期间工作过的？"

"没有了，"分行长回答，"毕竟已经过去十年了。十年前的女职员几乎都走了，一般是因为结婚之类的理由而辞职的。"

"有没有可能联系到当时工作过的女职员？"

"有点困难。"分行长苦笑，"没人知道她们去哪儿了，辞职后就没有联系了。哦，对了！我想起来了，有个女职员的辞职特别可惜，是一年前刚辞的。她好像是从小塚先生任期一开始就一直在这里做事的，也许她了解得更多。"

"您说的这位女职员今年多大？"

"差不多三十五六岁吧。"

“她也是因为结婚而辞职的？”

“不是，她自己声称是家里有事，但也说不定就是因为结婚才辞职的，毕竟大龄女士结婚还是会有点难为情吧，所以故意不说。”

“您能给我们看一下她所有的考勤记录吗？我们想尽可能查阅一下当年的记录，越久远越好。”

分行长有些不悦，心想这两个刑警真麻烦，但还是吩咐总务科予以配合。

总务科的科员在仓库里找了很久，终于挽着衬衣袖子抱出五六本陈旧的出勤记录簿。

“谢谢你们的配合。”呼野说着开始翻阅出勤记录簿。分行长刚才提到的女职员名叫福村庆子，出勤记录簿里“福村”的姓名章敲得既工整又端正。

“这是什么？”呼野用手指指着空白栏内敲了蓝色“休假章”的地方。

“这是休年假。我们银行的职员有二十天年假的福利。但一般不让职员一次连休二十天，怕忙不过来，所以职员们都会按自己的需要把二十天分两次休完。大部分人都会选春秋两季天气好的时候休年假。”

呼野一边听分行长的说明，一边继续查看记录。出勤记录每半年订成一本，六本就是三年。他把福村休年假的具体日期都抄在自己的记事本上。

“您知道这位福村庆子现在在哪里吗？”

“不知道。我也不知道她现在在做什么。”分行长回答，“但我听说她住在一个叫可部的小镇上。从广岛搭乘可部线，一个小时就能到达。对了，也许可以查到她的住址。我让总务科去查一下，应该能查到当时的通讯录。”

分行长没记错，福村庆子来自可部镇。呼野记下福村的地址。如果她还没嫁人，应该还住在老地方。

之后呼野二人来到广岛站，换乘可部线。

“果然不出我所料吧。”呼野和北尾在火车上面对面坐着，“这下可以确定小塚的情人就是福村庆子。我的记事本上有小塚相册里照片上的日期。”呼野说着拿出记事本，“照片上的日期和刚才我们看到出勤记录簿上福村请年假的日期完全一致。也就是说，小塚得知福村的年假日期后，自己再请假，然后两人一起出去游山玩水。小塚当过广岛的分行长，大家都认识他们，他们肯定不方便在广岛见面。于是他们去了那些谁都不认识的地方，相亲相爱，悠然度日。他们在一起欢愉的时候肯定结下过山盟海誓，诸如执子之手与子偕老之类的。”

“呼野前辈真是料事如神啊。”北尾佩服地说，“那我们现在就去见识一下他们的爱巢吧。”

六

坐了一个多小时的火车，两人终于来到了可部这座小小的古镇。一条名为大田川的河穿过小镇中央，向南流入广岛。小镇明明有山有水，却因遍地的旧屋而笼罩着压抑颓废的气氛。

两人在可以看见一座长桥的地方找到了福村庆子的住所。据说这宅子以前是用来做织布生意的，地方宽敞，福村庆子长租了其中一间。呼野两人见到了房东，是个五十来岁的妇人。

听呼野他们说想见福村，房东一瞬间露出了吃惊的表情，接着面露难色：“福村小姐已经病死了。”房东的表情好像在怜悯他们不知情，大老远白跑一趟。

这下轮到呼野他们大吃一惊：“死了？什么时候的事情？”

“差不多三个月前吧。”

呼野和北尾面面相觑。三个月前？比小塚离家出走的时间还要早一个月。呼野之前一直深信小塚正在和福村庆子双宿双飞，现在彻底傻眼了。

小塚出门的时候难道不知道福村已经死了？这不可能。两个人一直通过东京的联络人保持联系。但如果女方已死，小塚为何还要离家出走？

呼野向房东描述了小塚贞一的相貌，并询问在福村生前是否有这样的人来过。

房东摇头："没有，从没见过您说的这个人。俺和福村小姐在这儿一起住了这么多年，一次也没见过。"

呼野的直觉告诉自己，一年前福村辞去银行工作时已经开始为与小塚在一起而做准备了。一年前正是小塚开始进入退休倒计时。他俩的感情一直没变，福村已经做好准备，随时迎接小塚的到来，却不料突发急病，撒手人寰。

问题是她的死亡日期和小塚离家日期整整差了一个月。很难想象小塚在不知情人已死的情况下会选择离家出走，他出门前还曾接到过联络人大村打来的电话。

"福村小姐有亲人吗？"

"福村一直都是一个人过，没结过婚。"

"她的父母呢？有兄弟姐妹吗？"

"据说家里人早都死了。"

"她的丧事是谁操办的？"

"她有个表妹，特地大老远从东京赶来，全靠她一个人张罗。”

呼野两眼放光：“什么？东京来的表妹？”

“嗯，好像福村和她表妹一直有书信往来。”

“您知道她表妹的名字和住址吗？”

“两位稍等。她表妹给我寄过贺年片，我去找找。”

房东走进里屋，过了一会儿，拿出一张陈旧的贺年片，寄信人是——东京市大田区 ×× 町 ×× 番地　福村良子。呼野马上抄下来。

“还有个问题，有没有人从东京给福村小姐汇过钱？”

“一直有，汇款单上的汇款人名字就是她表妹。”

呼野听罢，赶紧告辞，冲出房门。

“北尾，大事不好！”呼野边说边朝当地警局奔去。

“怎么了？”北尾一头雾水。

“得马上和东京警视厅联系一下，尽快抓捕福村良子。”

“……”

“小塚贞一已经不在人世。”

七

警方在东京逮捕了福村良子及其情夫山崎。两个月后，根据嫌疑人的招认，警方在长野县的深山里发现了被勒死的小塚贞一的尸体。

两名罪犯的供述如下：

福村良子受在广岛的表姐福村庆子所托，为庆子与小塚担当联络员传递信件。庆子和小塚没有直接的信件往来，通信必经良子之手，所有信件都用良子的名字予以投递。而小塚每月给庆子寄钱，也是以良子的名义。

小塚与庆子每次利用假期在各地相会，是通过良子进行联系。小塚贞一不想让庆子租房的地方知道自己的名字，庆子也不可能直接寄信给小塚。一收到庆子寄给小塚的信，良子就会打电话叫小塚去她那里取信。

小塚其实早已下定决心退休后离家出走。庆子也明白小塚的心意。但就在小塚出发前一个月，庆子不幸暴病离世。然而，良子并没有把这个消息告诉小塚。

良子的目的是钱。庆子一直单身，没什么开销，除了每个月自己的薪水和奖金，还有小塚每个月的汇款，生前存了不少钱，原本是为了以后和小塚一起过日子而准备的。其实小塚也有此意，才会每个月都寄很多钱。

福村良子接到房东发来的电报，得知庆子已死，便马上赶到广岛，操办完庆子的丧事，把庆子存在银行里的钱全部取出，占为己有。

福村庆子死后，她的存款原本可能会被上缴国库，其中当然包括了小塚的汇款。良子觉得不拿白不拿，于是做出了见利忘义之事。

良子的情夫山崎更是贪得无厌，提出小塚如果离家出走必定携带巨款，不如将其杀害，夺其钱财。这也是良子对小塚隐瞒庆子死讯的原因。

福村电话通知小塚，谎称庆子想在长野县某地与他见面。小塚信以为真，于是按良子说的日子出发了。

到了电话里约定的长野县，小塚见到的是良子。她告诉小塚庆子已经到了，花言巧语把小塚骗到杳无人烟的深山里。在那里，小塚见到的不是情人庆子，而是良子的情夫山崎。

两人将小塚杀害后，抢走了他身上带着的八十万日元。

以上就是犯人的供述。

结案后，呼野叫上年轻的北尾去小酒馆喝一杯。

“我至今没弄明白。”北尾说，“小塚什么都不缺，家庭美满，退休后还有机会轻松干活，坐着数钱，本该太太平平地安享晚年吧，何必要自讨苦吃离家出走，去和情人一起度过别样的人生？他到底是怎么想的啊？”

“因为你还没结婚。”年近五十的呼野说，“小塚会那么想，一点也不奇怪。高更不是说过嘛，如果所有人都为了后代牺牲自我，长此以往循环往复，那么全新的艺术将从何而来？人类的创造又来自何方？也许艺术的世界另当别论，但其实普通人的世界也是如此。当漫长又平凡的人生行至驿路之时，谁都会想要彻底解放长期以来的隐忍与克己，重新踏上放肆且自由的旅程吧。虽然不能一概而论，但对男人来说，家庭通常是忍气吞声的地方。对于小塚的那种想法，我倒是很有共鸣。”

“呼野前辈也和小塚一样？”北尾瞪大眼睛一脸错愕。

“想法差不多，但我不像他，离家出走之后还能留下大笔钱财，让家人不为生活所困。从这个意义上来说，我很羡慕小塚。你还记得吗？我以前说过，高更有他爱的画，小塚虽然没有画，但有他爱的女人，而我呢，我一无所有。正因为一无所有，所以我的余生别无选择，只能继续忍耐。就是忍耐、忍耐、一直忍耐。”

看着眼前一脸寂寞苦笑着的呼野前辈，年轻的北尾并非完全不懂其中滋味，只是尚未有切肤之感。

偶　数

一

城野光夫在这家公司担任资料科副科长。

调查科并非公司里的重要部门。公司本身是一流的大企业，但资料科是闲职部门，做做统计，收集收集资料。和其他部门不同，资料科做的事情与公司业务并无太大关系。所谓的收集资料，其实就是些普通的印刷品，都是公司不要的东西。公司需要的是更高端、最好是涉及行业秘密的资料，而这种资料轮不到资料科去收集，会有更高层的部门去做。

城野光夫在这家公司已经做了十五年。刚毕业的时候，他的工作还算顺利，但越做越没有出人头地的希望，原因之一是他不擅长交际。他天生性格孤僻，一直刻意地与他人保持距离。

读书的时候，他脑子很好，也肯用功，但那个时候就没什么朋友。他总对别人做的事情冷嘲热讽，一副瞧不起别人的样子。进了公司之后这种性格影响就大了，同事们明明在拼命，他却一脸冷笑，也不见他自己全身心投入做什么事。和他一起进公司的同事一个个早就飞黄腾达了，他却被上司敬而远之，到头来混了这么个不起眼的小官做。

但最近，年近四十的他突然有些着急。这是家一流的大公司，薪水很高，想进来必须经过严格的考试和筛选，进来之后竞争也很激烈，因而在旁人看来，能在这家公司做到副科长，已经很让人羡慕了。城野虽然做得无趣又憋屈，却没有离职的勇气。

公司最近这四五年都没什么人事变动。因为大家都觉得公司挺好，所以没有人离职，几乎都是做到退休。把城野光夫放在副科长的位子上，其中一个理由是上头觉得他还有用。

在这个世界上，城野光夫最讨厌的人就是营业部长黑原健一。黑原和城野以前曾在同一个部门共事，当时黑原担任生产科科长，是城野的直属上司。

城野被弄到资料科，都是拜黑原所赐。黑原讨厌城野，把他从生产科踢了出去。

后来黑原高升，做到了营业部长，这算得上是公司重要部门的重要职务。只要黑原还在公司里一天，城野再怎么奋发图强，也不可能有出头之日，只能每天浑浑噩噩地在副科长的位子上混到退休。

黑原健一比城野年长五岁，今年四十三岁，业务上很能干，上头也很信任他。他做部长不到五年，暂时不可能有机会再升。对黑原来说，他的上面也有人挡着，要想再升，不是那么容易的事情。

城野光夫觉得，如果公司里没有黑原健一这个人该多好啊。冷酷地阻挡了自己发达之路的人就是黑原健一。黑原健一最近在公司里很得势，只要他仍在当营业部部长，就能打压城野，让城野没有出头之日。

事实上，资料科的科长曾去找过黑原，想推荐城野调到别的部门当科长，但黑原二话不说就否决了。

城野听闻此事后并不感到惊讶，他认为黑原就是做得出这种事的人。

城野光夫越来越觉得，只要黑原不存在，自己的发达之路就会顺畅。不仅如此，从性格上来说，黑原也是他最讨厌的类型。

他开始动真格地思考起来，有什么办法可以让黑原落马丢官？如果黑原不做营业部长了，公司内部就会进行人员调整，城野的位子就可能随之发生改变。他已经做了七年副科长，放眼全公司，已经是年纪最大的副科长了。

在这种职位上做太久一点也不光荣，反而显得自己很无能。长年待在这种无聊的科室里，别的同事都打心底里瞧不起自己。城野对此并非全然没感觉。

城野曾多次幻想黑原健一因病或遭遇交通意外而死。但黑原的身体一直很好，最近两三年里一次缺勤都没有。至于交通事故，只能寄望于偶然发生，概率很小。

然而最近，城野光夫偶然得知黑原金屋藏娇，不由得心中雀跃。经过多方打听，他了解到黑原的女人以前曾在酒吧做过小姐，今年二十六七岁，黑原悄悄地把那个女人包养在郊外的公寓内。

公司里的大部分人还不知道这件事，是碰巧住在那间公寓附近的资料科的一名科员悄悄告诉城野："我在家附近看见一个人长得很像营业部长，应该就是他本人。我觉得很意外，但还没对别人说起过。"

城野光夫听了大喜，但同时告诫还不太懂事的年轻科员，千万别告诉别人。

接着，城野开始秘密地进行调查。

城野做了很多功课，他发现科员说得没错，黑原健一每周一到两次肯定会去那个女人那里。不仅如此，他大多是晚上九点左右到女人那里，待两个小时，十一点过后再出来。

城野打算利用此事让黑原健一落马。不过，金屋藏娇这种事情还不足以让他丢官，这种事情即便公开，大家也只会觉得这是个人生活问题，反正他赚了那么多钱，养个女人也正常，最多只能让他觉得不痛快，不会影响到他的前程。而城野的目的是要让黑原落马。

就算把这事告诉他老婆也没用，如果只是他的家庭内部发生矛盾，这种报仇对自己没有任何好处。也许精神上可能会感到短暂的舒服，但在现实中，自己的地位不会因此而发生任何改变。

城野光夫每天都在想着黑原在郊外公寓包养情妇的事情。他一直在动脑筋如何利用这件事。

经过长时间的思索，他终于想出了一个计划，可以让这件事成为自己升官发财的跳板。这是他看了报纸上的一则报道后得到的启发。报道中，某公司科长的情妇被科长的仇家所杀，但大家想当然地认为科长有杀人嫌疑，为了确保企业形象不受损，公司只能辞退了那名科长。

城野所在的公司是一流的大企业，如果报上大肆报道黑原健一有杀人嫌疑，那么公司一定会为了维护企业形象而逼黑原离职。

城野光夫因此而确定了方向。

二

城野光夫想了很多杀死黑原情妇的方法。首先要确保自己的安全，一不留神，自己可能比黑原更早垮台。

他想过下药或其他方法，但觉得都不太容易。最后，他还是觉得直接下手最方便，那些幼稚的小动作反而容易露出破绽。

根据城野的调查，那个女人平时一个人住在公寓的三楼，有两个铺着榻榻米的日式房间，一间十平方米左右，另一间六平方米多，屋内有浴室和厨房。公寓里所有房间的构造都基本相同。楼梯将同一楼层一分为二，那个女人的公寓在走上楼梯后的右手第一间，楼梯左边则是收纳打扫工具的杂物间。不同于其他两边都有住户，那个女人的房间只有一边有住户，更方便动手。而且到了晚上，楼梯左边的杂物间里肯定不会有人。

城野还考虑到另一个条件，必须在黑原健一去女人家的那天动手，否则杀人嫌疑不会落到黑原头上。

城野花了整整三个月，总算大概摸清了黑原去女人那里的时间规律。黑原健一只要没有急事，一般一周会去一到两次，而且只在偶数日期去。城野不明白黑原为何只选偶数日期，但他花了三个月做秘密调查的结果就是如此，而且以晚上九点居多，黑原总是在这个时间悄悄地叩响房门。

偶数日期与晚上九点——这就是计算黑原去那间公寓的可能性时得出的最大公约数。如果能在公司里观察到黑原健一具体哪天有可能去，就更好了。

城野为此制订了更详细的计划。首先，要在黑原到达那个女人家里之前，自己先到。那个女人不认识自己，也许不会马上请自己进门。但城野有自信，他会特地给那个女人看外套上的公司徽章。公司里，上至老板下到普通员工，每个人都会佩戴这种徽章，那个女人一定见过黑原佩戴同样的徽章。见到徽章后，那女人应该就会放心。然后，城野打算骗她说自己是去替黑原传话的，那女人肯定不会怀疑，会让城野进屋。

接着，城野打算先和她闲聊一会儿，然后趁其不备突然袭击，将她勒死。绝对不能用刀，会溅到血迹，很多罪犯就是栽在这上面的，而且要用刀就得去买，买刀的时候可能留下事后警方能追查到的踪迹。

把那女人勒死后，城野会立即离开。他判断黑原几乎不可能在九点之前到达女人家，所以他把自己去的时间定在晚八点左右，作案过程大约需要三十分钟，而黑原预计九点左右到达，时间会很充裕。

对于之后的事情，城野光夫也有打算，因为他知道黑原的性格。

黑原比任何人都爱面子，没人比他更喜欢炫耀自己了，他是个彻头彻尾的功利主义者。

当黑原打开房门进到屋内，意外见到已经与自己生死两隔的情人时会怎么做？恐怕他会先惊愕，再感到困惑吧！他肯定会犹豫是先报警还是先逃走。对黑原健一来说，最怕的就是世人和家人的目光。如果他报警，作为第一个发现尸体的人，警方一定会让他彻底坦白自己与被害人的关系，这对于爱面子又好名利的黑原健一来说实在承受不了，他肯定不想卷入杀人事件，逃跑是他的本能，所以他不会去报警。

但警方事后肯定会通过被害人的日常生活等线索很快查到黑原这个人。他会被专案组请去接受调查，如此一来，当天晚上黑原到过现场并从杀人现场逃走的事实会立即曝光，这会让黑原陷入被动，变成杀人嫌疑人。

黑原逃离案发现场之后，肯定也会意识到这个问题。他苦恼一阵后，也许发现不能坐以待毙，也许会主动去警局说明一切。

以上就是城野光夫的计划。

城野估计，按照黑原的性格，他肯定不会在案发现场当即报案，而是要经过相当长的一段时间之后再去警局。黑原的可疑举动会受到警方的关注，虽然最终会查明他是清白的，但在过程中，他一定会被当成第一嫌疑人，遭到警方的严密调查。

报纸也会大肆报道。最近的媒体总喜欢把嫌疑人写得好像就是真凶，报纸总希望自己的报道能掀起让读者既刺激又亢奋的社会效应。不需要警方把黑原当作真凶抓捕，只要他的丑态能大白于天下，公司将他辞退就行了。城野的目的不过如此。

退一步说，哪怕黑原不被辞退也可以。但到时候，黑原就不可能待在现在的位子上了，他肯定会被派去干闲差，那样也算是达成了城野的目的。

唯有一点必须当心：实施杀人计划时，城野自己不能被怀疑，他必须制造不在场证明。

城野已经确定了去黑原情人家的时间，不在场证明的时间可据此倒推，从晚七点半到八点之间开始就行。再把坐出租车去那间公寓的往返时间算进去，至少需要准备一小时的不在场证明。城野觉得在这段时间里，与其一个人鬼鬼祟祟搞小动作，不如身处热闹的人群中显得自然。

另外，城野完全不认识那个女人，这一点对城野是有利的。也就是说，城野和那个女人之间没有交集。警方肯定会调查被害人的交友关系，而城野的名字绝对不会出现在其中。

城野与黑原只是同事，科室相同，工作上没关系，私底下没交情。不会有人把黑原情人的死与城野光夫联系在一起。

三

十二日下午七点四十分，城野光夫来到那间公寓。

之所以选择这天，是因为当天是偶数日期，且城野不经意间从营业部的同事那里确认了黑原当晚没有什么安排。作为营业部长，总有很多对外业务，比如开会、宴请或出差。有这些安排的时候，黑原不会去那间公寓。这也是城野长时间调查的结果。

这天晚上，城野来到公寓，换乘了三辆出租车。在车上的时候他尽量不说话，力求让司机对他没印象。特别是在最后一辆出租车上，他表现得特别谨慎。

出租车停在公寓前，城野下了车。虽说是在郊外，但周围有很多住宅区，可以看到很多路人，大部分是下班回家的住户，毕竟是下班时间，人很多也不足为奇。

这间公寓刚建好，共有六栋三层楼房，看上去是个挺大的小区。城野混入下班的人群中，越是人多的地方越不会被人注意。他双手插在大衣兜里，低着头走上水泥楼道。他曾和一些人擦身而过，但谁也没在意，大家以为他也是这里的住户，与其他很多上班族一样，下了班拖着疲惫的脚步低着头上楼。无论哪里的公寓其实都一样，住户之间没什么往来，没人关心他是谁、住在哪间。

城野来到目的地，301 室，他窥视前后，所幸没人，于是轻轻地敲门。

门上有一扇镶着磨砂玻璃的小窗，透过玻璃可以看见屋内亮着灯，还有人影，说明那个女人在家。这时，门从里面打开一条缝，女人露出半张脸，她就是城野之前暗中研究了很久的黑原的情人。城野脱下外套，低头致意。

“请问您找谁？”女人问。

“您好，我是 ×× 公司的。”城野报上公司名字的同时特意向对方亮出了上衣前襟上的徽章，“我叫山田，我们部长让我来给您捎句话。”城野说的是“我们部长”，不用指名道姓，对方应该知道说的就是黑原，城野还想用这个词骗对方相信自己是黑原的部下。

“啊，是这样啊。”女人有些犹豫，毕竟以前从未有人来传过话。虽然将信将疑，她还是对城野敞开了大门。“请进。”女人说话的语气有些害羞。

“打扰了，那我进去了。”城野表现得很殷勤，快步进入屋内。

一进门就是那个六平方米多的房间，里面是十平方米的那间。女人把城野请到大房间。“您请坐。”

城野端坐在榻榻米上，双手置于膝盖，郑重其事地再次低头问候：“我叫山田，我们部长一直很关照我。”这世界上叫山田的人简直多如牛毛。

但女人好像完全相信了城野。城野身上戴的徽章和她的情人黑原一样，城野的举手投足也有礼有节，女人完全没有起疑。

“辛苦您了。”女人替情人黑原向城野寒暄致谢。

在明亮的灯光下，城野打量着这个女人的脸。虽然她自称二十八岁了，但看上去比实际年龄至少小五岁，长得真漂亮，皮肤白皙，眼睛又圆又大，嘴唇薄薄的。之前暗中调查的时候，城野多次看到过她的侧脸，现在看到了正面，城野心想，难怪黑原会迷上她。

“您稍等。”女人穿着时髦的毛衣和裙子起身去厨房准备茶水。

“啊，您不用麻烦了。”城野赶紧谢绝。

城野不是客气，而是觉得不能久坐，黑原不一会儿就要回来了。虽然已经预留了足够多的时间，但还是不能掉以轻心。

城野原以为自己很镇定，却突然产生了错觉，以为外面有人要开门进来，他的心脏“扑通扑通”一阵乱跳。

女人走进厨房，给灶台点上火，开始烧水。

城野不安地打量着屋内。衣橱、三面镜化妆台、缝纫机、留声机，看上去都是新的，也有可能是因为保养得好。城野心想，这些都是好东西，黑原真舍得。他想到了自己家里的那些日用品，相比之下实在寒碜。

总之必须快。他本想轻轻走去厨房偷袭，但还是忍住了。从这里走到厨房的过程中，女人也许会有所怀疑。城野决定还是坐在原处等她过来。

他觉得这壶水烧了很久。终于，水开了，女人端着一套茶具来到房间，有一只茶壶，两只茶杯。

“这么大老远跑来，真的辛苦您了。”她边说边将水壶里的开水倒入茶壶。她低着头，白色的水蒸气升腾到她的脸上。

然后，她从茶壶里倒了两杯茶。“您请喝。不是什么好茶，希望您别介意。”

那茶杯不知道是不是专门待客用的，一看就是高级货。青花瓷杯身画着南宗画风的兰花，旁边似乎还写着一行小字，像汉诗，又像赞文。城野也不明白自己为何会对这个茶杯特别在意。

女人手捧相同的杯子，静静地喝着茶。

城野也拿起茶杯放在嘴边，发出啜茶声。

茶壶的花纹也和茶杯配套。

女人见城野一直没说黑原让他带的话，看城野的眼神稍稍开始有些怀疑。

城野意识到不能再拖了，离黑原来到这里的时间越来越近了。他又随便找了两三个话题闲聊几句，其实都是无聊的废话，一边聊一边等待时机。

终于，机会来了。

正好女人的杯子里好像落进了脏东西，她稍稍皱眉，起身打算去厨房倒掉。这时是城野的机会。

趁着女人拿起茶杯转过身去，城野突然起身张开双臂从后面一下子将女人扑倒。

之后的事情，可能因为当时太忘我，城野不记得了。总之，扑倒那个女人之后，城野用力压在她身上，拿出事先准备好的绳子，在女人脖子上绕了三四圈，发力将其勒死。

作案过程中曾发出很大的声响，城野吓了一跳，但好在没有邻居前来打探究竟。

女人的手脚一开始还在榻榻米上垂死挣扎发出响声，但没过多久就静止不动。她的脸上留下了淤血，很快就断气了。

生命离开肉身，实在发生得太随便。女人二十七年或二十八年的一生就此走到了尽头，她原本至少还有二十年甚至三十年的生命，但现在，就像被滴上了消字液，从此不见了踪影。

四

城野光夫呆呆地看着榻榻米上的女人尸体。到这一步为止，一切都算顺利。

他仔细地将绕在女人脖子上的麻绳解开。虽然这绳子很普通，但毕竟是从家里带出来的东西，还是会担心，如果现场留下这种东西，说不定就成了破案的线索。

然后他戴上手套，打开衣橱的抽屉，把里面的东西弄得乱七八糟，做出像是遭遇强盗的假象。接着他把女人拿来给自己坐的坐垫收起来，不能让警方发现有人来过。还有两只茶杯和一只茶壶，也必须处理掉。

他想起曾经在某篇报道中读到过警方通过茶杯摆放的状态抓到了犯人。被害人拿出两只茶杯，这说明犯人与被害人是认识的，可以推测出有客来访。城野一把抓起自己用过的茶杯往裤兜里一塞。这个茶杯上有自己的指纹，还有唾液。城野心中暗惊，好险，太危险了。

城野花了不到三分钟做完了这些善后工作。其实是很短暂的几分钟，城野却感觉已经过去了很久。他急忙跑到门口穿上鞋子，披上外套，戴着手套转动门把手。

他进屋的时候也戴着手套，坐到屋内才摘下的。现在是冬天，戴手套也不足为奇。房间里应该不会有他的指纹。只是喝茶的时候，茶杯上留下了指纹，但那个杯子现在已经在自己的兜里，万无一失。他快速打开门四处张望，所幸走廊两端都没有人影。

他快步走向与来时相反的走廊，特地绕远路从另一道楼梯下去。如果从来时的楼梯下去说不定会撞见黑原。

虽然下楼的时候遇见了这里的住户，但对方似乎没在意。这是大公寓，一栋楼里住着三十户人家，但彼此通常不会有来往。而且除了住户，还有其他外来访客。不会有人关心他是谁。更何况，在那么昏暗的楼道里低着头走路，根本看不清长相。

城野离开公寓向外面走去，步伐显得很镇定。

黑原健一再过一会儿就该到那个房间了吧？城野完全可以想象黑原震惊的模样。而且城野觉得黑原的反应一定也会如自己所料。

离开公寓后没走多远，城野看见一辆亮着空车灯的出租车。这里是郊外，很少有空车经过，才出门就能拦到空车，实属幸运。

见城野招手，出租车停到了城野面前。司机一言不发打开车门，城野默默地坐进车内，伸出一只手，“咚”的一声关上了车门。

“去 ××。”他朝背对着自己的司机说要去市中心的商业街。他计划的不在场证明是在那一带闲逛一小时。

出租车马上发车，载着城野离公寓渐行渐远，一路上时不时会被对面开来汽车的大前灯照到，每次城野都转过脸去，他不知道那些与他逆向的、开往公寓的车里会不会有一辆正载着黑原。

他点了一支烟，突然感到左边的裤腿绷得有点紧，这才想起是从那个女人屋里带出来的茶杯把裤兜撑鼓了。必须马上处理掉这个茶杯。城野看看车窗外，一片漆黑，他曾想过直接将茶杯扔到窗外，但觉得现在离公寓距离并不远，扔在这一带还是太危险。而且看到自己往窗外扔东西，司机也会觉得可疑。想到这里，城野放弃了这个念头。

城野也想过等到了大街上再扔，比如扔到垃圾堆里，但还是担心会被追查到踪迹。最好的办法就是打破这个茶杯，让其不成原形，但城野一时想不到去哪里做这件事。虽说只是一个小茶杯，仔细想来，还真不好处理。

这时，汽车的大灯照到不远处有座桥。

就是这里！桥下有河，扔在这里最好。

“麻烦停车。”城野对司机说。

“停在这里吗？”司机边说边踩刹车。出租车停在了刚过桥头的地方。

“不好意思，我下去方便一下。”城野打开车门。

夜色里，黑漆漆的河流好似一道界限，将星星点点的人家分隔在两岸。城野驻足的地方照不到灯光。他面向河流，解开衣扣。出租车就停在他身后。

城野一边瞥眼观察出租车司机，一边慢慢地从裤兜里拿出茶杯，偷偷地扔进暗夜的河流中。

听到一两秒后杯子落水的“扑通”声，城野本想用小便声打一下掩护，但他没想到桥很高，这招完全没用。茶杯落入河水时的声音比他想象的还要大。城野左看看，右瞧瞧，还好没有路人经过。此时，茶杯应该沉入河底变成碎片了吧。他终于放下心来。方便完，他觉得终于一切都搞定，证据消灭了。

突然，他转念一想，不对，还忘了一件事。

他从另一个兜里掏出绳子，简单绕了一下扔进河里。这是从自家带出来的旧麻绳，必须扔掉。即使有人看到河上漂着这么一根绳子也不会觉得奇怪。而且到了明天早上，这根绳子也许已经随着河水流入大海。

城野没想到这么快就找到好地方处理了绳子和茶杯。一开始他以为处理这些会很难，一直担心扔这些东西的时候会被人看到，因而变得很胆小。比如那个茶杯，虽然看上去像随处可见的濑户烧陶器，敲碎了扔在一边应该没人会留意，但一想到不怕一万就怕万一，他还是觉得随手乱扔太危险。能在这条河里处理掉一切，城野觉得实在太好了，仿佛心头一块大石落了地。

城野回到等候的出租车上。“抱歉啊，久等了。”他对司机说得很客气，然后关上了车门。车内没开灯，看不清司机的脸，但感觉是个年轻人，好像没兴趣和乘客套近乎，只是默默地开着车。其实不说话的司机对城野来说反而是安全的。如果司机是个话唠，一个劲儿地问东问西，说不定就会落下口实。自己是在那间公寓门口偶然搭车，必须更加小心。

车开了好一会儿，总算来到了相对热闹的地方，看到路上已经有很多其他出租车，城野选择了下车。

城野换了一辆出租车，这次的司机是个中年人，不停地和他聊家常。

五

这起事件上了报纸，占了很大版面。

之后的发展完全和城野光夫计划的一样。女人被杀二十分钟后，黑原健一到达那间屋子。但黑原是在事发第二天中午十一点左右才去专案组交代情况的。

获悉此事，城野光夫情不自禁地拍手叫好。一切都在他预料之中，好像军中参谋制订了缜密的作战计划，而战斗也如计划的那样取得了胜利。可以说，他早就洞悉了黑原健一的本性，拿捏精准，分毫不差。

黑原健一晚上九点左右到达情人的房间，看到她的尸体。惊慌失措的黑原匆忙逃走，当晚回了自己家。据说他去专案组交代情况的时候脸色惨白，眼睛充血，应该是一宿没睡，辗转反侧，最后下定决心去找警察。

他去找警察的时候，警察已经知道黑原与死者的关系。当晚十点左右，与死者关系很好的邻居太太不经意地朝屋内张望时偶然发现了死者。当晚，警方在管辖该地区的警署内设立了专案组，就死者的交友关系进行了一番调查取证。警方并没有花太多时间就查到了黑原健一，虽然他一直很低调地进出那间公寓。正当警方打算传唤他时，他自己跑去了专案组。

消息传到公司，大家都炸开了锅。公司的上层非常狼狈，忙着制订善后应对方案，普通职员则一整天都在公司里窃窃私语，对黑原部长的事件议论纷纷。

要说就是黑原部长干的也不奇怪。黑原自称看到尸体后惊慌失措，于是逃了，回去后想了很久，直到第二天将近中午的时候才想通，去警局交代情况。但警方对此表示怀疑。死者的房间虽然被翻得很乱，但家里没丢东西，可以断定凶手并非强盗，翻乱东西只是凶手的伪装。最后，专案组推定是黑原与情人因为情感纠葛发生冲突，黑原一时气急，将其勒死。

报纸对此事进行了大肆报道。

城野光夫把各种报纸都拿来进行对比。报道中说：警方推断的作案时间是黑原健一到达情人家时的九点左右。这个时间点符合解剖结果。而死者房间内只有一只茶壶和一只茶杯，警方据此推断被害人独自饮茶时突然遭到袭击。而且房间里到处都是黑原的指纹，没有发现任何其他人的指纹。

那剩下的一只茶杯似乎更加证明凶手就是黑原，因为黑原不是访客，来者若不是黑原，情人不可能放松心情地一个人喝茶。

读完了这些报道，城野光夫放声大笑。一边笑一边夸自己聪明，竟想到带走那一只茶杯。如果那只茶杯留在屋内而上面没有黑原的指纹，就证明有第三个人先到过那里并与女人交谈过。自己带走了那只茶杯，成功地混淆了视线，让人无法了解案发时的真实情况。

警察对公司里其他职员也进行过调查，但只是蜻蜓点水似的问话。警方基本上已经认定黑原就是真凶，展开的侦查工作只是为了搜集更多的证据。

正如城野所料，没有警察去找他，也没人要他的指纹做比对，更没人问他要不在场证明。

三天后，公司的告示板上贴出黑原健一的停职公告。

又过了一周，以接替黑原的新任营业部长为中心，公司内部进行了大规模的人事调动，城野光夫因此当上了资料科的科长。

城野欢欣雀跃，没想到事情会如此顺利。因为黑原一个岗位的空缺，很多人都获得晋升，城野光夫也如愿升职。然而得利的不止城野一人，这种受益完全是间接的，公司的人事变动本来就有这种蝴蝶效应。

又过了一周，黑原被释放了，并非因为警方认为他是清白的，只是因为专案组没有足够的证据起诉他。换句话说，黑原有些不清不楚。

公司给黑原健一安排了营业部长随从的闲职。

这时的城野光夫刚刚当上科长，每天乐不可支。案发一个月后，报纸报道说警方的调查陷入迷宫，专案组就此解散。

城野好像事不关己地看着这篇报道。没有一个警察来找过他，甚至没有警察向别人打听过他，也就是说，警方认为他与案件完全无关。于是在城野的意识中，渐渐觉得似乎并不是自己在那间公寓里杀死了那个女人。

比起杀人案，城野光夫更关心黑原健一。丢了部长一职，成了普通小职员，黑原日益憔悴。以前那副自信满满的面孔与腔调，已经完全被城野夺去。公司没有为了维护企业形象而辞退黑原，完全是念旧情。现在的黑原已经到了见人就躲的地步，他的存在变得越来越渺小。他之前经历了那么长时间的审问，彻底憔悴，再也无法恢复。他的脸色越来越差，眼神看上去也有些神经质似的，不停地东张西望。谁能想到他曾经是威风凛凛的营业部长？黑原似乎被耻辱与挫败击溃。

城野光夫有时会偶遇黑原。以前黑原看城野的眼神总是昂然骄傲的，现在却变得不敢直视。哪怕是正面相遇，黑原也会立即把脸转开，好像要找东西，眼神飘乎，加快步伐从城野身边经过。

城野光夫高奏凯歌。他很想对黑原说——你也有今天！我可是忍了你很久！现在你和我的地位互换了！你就那副窝囊样做到退休吧！

某天下班时间，城野光夫刚走到公司门口，突然被一名年轻男子叫住。“请问您是城野先生吧？”年轻人脸上带着微笑，看上去挺面善。

“我就是城野，你是？”

男子穿着干净整洁，但浑身上下没什么名牌。西装、领带、裤子都是便宜货，衬衫的领口看上去还带着浅浅的污垢。

“我叫小山。”

“小山？”

“您忘了吗？其实您忘了也很正常，但我只占用您十分钟，我们能在这附近稍微聊一会儿吗？”

城野光夫一脸嫌弃。对方的语气好像认识自己，但城野完全不记得这个人，而且刚见面就说去聊一聊，这让城野觉得不太愉快。他本想开口拒绝，但对方又说：“您不用担心，真的就一小会儿。您一定好奇我是谁吧？

只要稍微聊一两句，您马上就会明白。说实话，其实我想和您说的事与贵公司的黑原先生有关。”

“什么？你说黑原？”城野眼睛一亮。虽然原本可以拒绝，但对方一说与黑原有关，城野就放不下了。准确地说，是觉得哪里不痛快了。眼前这个年轻人看上去就像在用黑原要挟自己。

“是吗？好吧，拿你没办法。我其实过会儿还有别的安排。真的就一小会儿哦。”城野答应得很心虚。如果不和他聊，自己肯定会觉得不踏实，不听他说清楚就没法释怀。

“谢谢您。那麻烦您了，真的就一小会儿。”年轻人说完，走在前面带路。

六

两人来到一家冷清的咖啡馆，年轻人把城野带到最里面一桌，坐在城野对面，依然面带微笑：“城野先生，怎么样？您还没想起我是谁吗？”

“想不起来。我们在哪里见过吗？”城野越发觉得不舒服，他猜不出这个年轻人到底要说与黑原有关的什么事情，但还是装得很平静。

“我可是认识您哦。我们见过一次。”

“哦？在哪里？”城野故意歪着脑袋，“工作关系，我每天都会见很多人，但经常记不住，可得罪人呢。”

“这样啊。”年轻人点点头附和城野，“那我说件事情，也许您就能想起来了。哦，不，我还是先说黑原先生那件案子吧。那天晚上，就在被杀女人的公寓门口，我开车载过一个客人。”

“开车载客？”城野重新打量起眼前的年轻人，“啊，你是那个时候的司机啊！”城野脱口而出，却马上后悔，心想这下坏了，自己干吗说什么“那个时候”“司机”？这分明就是不打自招地告诉对方那天晚上在公寓门口上车的人就是自己。

年轻人故意对城野的冲动反应视而不见，继续娓娓道来：“是的。那天晚上，我是先载着一位客人到公寓，客人付钱下车后我开了没一会儿，车前灯就照到路边站着的一个男人。城野先生，那个人就是您吧？”

“是吗？”城野的脑子突然飞转起来，一心想挽回自己刚才的失言，“是那天晚上吗？我怎么觉得好像不是。对了，我想起来了，应该是那起案件发生的两天前。”城野打算装傻。虽然司机说是案发当晚，但只要自己坚持说是案发前两天就无从考证，双方各执一词，反正都没证据。

“您要是这么说，也有可能。但是那天晚上您去××町的途中曾命令我停车，于是我们在S河的桥上停了车，让您下车方便，这些您还记得吗？”

“是吗？”

“是哦。您虽然不记得我长什么样，但我清楚地记得您的模样哦。我以前还在您公司附近载过您呢。”

“哦，是吗？”

“一般来说，乘客都不太在意司机，也不会记住司机长什么样。一般人可能想不到，其实司机会记住乘客的脸，特别见到是第二次坐自己车子的客人，司机会马上想起来：这是以前坐过自己车子的客人。对城野先生也是一样。您在那间公寓门口招手拦车的时候，我马上想起来您是这家公司的职员，以前您在公司门口也上过我的车呢。”

“你想说什么？”

“您别急啊，请听我接着说下去。您当时在桥上方便的时候，我默默地坐在驾驶座上抽烟等您。平时一直在拥挤的街上开车，难得停在桥上，我想趁机看看夜色中的河面。同时我还看到了您的背影。您当时摆出解手的姿势，却从兜里拿出了什么东西。虽然街灯离得很远，不是很清楚，但我还是看见了哦。”

城野意识到自己的脸色变了。

“我当时好奇您在干什么，就一边抽烟一边看。您把从兜里掏出的东西扔进了河里吧？我还听到了水声呢。那声音不是很响，我猜一定是个小东西。我当时以为您把什么垃圾扔进了河里。”

城野默不作声。

“接着我开车把您带到××町。您给了我车钱下车后，我就开走了。也就开出去一百米左右吧，马上又有新客人招手上车，这位客人让我调了个头往回开。于是隔着电车轨道，我碰巧看见您拦下了另一辆出租车坐了进去，朝着刚才我载您去的方向驶去。当时我就很好奇，您为什么要换一辆出租车呢？我突然想起了您丢到河里的东西。到底是什么理由让您往河里扔东西，又特地换了一辆出租车呢？”

城野依然无语。

“所幸后来那位客人去的地方不远，我的车马上又变成空车。于是我回到桥那里。特地停了车，下到河里。我们这种做出租车司机的一直随身带着手电筒，我在您刚才扔东西的方位仔细寻找。您猜怎么着？原以为河水会很深，没想到可浅呢，而且难得那河水特别清澈，我一下就找到了您从桥上扔下去的东西。河里除了小石子，还有铁棒、碎瓶子之类的，只有一样东西看上去特别新，是一只茶杯。幸运的是，因为河底都是泥沙，茶杯居然完好无损，稳稳地嵌在河底的泥沙里呢。我心想，就是它吧，因为河底的其他东西看上去都不像是您刚扔下去的。我可是把裤脚卷到膝盖以上，趟进冰冷的河水才找到的哦。然后我捡起了那只茶杯。我今天带来了，您看一下吧，就是这个。”

年轻人小心翼翼地从一个大袋子里取出一个用姜黄色布包裹着的东西，好像献上什么宝贝似的，轻轻放在原本放着咖啡杯的桌子上。

城野的眼珠都快突出来了。出租车司机打开外面包着的布，看上去就像电影里的特写镜头。黄色的布打开后，出现在两人眼前的是那只杯身画着兰花、写着像汉诗又像赞文小字的青花瓷茶杯。茶杯稳稳地立在桌上，看上去非常结实。

“虽然掉到河里，但指纹还留着。沾到指纹的部分是脂性的，不溶于水，因此这上面有完整的指纹。我听说案发现场被害人的尸体旁边也有一只和这个一模一样的茶杯吧。哎哟，城野先生，您怎么了？”

这只青花瓷茶杯在城野光夫的眼里变得越来越黑，

他不由得倒吸一口冷气，抬头看看周围，却发现周围的一切与之前相比也变得越来越黑，他同时感到出租车司机的声音越来越模糊，离他的耳边越来越远。

报案后，出租车司机挠着头对警察说："那天晚上他在公寓门口招手拦车的时候，其实我并不知道那个人就是 ×× 公司的城野光夫，而且那起案件见报后，我也浑然不知，傻乎乎的，完全没把案件和我载过的乘客联想到一起。毕竟那个公寓里住了那么多人，就算案发当晚同一时刻有人坐过我的车也不足为奇。

"但也许是命运的捉弄吧，我后来居然搬到了那个被杀女人的屋子里。因为是发生过命案的房间，大家都很忌讳，没人愿意租。我本来就挣得不多，一听房东说这间房可以很便宜地租给我，就马上搬了进去。我之前住的地方很糟糕，对于我这种收入微薄的出租车司机来说，能住进那间公寓简直是天上掉馅饼。我才不管里面是否死过人呢。总之，我为了讨老婆开心就搬进去了。管理员还说，原来的住客用过的东西都可以送给我。当然，那些高级的三面镜化妆台、衣橱、缝纫机、电视机等肯定不会给我，我拿到的只是些原来的住客用过的小东西。据说她的亲戚们都嫌麻烦，没带走，就留在屋内了。一些看着恶心的东西都被我扔了，但还是留下不少我觉得有用的东西。

“其中就有四只茶杯，和死者被杀前用过的一样的茶杯。我觉得那些茶杯烧制的成色非常漂亮，也很喜欢杯子上的图文。毕竟是不要钱白得的，就像捡到个大便宜。只要不对别人说这是从死人那里得来的，客人们用这种看上去很高级的杯子喝茶，一定会感觉很有范儿。杯子上画着兰花，旁边写着难懂的汉诗，给人很高档的感觉，还有配套的茶壶。我觉得之前的住户肯定是整套买来的。

“但我老婆提出这套茶具少了一只杯子。我说我拿到的时候就是一只茶壶四只杯子，不会有错。我老婆却说，这套茶具一看就是新买的，如果是成套的，就肯定是五只杯子。我之前不知道，原来西洋的茶具，也就是像咖啡壶配咖啡杯的那种全套用具都是偶数杯子，但日本的茶具大多都是奇数杯子，不是三，就是五或七。

“可我拿到的确实只有四只杯子。我当时觉得毕竟是用过的旧东西，说不定之前不小心打破了一只。但转念一想，之前的住户是个女人，而且举手投足都很文雅细心，我又否定了这种猜测。突然，我想到一个人，就是案发当晚坐过我车的乘客。当时他在桥上方便，还偷偷摸摸从兜里掏出过什么东西扔到河里。听落水声，肯定不是什么重东西，但也不是纸张或空烟盒。我被自己的想法吓到了。无论是那个客人上车的地点还是时间，还有从桥上往河里扔东西的情节，都让我想到那个人就是犯人。他把自己喝过的茶杯带出公寓，为了消灭证据，把茶杯扔进了河里。

“想到这一步，接下去我就开始努力找人了。我也想过先报案找警察，又觉得警察可能会笑话我异想天开。我经常因为超速，被警察大人为难过很多次，总觉得和警察打交道挺难的。我想等找到确凿证据后再报警。首先，我得去找那个被扔掉的茶杯。我在那条河里找了很久，完全没影儿，只能放弃。接着，我努力回忆那晚乘客的脸。我在报上看到被杀女人的情人在 ×× 公司工作，想到也许凶手和这家公司有关。我趁不当班的时候，选了上下班时间站在他们公司门口观察了五六天。终于某一天，我看见了一个人，就是那晚坐过我车的人。于是我假装询问业务上的事，搭讪了他们公司里的几个同事，他们告诉我那个人是资料科的科长城野光夫。

“可是还是有一个问题。如果能找到当时他扔掉的茶杯就好了，但那茶杯可能早就被河水不知冲到哪里去了，也可能从桥上掉下去的时候就已经摔得粉碎了，与河底的泥沙混在一起了，总之，那只茶杯已经不见踪影。不过我想起我老婆说过，日本的成套茶杯都是奇数，于是我绞尽脑汁抓破了头，终于想出这个钓鱼招数。既然我自己有一模一样的杯子，不妨拿出一个当道具，演一场好戏。我没想到居然这么管用，城野当时真的面色煞白，坐都坐不稳，眼珠一转就晕过去了，弄得我反而有点不知所措。哦，是吗？他已经全招了？真不好意思，给警察大人们添麻烦了。已经找到确凿证据了？什么？还真有啊。麻绳？哦！是他自己坦白了之后，警方特地去河里进行了地毯式的大范围搜索？为了一根小绳子，还出动了好几艘船？这么大阵势啊。绳子居然没被河流带进大海，而是挂在了木桩上？现在好了，就算没找到茶杯，至少找到了凶器，这下他绝对逃不掉了。”

陆行水行

一

列车从九州别府朝小仓方向行驶了约四十分钟，到达名叫宇佐的车站。这里的小镇因宇佐神宫而闻名。

列车从宇佐站继续向北行驶三站，到达丰前善光寺站，再向南到达山岳地带后，驶上一条支线前往名叫四日市的小镇。附近群山环绕，继续向南可到达九重高原，又名九州阿尔卑斯。在四日市站下车后，坐大巴来到山顶，翻过山顶后出现一大片山谷，放眼望去皆为盆地。现在是早春时分，早晚都能见到盆地里云雾缭绕的美景，好似一幅水墨画。

这里的地名为安心院，准确说来是大分县宇佐郡安心院町。

新年刚过的一个下午，一名中年男子坐大巴来到安心院，独自朝着与盆地接壤的西边山麓走去。这人穿得很寒碜，步履也不矫健，时不时地在田边小憩。如果只是旅行者，应该不会来这里，但他也不像是为了跑业务来和农民打交道推销农机用具或肥料的。这人一手提着包，一看就是用了很久的旧包，黝黑的脸，戴着眼镜，眼神看上去若有所思。

这个人就是我。

我长期在东京某大学历史系担任讲师，名叫川田修一。我只在不起眼的小杂志上偶尔发表过文章，没什么人知道我。我不属于任何学阀，也不擅交际，只能一直当个小讲师。我自认为有强烈的研究意愿，却发表不了能被学术界认可的论文。要说我是学者，只能说我站在学术界的角落里，是个不起眼的存在。没办法，我就是这副没出息的样子。那些精明能干的教授怎么可能像我这样坐慢车一路颠簸，还要换乘大巴继续折腾？他们肯定会开着小汽车直接下榻到别府的高级酒店。不过我从别府出发后，走的虽然是条小路，但还算好走。

我其实并非第一次来到此地。想当年我还在做助教的时候，也就是战前，曾来过这里。

如果我这名讲师稍微有些名气的话，也许就能带上两三个学生助手一起来做调查了。可我是永远没法出人头地的小讲师，就算开口，也不会有学生愿意跟着来。我已经习惯了。我都是一个人跑去乡下的寺院、神社、老宅调查古籍档案。我的专业是古代史。我不想在这里详述我的研究课题，只想告诉各位，宇佐神宫在古代史方面仍有诸多未解之谜。

伊势神宫与皇室的关系大体上已经被研究得差不多了，然而在日本西部，宇佐势力集团曾拥有强大的势力。我认为在这方面值得继续深入研究。其中最有名的部分是，和气清麻吕[①]奉孝谦天皇[②]敕令执掌宇佐神宫后，宇佐神宫开始成为重要的占卜之地。天皇犹豫着是否该让位于道镜[③]时，为何不去伊势神宫求问神意？不去与皇室关系密切的伊势神宫，而是不远万里来到日本西部的宇佐神宫，个中缘由至今仍是个谜。

后来的圣武天皇建造大佛殿时，曾将宇佐神宫内神灵所依附的神体请至奈良（手向山八幡宫）；源赖朝同样曾在镰仓（鹤冈八幡宫）对宇佐神宫至诚拜请；朝廷也曾将宇佐神宫的神体请至京都（男山八幡宫）。这些史实都无法用所谓佛教加护（比如建造大佛殿）或武家守护神（比如鹤冈八幡宫）诸概念来解释清楚。

总而言之，一般的定论是，四世纪中叶至五世纪

---

① 奈良时代末至平安时代初的高官，平安朝首都平安京（今京都）的修建者。

② 孝谦天皇（718–770），日本第六位女天皇。

③ 奈良时代僧人，受孝谦天皇宠幸。

左右，日本建立了大和政权。如《魏志·倭人传》中所记，四世纪中叶，北九州存在过一个以邪马台国为中心的势力集团，尚无人知晓这个势力集团与宇佐神宫的祖先是否有关联。从地域上来说，提出“九州说”的学者们推定邪马台国就在今九州福冈县山门郡附近。也有反对派学者提出“大和说”，认为邪马台国在大和地区（今奈良）。

如果采信“九州说”，那么宇佐离得相当远，很难想象其同属于邪马台国势力范围。宇佐神宫内的神体有三尊：应神天皇、玉依姬与神功皇后。这些在《延喜式神名帐》中统称为“三所”。但这恐怕是奈良时代的牵强附会，与人物原型相去甚远。

这些晦涩的历史知识与接下去要讲的内容关系密切，各位读者可能已经不耐烦了吧？容我再唠叨几句。

《古事记》中《神武天皇记》里曾写道：神武从日向出发，经速吸濑户（今丰予海峡），受到宇沙都比古和宇沙都比卖的热情招待，在足一腾宫接受宴请。

关于这段中提到的足一腾宫，本居宣长[①]曾在其《古事记传》中作出过令人啼笑皆非的解释，说它“建

① 江户时代的日本学者，曾提出“物哀”概念。

于河边断崖，由船上一步可登”。

请允许我再多说几句。平安时代，在宇佐附近，包括国东半岛、丰后臼杵市和大分市内，磨崖佛曾流行一时。浜田耕作对此进行过研究，发表了《关于丰后磨崖佛的研究》，但他没有论及流行至边陲地带的佛教美学如何与宇佐古代文化圈相结合。

总而言之，可以推断，宇佐这片土地上曾经出现过古代国家，而且以某种形式对日本古代社会的政治体制产生过重大影响。

然而如前所述，关于这方面的研究尚不充分，换句话说，我个人认为“关于宇佐的研究”这一课题在日本古代史处于空白。

因此，我这个穷酸相的中年男人才会不辞辛苦地来到安心院盆地。

盆地东南方山麓附近有个妻恳部落，几户农家散居此地，还有一间妻垣神社。部落名中的“妻恳”是神社名中“妻垣”的谐音。妻垣神社非常古老，是一间建在较高处的小神社，周围由被称作玉垣的栅栏包围，隔着树林可以见到保存至今的神宫皇学馆。所谓皇学馆，是培养神道教神官的学校。提到神宫皇学馆，只有伊势神宫和这里有（昭和二十一年已停用）。我非常崇拜的国学家山田孝雄先生曾担任伊势神宫皇学馆的馆长，一念及此，早已破旧不堪的皇学馆在我眼里立刻高大起来。

据有关宇佐宫缘起的说法，这里的神体是比卖大神，宇佐宫是她的修行地。所谓比卖大神，就是前述女神神体之一的玉依姬。

妻垣这个名字听上去很有古韵，让人想起很多古代歌谣，如“在妻笼之地建造八重垣神社……”。我边想边走，从农家来到林间，爬上山坡。不料山坡会如此陡峭，不断有小石头“咕噜咕噜”滚下来，非常难爬。树木繁茂，遮住了阳光，有好一阵子感觉仿佛在隧道里那般昏暗。

我一边爬坡一边想，像我这样一个不起眼的历史学者，别的不会，只剩下一种本事，就是不嫌路远地从东京来到这种乡下地方做调查。但这种调查究竟能给我带来什么科研成果？无论我从事什么研究，都无法得到学术界的认可，我不属于任何学阀门下，只能可悲地自始至终被整个学术界无视。如果我发表一些不同于正统学说的研究成果，就会遭白眼，被当作异类。

如此说来，我现在所做的也注定是一场徒劳。不过我对自己说：无所谓。终有一天，一定会有人关注到我踏踏实实、一锹一锹挖掘着的未开垦之地，而现在的我只需耐心地等待那一天的到来。其实我的人生也是如此，乏人问津，无人尊敬，一介讲师做到老死。我不如其他教授有本事，我也不做那些随便写点东西杂志社就给钱的兼职。没有那些有名望教授的引荐，也没人请我去参加那些热门的历史讲座。

只要以后有人做关于宇佐神宫的研究时能想起我，我就满足了。明明所做的研究珍贵有益，成果却如同尘埃被埋没，不见天日。这种事情太常见了。

我的家庭生活也不如意。我有两个孩子，都没什么大出息。妻子完全不理解我的工作，一直忿忿不平于自己嫁给了个穷书生。我不擅交际，也没什么朋友。也就是说，没有人在上面拉我一把，也没有人在我后面推我一下。只有在这项研究中，我才能找到自己生存的价值。我埋头于这种在外人眼中不合潮流的研究，其实是想打破平淡无味的人生。

我终于爬到了半山坡，来到一片较开阔的梯田。在一个用原木胡乱搭建的栅栏圈内，我看到一块古老的石头孤零零地立在中央，石头上爬满了苔藓，看上既暗沉又阴郁。事实上，这就是神社的神体。由此可以看出神社的古老。无需赘言，古代所信仰的是山岳、巨石等自然物，即便到了现在，也能举出将三轮山作为神体的奈良三轮神社。眼前这间神社只有用于供奉的拜殿，没有被称为本殿的主殿。

我拿出破旧的相机，对着石头从各个角度进行拍摄。接着，我在附近找了个地方坐下来抽烟。

透过树木间隙可以看见安心院盆地，从这里望去好似一片辽阔的旷野。据说这种地形是古代人最为向往的居所。即使有人称《古事记》中的神武传说是杜撰的，我也无法认同足一腾宫临时搭建在断崖之上这种说法。我只承认一种说法：古代人逆流而上，发现了这片盆地，在此安居乐业。

宇佐神宫的神官代代沿袭宇佐的姓氏，之后该姓氏变化为大神。如今姓大神的人遍布全国，而大神之根就在此处。

北九州有宗像神社，属于朝鲜族，即所谓的海神系。《仲哀记》中曾提到宗像姓氏的原形为胸形，之后变为宗像、宗方或栋方。日本东北地区有很多人姓栋方（比如版画家栋方志功出生于青森县），原因就在于，那是随着北九州的对马暖流一路流向东北，形成了现在的姓氏分布情况。

宗像势力圈、邪马台国势力圈和宇佐势力圈，这三者之间的关系意味深长。宇佐地方已经有六七处出土了铜剑，而我希望通过调查能弄清楚在北九州使用铜剑、铜矛的民族与宇佐势力圈有着怎样的关系。

我正漫无边际地想着这些事情，突然从下面传来了脚步声。

爬上山坡的是一名三十五六岁的高个子男子，他突然看到山路前方的我，也露出一脸惊讶。他朝我点头致意，眼神中透出警惕和质疑。

男人穿着一件灰蓬蓬的大衣，透过大衣的衣角可以看到他下半身的裤子是便宜货，而他脚下那双红鞋的后跟也快磨平了。

我自顾抽烟，尽量不去打扰他。男人从兜里拿出记事本，开始对着那块神体石头画素描。他画得很专注。我确定他不是当地人，如果是当地人，肯定已经对这一带了如指掌，无需特地上山素描这块石头。我猜他也许是九州某高中的老师或乡土史研究者。

男人完成素描后，朝坐在一边的我再次欠身致意。“抱歉打扰一下，您也是远道而来的吗？”他看着我的着装，估计也暗自作了一番揣摩。

“我从东京来。”

“东京？”那男人露出吃惊的表情看着我，但我觉得那是一种自然流露的神情，毕竟他那副平常的面相怎么看都不像是从大城市来的。

“那您在这里有熟人吗？”能在山中偶遇也算是缘分，他可能感觉我看上去挺随和的，就没再拘谨，开始问我各种问题。毕竟这里与其他地方不同，在这样的环境中，也许所有人都会如此反应。

“没有熟人。事实上我是来这一带做调查的。”

“啊？这么远从东京过来做调查？真厉害啊。”男人发出感叹，“您是哪个学校的老师吧？”

“这是我的名片。”我递上名片。虽然自觉这举动有点唐突，没必要给他名片，但能在山中古迹萍水相逢，想变得更熟络些也算人之常情吧。

“哦哟！”他看了我名片上的头衔，突然向我微微低头表示敬意。像我这种在东京做讲师的，在乡下人看来可是很了不起的学者呢。

“抱歉我刚才没有自报家门，这是我的名片。”他慌慌张张地把手伸进破旧的大衣，从兜里掏出一张名片，上面写着“爱媛县温泉郡吉野村书记　浜中浩三”。

我有些吃惊。刚才还以为他不是高中老师就是乡土史学者呢，没想到居然是四国岛的公务员。

“从四国到这里，交通不太方便吧。”

“是啊，我是从松山附近过来的。”

从四国的松山出发，必须先坐船到冈山县或广岛县，然后乘山阳线才能到达九州。我的脑海中一瞬间浮现出他辗转多地旅行至此的画面。

“其实也还好。”这名村官笑道，“我先从松山到八幡浜，再从八幡浜坐船到别府，并不麻烦。”

我这才意识到原来还有这种路线。换句话说，他是坐着小汽船渡过了很久以前被称作速吸濑户的丰予海峡来到此处的。

“您也是来调查这里的古迹吗？”我问道。看他刚才认真素描石头的样子，有这种推测也很正常。

“不是，我一个外行，哪里做得来您那种调查古迹的大事情啊？我只是外行看热闹，爱好而已。我连一些基础的历史知识都不知道呢。”男人皱皱鼻子笑了起来。他谦逊的态度看上去有些卑微，有种民间乡土学爱好者见到主流学者时不必要的低人一等的神态。

“别这么说，我也只是个混日子的。”之所以这么说，是因为包括我在内，真的有太多所谓混日子的学者。

“您别谦虚了。说来有件事不知当问不当问，您做的调查和《魏志·倭人传》有关吗？”

“《魏志·倭人传》？”我不懂他为何如此发问，这次轮到我好好端详他的表情了。但我马上就想明白了。众所周知，关于《魏志・倭人传》中提到的邪马台国在何处，学术界分为两派，有人说在九州，有人说在大和。两派学者对《魏志・倭人传》中出现的古代地名究竟对应现在的哪个地方进行了激烈的争论，至今尚未得出定论，是一个悬而未解之谜。其中有一种推论，称现在的大分地区就是《魏志・倭人传》中出现过的古代地名之一。

那些所谓乡土史学家最多在自己住的小地方敲敲打打，做些小题目，眼前这名男子居然敢正面挑战如此巨大的课题。男子初看像农夫，相貌平平，却有着与外表不符的公职官衔，而他的提问更让我刮目相看，给我留下了难以预估的伟岸印象。

二

在枯冬的山林中偶遇的男人问我是不是在研究《魏志・倭人传》，我猜测这其实是他正在研究的。

世上有很多乡土史研究者，眼前这个在四国松山地区担任村干部的中年男子浜中浩三所涉猎的是连正统学术界名家大家都尚未给出定论的重大课题。

“其实我做的不是什么艰涩高深的学问。”我对他说，“只是因为奈良末期之前的宇佐神宫一直披着神秘的面纱，我对此较感兴趣，才做了一点小调查。”

“原来如此。”村官点点头，“您的视角非常独到，对此我颇有同感。”他兴奋地说，“我自己做研究的时候就一直想找关于宇佐地方的研究成果，没发现有什么学者对此感兴趣或作出过相关论述。没想到今天遇到老师您居然是研究这个方向的，太有慧眼了。”

突然被这个乡土史研究者尊称为老师，我稍有些不自在。但一想到自己毕竟是在大学里做讲师的，他叫我老师其实也不为过。

“不愧是乡土史研究者，很博学啊。”我称赞他。事实上，一般人并不知道关于宇佐地方的研究是尚未开垦的处女地，而且在古代史中，奈良末期之前的宇佐一直被视为神秘之地。

“您研究的是《魏志·倭人传》吗？”我问他。

他面露羞怯，同时又浮现出自豪的表情说：“让您见笑了，我是按自己的思路在做一点小调查。”他特地放低了声音，在我这个东京来的大学讲师面前，他还是有些露怯。但事实上，有很多先例已经证明，比起所谓正统学者，反而是一些地方史研究者更能发现有价值的学术线索。

“那很了不起啊，特别是对宇佐地方的调查，肯定很有意思。如果不介意，可否告诉我您的研究概要？”我向他提议。

我觉得，他既然能来到这里，要么是已经预想了某种假说，要么是在进行其他领域研究时所发现的结果与宇佐的研究有关。我觉得能听听业余爱好者的想法也是一种乐趣，甚至有些期待，他的想法可能为我本人关于宇佐神宫的研究课题带来一些线索。

“能说给老师您听是我的荣幸。但真的是外行说外行话，其实我做的东西挺拿不出手的。”他很谦虚，脸上却是跃跃欲试、急于倾诉的表情。

换句话说，这个乡下男人其实非常积极地想让我这个从东京来的大学老师听一听他的想法。如果换作是那些所谓的正统学者，他们在学会上正式发表论文之前，一般都会警惕性极高地竭力隐藏自己的观点。一方面是因为观点尚未整理成形，没有扎实的佐证不敢妄言；另一方面是因为他们害怕如果在论文正式发表前透露了自己的观点，会遭反驳或攻击。还有一个最大的原因，就是怕说出观点后被剽窃甚至抢先发表。

“那我就献丑，发表拙见了。”浜中浩三边说边挠头，“请容我先说句题外话，能在这里与老师您相见，真是缘分，您就当听着解闷吧。”

说着他从兜里掏出脏兮兮的记事本。

后文全是乡土史研究者浜中浩三对我说的话，如果把我听到的直接写出来给各位读者看，恐怕有些读者会摸不着头脑，甚至觉得索然无味，特别是对邪马台国大争论不感兴趣的读者而言，接下去介绍的这些关于迄今为止学术界争论的长篇大论恐怕会令人厌烦。但如果不交代清楚这些内容，浜中浩三的故事就没法讲下去。所以很抱歉，请容我把如今学者争论的要点尽可能简短地概述一番。

话说江户时代中期，九州博多湾附近有一座突出的半岛叫志贺岛。某天，一位渔民在海边散步时发现沙子下面有个东西在发光，挖出来一看，是一枚金光闪闪的四方形印章，用的是阴文，刻的是看上去艰深的汉字。不知渔民是被汉字的威严感震撼还是太老实，他们没有把金印熔化了换钱，而是交给了当地的领主。当时筑前地方长官名叫黑田甲斐守。渔民捡到的正是古代中国的著名金印，上面刻的汉字是“汉委奴国王”。

这枚金印是邪马台国大争论的重要物证。金印上所刻“汉委奴国王”，意思是古代中国的汉朝皇帝对日本

（委）奴国（据说在今博多地方）国王（相当于地方联合体组织的首长）予以认可。当时中国的皇帝认为日本是自己的属国，日本向中国皇帝朝贡。

中国有本史书叫《魏志》，其中有一段，根据中国派到日本的使者的报告，记录了从洛阳千里迢迢到达邪马台国的旅程。

邪马台的日语读音与大和相同，有人认为邪马台就是大和，也有人认为邪马台指九州的山门郡地方，争论的双方各执一词，互不相让。但这并不是什么新鲜事，早在江户时代，学者们就已经开始关注《魏志·倭人传》中的记录，当时认为邪马台国在大和地区的说法占据主流。

争论的焦点在于从朝鲜南部登陆日本之后到达邪马台国的旅程天数以及途经的地区及其地名。这里还有一个背景，大和政权成立的同时，据说在北九州还存在着一个女王政权。也就是说，赞同邪马台国在大和地区的人认为当时的日本属于大和政权，而认为邪马台国在九州的支持者则认为当时是女王政权。

我来整理一下这场争论的重点，其实这场争论本身就像一部推理小说。国外有个词叫“安乐椅侦探”，就是以分析书面资料的方式来揭秘历史（比如约瑟芬·铁伊的《时间的女儿》等）。希望读者们阅读以下争论概要时能像读推理小说那样津津有味。

《魏志·倭人传》中所记载的距离到底是怎么一回事呢？原文中的路线是从当时的带方郡（今属朝鲜黄海北道）出发，沿着朝鲜西海岸乘船南下，到达如今的韩国木浦地区，再经过对马国、壹岐国，在长崎县松浦郡的海岸登陆。到这里为止，所有学者均无异议，问题在于登陆后是前往同在九州山门郡所在的女王国还是从博多附近出发前往当时的大和地方，这是学者们争论的焦点。简单说来，《魏志·倭人传》中的路线如下：

狗邪韩国（朝鲜南部，今韩国木浦地区）：行一千余里→对马国。行一千余里→一支国（又称壹岐国）。行一千余里→末卢国（以上水行）。

末卢国：行五百里→伊都国。行百里→奴国。行百里→不弥国（以上陆行）。

不弥国：水行二十日→投马国。水行十日、陆行一月→邪马台国。

邪马台国以南的部分容我省略。《魏志·倭人传》中有一句“自郡至女王国万二千余里”，也就是说，从带方郡到邪马台国的总里数是一万二千多。

各位读者是否也发现这个距离实在过长了？即从木浦到对马是一千余里，从对马到壹岐是一千余里，从壹岐到末卢（推测为今佐贺县东松浦郡）也是一千余里。

之后的行程也参照这个标准而写，看起来就成了一段很长的距离。然而，这种“里”是古代中国特有的计量单位，提供这份报告的使者的记录肯定有讹误的部分，不能直接按照字面意思理解。

其中最有意思的部分是从不弥国到投马国记作“水行二十日”，而从投马国到邪马台国则需“水行十日、陆行一月”。对于这段话的理解，很大程度上决定了对实际距离的判断。

说起来有点复杂，我无法一一详述，但大体上来说，这个行程始终在朝南走。其中，从奴国到不弥国是向东。方向问题可用下图来表示：

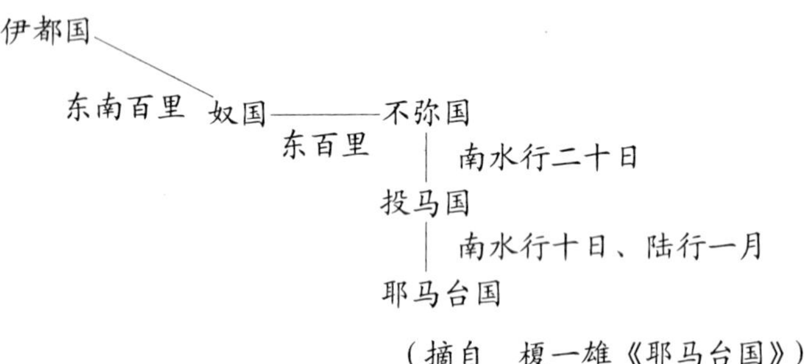

（摘自　榎一雄《耶马台国》）

其中，伊都国在今福冈县糸岛郡附近，奴国则在博多附近，这种推论已经得到公认。

有学者认为不弥国在今福冈县太宰府附近的宇美町，但如此一来，从博多到宇美町记作“百里”就会很奇怪，因为两地间的实际距离最多八公里。如此算来，糸岛郡到博多最多十二三公里。也就是说，原文中的“百里”只能作为古代中国的推测式距离。

争论的焦点在于“不弥国南至投马国，水行二十日”“投马国南至邪马台国，水行十日、陆行一月”。

如果完全按照原文中的距离来计算，这次的旅程肯定会从不弥国直接穿过九州跑到海里去。

这里需要注意地方史。有学者认为原文中的“南”其实是笔误，应该是“东”。也就说，使者搞错了方向。如果按照这种推论进行修正，“不弥国南至投马国水行二十日”“投马国南至邪马台国水行十日、陆行一月”就会变成从今濑户内海向东行驶，正好到达大和。这是支持“大和说”的学者们的主张。

在当时中国的想象中，日本是位于朝鲜以南、南北向、下垂状的岛国，“南”字是笔误的主张也算有一定的道理。事实上，从古代地图上看，当时的日本并非现在东北方向且形如弓，而是紧邻朝鲜的细长甘薯状。因此，将“东”错写成“南”的推论得到很多人的认同。

而且当时的航海技术尚不成熟，前往大和地区最安全的路径就是经过濑户内海。那里有无数分散的岛屿，如果遇到暴风雨，可前往避难。另外，从汉镜的出土和古坟分布情况来看，“大和说”（又称“畿内大和说”）的观点还是很站得住脚的。

然而“九州说”的有力程度毫不逊色于“大和说”。

如前所述，如果完全按照《魏志》中所记载的路线，在现实中根本无法成行。支持“九州说”的学者中有人认为，当时使者走的是从伊都国向外呈“放射型”的路线。也就是说，榎一雄教授等主张的是，魏王朝的使者是以伊都国为据点，之后的路程都是指从伊都国到另一国。另外，榎教授认为“水行十日、陆行一月”实在太远，应该理解成“如果水行需要十日，那么陆行需要一个月”。

“畿内大和说”的学者们反对上述说法，他们指出应该忠于《倭人传》的原文，而不应该像榎教授那样做出“放射型”的解读。也有学者认为，就算理解成“陆行需要一个月”也太久，可能是原文中“一日”错写成了“一月”，白鸟库吉等就支持此主张。

那么“九州说”中的投马国到底是现在的哪里呢？

各个学派对此推测的也都不一样，有说是九州的萨摩，有说是日向都万，有说是筑后上妻、下妻，还有说是三潴。

即使同样支持“畿内大和说”的学者之间也有分歧。有人认为日本海岸线的航路不应包括濑户内海。这种想法认为当年的使者是随着对马暖流向东行的。当然，这种说法需要一个基础，即承认曾经存在过出云国联合体组织。在这种情况下，投马国就可以是出云或但马。

另外，《倭人传》中写到的汉字发音是否就是当时日本地名的正确发音？这是一个古今语言的比较问题。而北九州又确实有神笼石（将一片山中腹地用石墙围起来的古代遗址，大部分学者认为是祭祀之地。山口县就有一例）。大和联合体组织和九州联合体组织之间的关系涉及考古学和文献学上的问题，“大和说”和“九州说”也分别予以了佐证。

再写下去，读者可能要觉得厌烦了，那就说到这里为止，主要介绍了“大和说”和“九州说”的概要。

来自四国岛的乡土史学研究者浜中浩三悠然地坐在草地上问我：“您认为邪马台国在畿内还是在九州？”

“说实话，我倒还没认真考虑过这个问题。两种说法都有道理。”我回答。

我俩一边抽烟一边继续聊。

“是啊。‘畿内大和说’与‘九州说’就像实力相当的相扑选手之间的比赛。”浜中浩三说，“但我个人感觉两种说法里都有太多先入为主的观点。”

“先入为主的观点？”

“换句话说，很久以前就存在对于这个问题的争论，而之后的学者都只是在前人的基础上加深、加强，在同一个观点的前提下进行更为细致的研究。但在我看来，他们就像在捣鼓餐盒里的米粒，是在一些没有意义的问题上钻牛角尖。”

“确实有这样的感觉。”

“我还留意到这两种说法之外的一个盲点：邪马台国究竟在哪里？我有自己的结论。”

“哦？既不是‘九州说’也不是‘畿内大和说’？”

“当然从大范围来说，还是属于其中一种。”浜中浩三笑着说，“您应该也注意到了，《魏志》中的里数以及‘水行十日、陆行一月’这句话都是非常模糊的表述，才导致了争论的混乱。对此，榎教授有一种独创的解读，他认为《倭人传》中的行程并非‘连续型’而是

‘放射型’。就像榎教授说的那样，当年魏王朝的使者留在了伊都国，之后的那些地名是使者据其他人的见闻落笔成文的。我觉得这种可能性非常高。但就像反对派提出的，还是应该作出忠于原文的解读。这种观点也确实让人很难驳斥。”

“确实如此。”

“但如果完全忠于原文，邪马台国就会从冲出九州的南部，一直冲到今天的奄美大岛或冲绳附近。这绝对不可能。所以原文中的‘里数’肯定需要修正，‘水行十日、陆行一月’也必须重读。那么‘陆行一月’是按照每天行走几里来计算的吗？‘水行十日’是按每天坐船向前行多远来计算的吗？这部分依然处于模糊不清的范畴。”

“是啊。”

“当时的航海技术刚刚起步，有人说‘水行十日’必须把遭遇暴风雨、中途在小岛上停靠的日子也计算进去，但即使如此，得到的结果依然很模糊，不够确切。所以我同意当时魏王朝的使者是留在一个地方，作为据点，根据听来的他人叙述，再加上自己的想象，写下了那些记录。但是我的独到之处在于，我觉得使者的据点并非榎教授所说的伊都国，而是不弥国。”

“为什么？”

“您还要问为什么？您仔细想一下。原文中，到不弥国为止的部分都清楚地记录下里数，但是从不弥国开始就变成‘南至投马国，水行二十日’‘南至邪马台国、水行十日、陆行一月’。用里数表示距离的描述到不弥国为止，之后都是用天数来描述的。换句话说，用里数记录的是当年中国使者实际走过的距离，而用天数记录的则是他的听闻或想象。”

“你的这种观点很新颖啊。”我佩服地说。

三

我之所以对浜中的说法感到佩服，是因为他的着眼点的确前所未有。

确实如他所说，末卢国、伊都国、奴国、不弥国这一段记录用的都是里数，但之后从不弥国到投马国，再到邪马台国为止，记录用的不是里数，而是天数。有学者指出，原文中既使用里数也使用天数，是写《魏志》的人故弄玄虚，故意用天数替换了里数，目的是取得里数与天数间的平衡。

伊都国在今福冈县糸岛深江村附近，这一点已经得到公认。有学者认为魏国使者以伊都国为据点，从伊都国到其他各地的距离都是他从日本人那里听来的。然而，大家都未曾想到这个据点其实可能会在不弥国。把伊都国作为据点的理由是，大家对于伊都国的现址已经有了统一的说法，并由此产生了一种安心感。正是由于学者们的这种心理陷阱，使得他们没有考虑把不弥国作为据点的可能性。这名村官也说了，人在步行的时候，会切实地感到一种距离感，而里数就是这样一种表现个人步行感受的计量方法。

有人说《魏志》中的天数，应是将一天的里程乘以所需天数而得的结果，但如果用天数计算，应该包括临时投宿当地或遭遇风浪后避难等情况。学者中有人曾引用《土佐日记》，说明当时确实会出现停船暂泊的情况，所以无法用天数直接换算成里数。普通所指的天数只是一种概念，不具备里数表述的具体性。

浜中说，如果魏国使者当时是据别人的见闻做了天数记录，那么这部分没有具体性就符合逻辑了。

“您觉得如何？”村官看我听得津津有味，满脸高兴，“老师您对我说的很感兴趣吧？那么我说这么多也算值了。总的来说，《魏志·倭人传》的记述从某种意义上来说，会引起各种解释的混乱，学者们也各说各的，很有意思。每个学者在作阐释的时候，都会把不利于自己理论的部分说成是《魏志》记述讹误、抄写错误、使者错觉等，据此予以否定。最近，我拜读了富来隆老师的著作，他在书中提出了一个疑问：这种正误判断和取舍的标准究竟是什么？对此我深有同感。”

我点头同意。

刚才曾说过，如果完全按照《倭人传》的记述进行解读，邪马台国就会冲出九州的鹿儿岛，这肯定不合理，只有当认为原文中把“东”错写成“南”时，“畿内大和说”才能成立。但事实上并没有确凿的证据可以断言原文把“东”错写成了“南”，所以这可以说是支持“畿内大和说”的学者们投机主义的想象，为了强行把邪马台国说成在畿内。

最近，四国岛的一名医生作为乡土史研究者出了一部书，对于邪马台国的考察提出了相当有勇气的新说，他彻底推翻了之前所有的学说，读来着实有趣。有趣只是因为他提出的是相当独断的一家之言。他在书中对《倭人传》的解读也只截取了符合自己论调的部分，用地名谐音玩文字游戏。

然而，没有人可以指责四国的这名医生的自圆其说，毕竟从古至今，所有的学者或多或少都有些牵强附会。

“我完全同意。”我对浜中浩三笑着说。

“榎教授以伊都国为据点的放射型理论非常独到，值得一读。按照榎教授的观点，从伊都国出发到另一国的距离或行程的表述方式各有不同，从伊都国到不弥国是百里，从伊都国到奴国是百里，伊都国到投马国是向南‘水行二十日’，从伊都国到邪马台国则是向南‘水行十日、陆行一月’，都是以伊都国为中心向四周放射型的行程。按照放射型行程的解读方法，从伊都国到邪马台国的里数短很多，这对‘九州说’非常有利。但原文的断句中并没有从伊都国‘到’A 地是几里、‘到’B 地是几里的‘到’字。如果忠于原文，解读时不人为地加入‘到’，那么‘九州说’就站不住脚了，因此‘九州说’的学者才会提出这种放射型的计算方法。”

“原来如此。”

“还有一个问题，如果说投马国到邪马台国是向南‘水行十日’尚可理解，但‘陆行一月’就太长了。所以有人认为‘一月’是‘一日’的笔误，其实也是因为‘一个月’不符合自己的论点，所以只能把‘写错了’当作理由，但这其实也是无奈之举。只要无法从科学的角度证明《魏志》的记述是有讹误的，各派学者的说法就只能看作自圆其说的歪曲。”

“说得有道理。”

“不过，学者本来就是要自圆其说吧。很多学说到了后来，文献变得丰富，还发现了各种遗物、遗迹，就会受到这些物证的约束而无法大胆展开想象。但《魏志·倭人传》并无可以力证的相关文献，很多学者只能从《倭人传》之后的中国作品中引经据典，发表一家之言。事实上在对比了各派学说之后，我期待后人能在这方面实现飞跃性的创新，如此一来，历史才会变得有趣，也会因此得到发展。”村官的语气有些不屑。

“刚才我虽然说佩服富来老师的论述，但读了他书中其他部分之后，也并非完全认同。”浜中浩三继续说，“富来老师推定邪马台国在宇佐，这确实是一种卓见。但他认为投马国是现在的鞆地区，并非备后地区（今广岛县东半部）的鞆，并根据‘速鞆濑户’这一说法进一步推定投马国的具体位置就在今北九州市的门司区。如此一来，要到达宇佐，向南‘水行十日’加上‘陆行一月’实在太久。于是富来老师‘勇敢地’作出判断说‘按照通说，陆行一月应为一日’。但所谓一月应为一日的通说，只不过是部分学者的一家之言，并非学术界公认的说法。比如说奴国在今博多附近，这才是学术界普遍认可的说法，这才能叫通说。相比之下，‘一月应作一日’的说法，只能算一种臆断。也就是说，富来老师为了使自己的说法能够成立，作出了妥协式的解释。其实不止富来老师，所有的学者都会‘勇敢地’跳过不利于自己论点的部分。”

“你的话真够犀利的。”我嘴上虽这么说，心里对村官的说法却是暗中叫好的。

“还有，”村官继续说，“富来老师推测说，不弥国在现存宗像神社一带。关于《魏志·倭人传》中的方向问题，富来老师批评了那些提出“南应为东”的学说，认为必须忠于原文进行解释，但他自己又认为宗像附近在奴国的东面。事实上，准确说来，从奴国到不弥国的方向也不是东，而是东北偏北。”

“但也有可能当时魏国使者的方向感没那么精确。”

“不可能。”村官坚决否定，“《倭人传》中，从末卢国到伊都国‘东南五百里’，从伊都国到奴国‘东南百里’，这部分记述的方向明显有别于其他单一方向。使者能写出‘东南’，就证明他有敏锐的方向感。富来老师说《魏志》中记述的整体方向轴发生了约六七十度的偏差。按照这种说法，富来老师所说的宗像位置只可能在东北方向，但他自己轻描淡写地说在东面。”

“原来如此。”

“很抱歉我这么说可能听起来像在批评富来老师，但我必须指出他论点中的以下问题。他说不弥国的不弥[①]与海[②]发音接近，应该是海之国。他认为宗像神社的众神分别在地岛、大岛、冲岛被祭祀，还特别参考了最近在冲岛出土的很多考古学成果。在大家的想象中，胸形族曾在古代拥有强大的势力圈，着眼于此的富来老师可谓独具慧眼。但为什么非要把不弥国说成海之国呢？沿海的末卢国、伊都国、奴国也可以说是海之国吧。也就是说，其他地名都有其正确解读，只有不弥国被提出海之国的抽象说法，这种逻辑是无法成立的。”

“原来如此，你说的有道理。”

眼前的这个村官虽然只是业余研究者，但据他的说法，可见他着实阅读了很多相关方面的书籍。

之后我越听他说越觉得“不弥国是据点”这个说法非常有意思。

那么，这位业余邪马台学者认为不弥国现在到底在哪里呢？

“当年的魏国使者不远万里从魏都出发，渡过渤海

---

① 日语读作 HUMI。

② 日语读作 UMI。

湾，途经带方郡，沿着朝鲜海岸的水路南下，来到对马、支国和末卢，对于方向，他肯定是知识渊博的，如果一定说他走到一半突然把东搞错为南，这简直是对《魏志》的亵渎。首先，魏国使者不可能不知道太阳东升西落的常识。有着长期航海经验的古代中国人熟知旧历，对天体运行也有着敏锐的感觉，如果真是东南，他肯定会准确地记作东南。所以我不认为富来老师所说的宗像地方是《魏志》中的正东方向。”

“有没有可能是笔误？”

“完全不可能。前文连续多处出现‘南’字，‘东’这个字只出现在从末卢国到伊都国、从伊都国到奴国的两处，而且都是与‘南’字共同出现的‘东南’表述。实在很难想象只有‘东’字是笔误，毕竟前文有那么多‘南’字，为什么只有这里会错写成‘东’呢？我觉得笔误说法完全不成立。”

“说的也是。”我赞同他这种推论，“所以这也是‘大和说’学者们的一种歪曲吗？”

“是的，是一种牵强附会的歪曲。”

“差不多该告诉我你自己的推论了吧。”我对他说。到这里为止，浜中浩三对所有学说都进行了一番批评，把可以否定的内容都予以了否定，接下去就该听听他自己的想法了。

“好。那么我来讲一下。”浜中浩三的表情有些得意，他打开手里拿着的记事本，“我认为魏国使者登陆日本的地点就在今佐贺县东松浦郡地区，因为末卢与末路谐音，这一点与之前的学说无二。但是其他学者推断说具体的登陆点在今唐津附近，我不这么认为。我觉得应该是更偏西北的呼子町。太和秀吉征伐朝鲜的时候，曾住在这附近的名护屋城内。《倭人传》中的记述则是以此为起点，向东南行进。从地形上来说，从这里前往奴国是东南方向。关于这一点，榎教授有相同意见。”

“那么你认为伊都国是现在的糸岛郡吗？”

“当然不是。”

“哦？”

“我尽可能地细读了《魏志》。如果末卢是今呼子，到伊都国就是五百里。换算成日本的里数约为五十五六里[①]。如果伊都国是糸岛郡的深江附近，那这个里数就超出太多了。有些学者说这只是一种夸张的修辞，但从

---

① 三国至魏晋的单位沿袭汉朝，一里为三百步，一步六尺。汉朝一里约合 432 米。现在的一里为 500 米，此处《魏志》中的一里约合现在的 0.864 里。日本的一里是 36 町，相当于 3.9273 公里。所以《魏志》中的“五百里”相当于日本的 55.0599 里。

伊都国到奴国的百里是从末卢到伊都国五百里的五分之一，从现在的地图上看，从呼子到深江、博多几乎相等距离，魏国使者即使在过程中产生错觉，五比一的差距也太大。两段几乎相等的距离不可能相差这么多。所以，伊都国并不是之前大家所说的糸岛郡。之所以会有人以为是糸岛郡，是被其古名怡土[1]迷惑了。”

“那么应该是哪里？”

“我们来画张草图吧。”说着，他在记事本上画了张九州地形的草图，“我从呼子出发，且如实地按照《魏志》中的东南方向走，五六十里之外是这个地方。”

“啊，福冈县的朝仓村？”我看着他所指的地方叫出了声。

“是的。筑后川的中流正好经过朝仓这个地方，其北岸就是志波部落附近，这里也正好符合从呼子向东南向出发，且按魏国的里数计算差不多是五百里。”

“如何证明就是这里？”

“《和名抄》里曾出现过惠苏之宿，我认为这才是伊都国。惠苏[2]、伊都，当时的魏国使者一定是搞混了两者

① 糸、怡土及伊都在日语里都读作 ITO。

② 日语读作 ESO。

的发音吧。我觉得是魏国使者听错了，才有了那样的记述。在九州出现叫惠苏的地名其实有点奇怪吧。老师您的表情好像在说我物证不足，对吗？好吧，我再举出一个旁证。齐明天皇征伐新罗时的大本营就是九州。众所周知，齐明天皇和皇太子中大兄皇子一起来到此地，却不幸得病驾崩。于是皇太子践祚，成为天智天皇，服丧期间住在名为木之丸的临时住所。以前有一种风俗习惯，服丧期间另建房屋暂住。”

“是的。”

“说到木之丸，现在还能找到名为木之丸神社的神殿。关于这个木之丸，我稍微解释一下。”

如果把我们的对话逐句记录下来会显得枯燥冗长，我把他的话转换成以下文字供诸位读者阅读。

木之丸曾出现在《新古今集》里天智天皇的短歌中：“筑前国朝仓，木之丸之御殿中，我身在此处，报上名来身边过，此者乃何人。”这首短歌中的殿就是住所的意思。以前人们习惯使用带树皮的粗木作为柱子，建造临时住所，这里指的就是黑木建造的殿（可参照京都洛北野野宫的黑木神殿）。齐明天皇在这里的行宫又被称作橘之广庭（田道间守当年献给垂仁天皇的“非时香果”指的就是这种橘）。因此浜中认为这个古代叫作惠苏的地方就是真正的怡土，即伊都。

而且当时的博多湾比现在更靠南，才会成为当时新罗战役的根据地，现在的位置则是由于那珂川的流沙填入了博多湾而发生偏移。

如今看来，当时的大本营似乎被建在了偏僻之地，但如果考虑其原来的形态，就一点也不会觉得奇怪。将惠苏推定为当年的伊都国，地处交通要塞，符合《魏志》中“国郡使往来常驻所”的记述。

假定伊都国就是今福冈县朝仓村志波（惠苏），那么奴国又在哪里？相较从末卢到伊都国的五百里，到奴国只有百里。浜中浩三推测，向东南延伸应该在今大分县森町附近的丰后森，这个地方有山地也有盆地，符合《魏志》中记录的户数，旁边还有河流经过，是古代人最喜欢居住的地貌。

如果完全按照原文来读解《魏志・倭人传》中的方向和里数，就会得出以上结论。

那么，奴国之后继续向东的不弥国又在哪里？浜中认为，《魏志》中这一段写的是里数，因此是魏国使者实际去过的地方。

“不弥国就在这里。”他指向我抬眼就能望见的安心院盆地。

“啊？这里是不弥国？”

“是。您不觉得安心院[①]是阿昙[②]变化而来吗？”

我“嗯”了一声，不置可否。

“安心院就是阿昙。阿昙属于众所周知的海神系，也是朝鲜系族的居所。宗像族和这里的宇佐族也属于海神系。我认为当时魏国使者一直在海神系势力范围内行走。阿昙的发音缩短后就会变成不弥。不弥在日语中不一定读作HUMI，这个‘不’字的读音是关键。”

四

来自四国岛的乡土史研究者浜中浩三认为，不弥国的“不”字读音是关键。

于是我问他：“你认为这个字该怎么读？”

我们已经聊了很久，不知何时，树影已经匍匐到背上。我觉得身体有些发冷，于是挪了一下地方。

“说到这个问题，”浜中浩三也跟着太阳移动的方向换了个地方坐，“我认为‘不’字是魏国使者的借字，

---

① 日语读作AJIMU。

② 日语读作AZUMI。

是用汉字来标记当时倭人发出来的音。这里的HU完全有可能是日语五十音图中HA行的五个假名[①]中的任意一个。举个例子来说，据说HO这个日语假名的意思来源于汉字的火，日本神话人物彦火火出见尊就是一例。不弥国的不弥可能不是HUMI而是HOMI，即与火或火山相关，而九州的阿苏山就是一座可与之对应的活火山。还可以举出别府地区由布岳这个例子。由布岳的由布，日语读作YUHU，这里的HU可能原本也是HO，虽然从这里其实看不到由布岳，即使它喷发冒烟也会被群山遮挡。回到不弥国的问题，'不'字的可能性有很多，但我个人认为，不弥国的不原本应读作HA。当时的倭人说的是AZUMI，但魏国使者听到的是HAZUMI，于是用'不'字标记了HA这个音。"

"原来如此，那么AZUMI中间那个ZU的发音呢？不会是音节缩短后消失了吧？"

"我就是这么想的。但是关于这个ZU，我猜想其实原文中是有的，但是在抄写的时候不小心抄漏了。"

"你是说脱字现象？"我虽然嘴上这么说，心里却在想，这位乡土史研究者和其他人一样，遇到说不通的

① 这五个假名的读音分别为HA、HI、HU、HE、HO。

地方就用错字、脱字之类的理由来逃避问题。但无所谓，他怎么说我都不会反驳，毕竟他提出的观点非常新颖。

“我认为安心院就是阿昙的发音变化而来的，使用阿昙作为地名的地方是古代日本海神系的基地，而安心院是大陆系所居住的地方。《魏志·倭人传》中曾有记载，魏国派出使者所到之处都是当时拥有势力的地方。还有一个值得注意的地方：魏国使者所到之处都是同一族群。我猜测，大陆系的二代、三代虽然迁徙至阿昙，但因为血脉相通，所以魏国使者走访了那些搬迁至异乡的同族后裔。其他学者有时会过于纠缠于一些所谓的政治因素，我不会。”

“原来如此，挺有趣的。”姑且不论正误，我觉得这位乡土史研究者所说的内容至少让我耳目一新，“现在该说一下最后的邪马台国在哪里了吧。”就像在玩双陆游戏[①]，现在到了收盘的时候。

“好。直接说结论，我认为邪马台国就在九州。”

我原以为他会提出其他说法，但他的结论也不过是既有的学说之一，令我稍微有些失望。

“我还是从头说起吧。”这位乡土史研究者似乎看出

① 古代棋盘游戏。

了我的质疑，“原文中说从不弥国向南‘水行二十日’，对吧？我之前讲过，这并非魏国使者实际走完的行程，而是从当时的倭人那里听来的。当时的倭人并没有里数的知识或观念，去某个地方只会用需要几天来表达。我所关注的是这里只提到‘水行二十日’，完全没有陆行的部分。之后从投马国到邪马台国记录的是‘水行十日、陆行一月’，有水行也有陆行，但从不弥到投马只有水行。一般的学者看到水行马上联想到大海，但我想到的是河流。”

“哦！”

“其他人都是按照现在的地图在想象，故而会犯错。您是不是也以为魏国使者一直是在偏僻的深山里走访？其实不然。其他学者只想到了沿海，而我有我的想法。我认为使者还去了日田附近的惠苏和丰后森，之后从丰后森出发，到了这里必须翻山。我这种想法的由来其实很简单，当时的日田地区和丰后森附近都位于山中，没法获取生活所必需的盐。我认为当时这里的住民会和沿海住民进行盐的贸易。”

“原来如此。”

“我认为贸易就是在这山中进行的。”

“但是这山里并没有留下贸易必需的通商道路啊？”

“怎么可能会有那种道路嘛。”乡土史学者的语气好像在可怜我居然会问这么低级的问题，“当时是需要披荆斩棘、从没有路的地方找路的年代。直到成立了大和中央政权，沿海的政治途径得以打通，自那以后才不需要靠自行找路在山里进行贸易，即通过政治途径，就算是深山老林，也可以把盐送进去。此后，除了日渐发达的陆上牛马运输途径，还可以选择迂回前进的河流运输，就不需要人们历经艰难险阻、用脚走出的那种最短路线了。”

“请接着说。”

“魏国使者从安心院去投马国的时候，最舒服的交通方法是坐船前往海岸方向。”

“坐船？”

“您请看，安心院盆地往东，下面有一条河名叫驿馆川，就是《古事记》中出现的宇沙川，我推测魏国使者就是利用这条河前往海岸方向的。《古事记》或《日本书纪》中也有记载，神武天皇东征的时候，曾在这条河上建造过一座足一腾宫。”

“对。”

“这条河上既然流传着神武天皇的传说，说明这里是古代重要的船运水路。”

“从不弥到投马只需走这条水路，因此记述中没有‘陆行’，只有‘水行二十日’。”

“您领悟得真快。”乡土史学者终于表扬了我，“当时这条河肯定比现在深很多，也宽。”他继续说，“现在因为上流的泥沙沉积在河底，所以河床变浅了，以前肯定非常深，水流也肯定非常湍急。乘船行进的时候，我觉得按照当时的技术水平肯定非常艰难。我猜想，从上游到下游的过程中，也许曾经停泊过两晚，神武天皇的传说中也提到过他曾下榻足一腾宫。”

“是的。”

“如果下雨，河流的水量还会增加，行进的时候就会更加危险。如此一来，很有可能得在一个地方逗留三或四天。之后来到内海，南下的时候也可能遇到大风大浪或波涛过于汹涌，原文的‘水行二十日’应该是把这些都计算在内了。”

“刚才说的都属于自然现象，不能保证必然遇到。”

“这是您的看法。事实上，经常远行在外的魏国使者肯定有这方面的常识，知道远行的路上必然会遇到很多计划外的状况，以致中途逗留在某处。今人不能把当时的船想象成和现在的船一样的构造，要知道，当时的船非常简陋，翻船的可能性也非常高。有个词叫一叶扁舟，当时很多情况下，单薄如叶的一块板就算是一艘船了，或者像古南洋人那样刳木为舟，但都完全没有安稳感，波浪一摇一动，随时可能翻船。一叶扁舟也好，刳木为舟也好，船一翻就下地狱了。行驶过程中必须非常小心，所花费的时间也因此变长。”

“原来如此。那么您认为投马国在哪里呢？”

“在别府南侧的臼杵。”

“啊？臼杵？”

“对。这附近的丹生曾出现在《和名抄》里，《延喜式》里也有海部郡传马，这里的传马读作TEMA，我认为就是投马的原型。也就是说，魏国使者是从国东半岛绕开很多入海口，沿着河流辗转至此的。臼杵离传马非常近，有著名的石佛群，还有与宇佐神宫颇有渊源的神社。”

“那么邪马台国呢？”我开始有点不耐烦。

“我觉得就在宫崎县与鹿儿岛县之间。”他回答。

“这么说来还是在雾岛一带？”

“不，未必是雾岛。邪马台国当时拥有相当强大的权力，如果只把它推定在现在的某个小地方，我认为是不对的，应该考虑更大的版图。也许阿苏一带应该算在里面，因此需要耗费‘水行十日、陆行一月’。您想想看，如果从今佐土原附近登陆，确实需要翻山越岭，经历艰难险阻，耗时一个月也不为过吧。”浜中终于说出了结论。此时，太阳已渐渐西下。

“谢谢告诉我这么有趣的事情。”我站起身。

“您感觉如何？”浜中浩三有些得意，“想不想去看看不弥国的遗迹？”

“啊？还有不弥国的遗迹？”

“只有我知道哦，还没告诉过其他人。”

我一时语塞。

“事实上，我特地从遥远的松山来到此处，就是为了调查这个遗迹。我是看在您对宇佐神宫如此感兴趣的分上，才忍不住把秘密告诉您的。”

“在哪里？”

“从这里往回走两公里左右就能到。对了，您今晚住哪里？”

“我还没决定。”

“那得回到四日市附近了吧？那里的住宿比安心院这里好很多。我也正好要去四日市。”

于是我们一起动身，临走前又看了一眼那块作为宇佐神宫神体的石头，然后沿着陡峭的山坡往下走。

我并不觉得刚才听了一番废话。姑且不论对错，这位有点不可思议的乡土史学者说的那些可以说是独断的，是其他学者从未提出过的。也许有人会说这是一种自圆其说，但诸如新井白石等历史学家研究邪马台国的时候哪个不是在自圆其说？比起那些大家名家，眼前的这位乡土史学者完全依照原文对末卢国、伊都国、奴国、不弥国之间的距离进行了推论，这一点非常有趣，他论点中的方向部分也符合《倭人传》中的记载。

他甚至讲清楚了每片土地的来历，比如他说伊都国是现在的惠苏，是以齐明天皇的行宫作证明，这是此前无人提及的。安心院的部分也是如此，他说安心院就是阿昙，对于想要揭开宇佐神宫神秘面纱的我来说，这说法极具参考价值。

我们一同下山来到盆地的宽阔平野上。太阳即将西下，两人的影子被落日拉得很长。

安心院的街心有很多店铺，但没看到一家旅馆招牌。我觉得应该听浜中的话去四日市，于是我们穿过安心院，爬过几座小山，来到山坡下等大巴。在陌生的土地上等一辆乡下大巴，这让我有一股莫名的哀愁。

二十分钟后，我们终于坐上了大巴。

“这么想来，这片土地原本很有价值，沦落成现在这样，真的可惜了。”浜中坐在我身旁说。

我看向车窗外，小卡车或小摩托在坡道上行驶，旁边农家院里的柿子已经干枯，推着自行车的男子正和他面前的主妇站着聊天。这番光景现在看来可谓随处可见，有些杂乱，有些散漫。在这里生活的人应该都不知道这片土地在古代史上的重要意义吧。浜中浩三的语气中透着这样一股愤懑。

大巴驶出没多久，安心院盆地就被群山遮挡，看不见了。越过山顶后，又驶过一段十八弯的山路，终于望见四日市的城镇。

“这里下车。”浜中浩三对司机说完催我一同下车。

下车的地方在半山坡，看不到人家。但在不远处的山下能看到四日市的城镇和近旁的村落，还能看见火车吐着白烟小跑似的行驶着。

“就是那条河。”浜中浩三指着铁轨边上说，“那条就是驿馆川，也叫宇沙川。魏国使者就是沿着那条河前往海岸的。”

他的语气很笃定，自信满满，仿佛在叙述一个确定的结论。在我眼里，那条河像一道细细的白色筋络。

“接下去我带您去看看洞穴吧。”浜中浩三喜不自禁地催我动身。我们沿刚才大巴行驶的道路来到一条向下倾斜的小路，他带我进入一片干枯的草莽。“这路有点陡，您忍耐一下。”说着走在前头，让我随后。这条小路好像趴在满是枯草和竹林的斜面上。我本以为要走很远，没想到很快到了。经过一段相对平缓的草地，走过十米宽的一小段平地后，浜中停下了脚步。

“就是这里！”他指向一处斜面，上面覆满了茂密的杂草，但还是能看到杂草下坚固岩石层的一处绝壁。再仔细一看，与人等高处有个洞口，宽达五米多。

“原来如此。”我莫名感到安心，朝黑暗的洞中看去。太阳已经落山，洞内黑漆漆的，什么也看不见。

浜中浩三在兜里掏了一阵，摸出一只手电筒，弯下腰，拿着手电筒向里照路。

“也不知道这洞有多深。”他转动着手电筒，变换着角度，试图照遍洞穴中的角角落落。茶褐色的土地和岩石组成了洞穴的顶端和两侧。越往里走，顶端越高，可以确定这是一个横向的洞穴。

他将手电筒照向正前方，但光线很弱，照不到很远，只能模糊地看到一堵墙。

“目测大概深七米，宽四五米，感觉应该比正方形稍微长一点吧。”

“这个洞穴有什么特别的意义？”

“您读过《大分县遗迹名胜天然纪念物报告书》吗？”

“没有。”

“那本书上记载称这里叫丰前四日市洞窟遗迹，在这个洞窟下方出土了很多打制或磨制的石器，还发现了绳文土器的碎片。”

“这里应该算古人住所的遗址吧。”

“我也是这么想的，虽然住的人不会太多。因为是横向的洞穴，也有人说这是坟墓遗址，但这里并没有羡道[①]，所以我觉得还是住所。”

“这里和《魏志·倭人传》有什么关系？”

“根据安心院的地形以及位于宇沙川上游的四日市现今的地形，我觉得这里是当时守卫这座山要害之处的瞭望站遗址。”浜中浩三说这话的时候依然信心满满。

五

三天后，我回到东京，去拜访了一位前辈。

“哟，你去了趟九州啊。”他看着我带去的土特产宇佐饴，“有什么收获吗？”

“没太大的收获。可能是我的期待值太高了，去了那里反而有些失望。”

---

① 通往墓穴的路，上不封土。

“看到什么古书了？”

“关于宇佐神宫的研究几乎都已成书，去了那里没发现特别有价值的。我试着走访了附近村子的老宅，也没什么收获。”

“从宇佐出发，还去过哪里？”

“我去看过东国东郡的田染村、富贵寺等，里面的壁画几乎都已经剥落了，看了也不知道画的是什么。”

“据说明治以前那个地方就像孩子的游乐场，现在应该都荒废了吧。堂本印象老师曾在战前摹写过那里的壁画，说明至少当时壁画的保存情况还算好。”

接着，我和前辈聊到了宇佐神宫研究中真正关键的问题，也就是奈良时代宇佐神宫的势力范围及其对今丰后地区、富贵寺的阿弥陀堂、丰后的磨崖佛等文化遗产的影响，还有对这种影响的解读。

“对了，我在相当于宇佐神宫奥宫的安心院妻垣神社附近遇到了一个有趣的人。”

我简短地把家住四国松山的乡土史研究者浜中浩三的事情告诉了前辈。

“这世界上确实有些人喜欢研究稀奇古怪的东西，你说的这位也是，一个人不辞辛劳跑那么远去考察，为的就是坚定自己的想法吧。”

“是啊。”

前辈津津有味地听我转述浜中浩三的推论后表示：“关于那场大争论，确实没找到任何实证，业余人士可以积极参与，我个人表示非常欢迎。学问本来就不该被一小部分人独占，我非常希望一般民众能参与进来。学问的表述方法也不应该只有一小撮人才听得懂，以为难解的专门术语或文章只是高级学者的发言，这是一种误区，是时候打破了。”

“我完全赞同。用浅显的语言书写的、带有启蒙意义的、通俗的文章，反而能打动人。我也觉得学术争论应该用平易近人的文字予以表述。”

“从这个意义上来说，业余的乡土史研究者们能参与主流学者的大讨论，真的是件好事。而且我刚才听了你说的研究者提出应该忠于《魏志·倭人传》原文来解析方向和距离，这种说法简直就是对主流学者的当头一棒。无论是‘大和说’还是‘九州说’，都有很多自圆其说的解释，渐渐偏离了原文。”

“我听了他说的那些，也觉得很有意思。比如他说伊都国就是今福冈县朝仓郡朝仓村，这种见解非常独到。无论惠苏是否真的就是伊都，他能提出伊都国是齐明天皇出征朝鲜时的大本营，作为一种论点可以算是站住脚了。他还考虑到从末卢国出发的行程比例问题，真的非常有意思。他还说安心院就是阿昙，是宇佐势力圈的根据地，这一点，您怎么看？”

“这种说法很有趣。宇佐的阿昙与宗像的阿昙族，应该是可以对应起来的吧。”

“但后面他说的那些就让人失望了。原本听他之前说的那些，我还以为他会推定邪马台国在某个出人意料的地方，结果还是回到‘九州说’，还说应该包括宫崎、鹿儿岛和熊本，真的蛮失望。”

“因为他之前关于路程的论说与主流的通说都有所不同，所以你才会有特别高的期待值吧。按照《倭人传》原文中一路向南的表述，最后必然会得出邪马台国在九州的结论。然而，他提出天数是魏国使者听来的，而非自己实地行走的说法，是其他主流学者都未曾言及的，可以算独创，也有较强的逻辑性。”

“托他的福，遇到他是这次旅行中最有意思的事。”

“你和他说完那些就分开了吗？”

“回来的路上，他带我去看过一个奇怪的洞穴，说那是防止他族入侵的瞭望站，但这只是一般的类推吧。我们住在不同的旅馆，第二天早上，我去他住的那家旅馆找他，店员说他一早就走了。”

那天我在四日市的旅馆吃早饭时，突然想起了浜中浩三。去他住的旅馆找他时，服务员告诉我他已经退房了。我一边看着窗外朝雾缭绕的山峡，一边想象着在白雾中独自行走的浜中浩三的黑色身影。

我们曾交换名片。回到东京一个月后，我以为他差不多该寄明信片给我了。按常理来说，当时他抓住我这样一个听众聊得那么起劲，回去后应该会想向我汇报一下之后的想法或近况吧。但我并没有收到他的明信片，一张都没有。我看着他的名片，想过主动寄明信片给他，但拖延一阵子之后就不了了之了。

拖延的一个理由是，我猜想他之所以没有寄明信片给我，可能是因为他还在旅途中。

又过了一个月。我去学校上完课正准备回去，在走廊里偶遇了之前一起聊天的前辈。他虽然是别的大学的教授，但是一周会来我所在的学校担任一次客座讲师。

“我给你看样东西。”他笑着说。

“什么东西？”

“一份地方报纸。想给你看看，就拿来了。”他从兜里拿出折好的报纸，是福井县的地方报纸，“我有时候会接到这种地方报纸的委托让我写写随笔什么的，但其实不是报社直接找我，而是通过代理商，把我的文章收集之后发给各个地方报社。这份报纸上登了我的一篇随笔，两三天前，他们把报纸送来给我看。”

“是哪方面的随笔？”

“不是叫你看我的随笔，我的随笔很无聊。我是想叫你看一下这份报纸上的广告栏。”

“广告？”

“你自己看吧。”

前辈只给我看报纸的最内页，版面下方印着一行密密麻麻的小字，一般这里都是用来登招聘信息的，但是前辈指给我看的不是职业栏，而是杂事栏其中有一条写着“邪马台国”几个字，而且也许是为了吸引眼球，“邪马”两个字印得特别大。全文如下：“现诚向全国乡土史学家就邪马台国考证一题进行征稿。来稿望有异于主流学者的学说。优秀稿件将收录进论文集，由东京知名出版社予以出版。来稿请寄至：爱媛县温泉郡吉野村浜中浩三收。”

我低声叹了口气。这个中年村官怕是病入膏肓了，他自己一个人小打小闹做做研究居然觉得还不过瘾，现在要向全国的乡土史学家征集有关邪马台国考证的意见。估计这种征稿广告不止这份福井县的地方报纸上有，可能各县的报纸上都有。虽说相比广告费很高的东京报纸，地方报纸要便宜很多，但如果在所有地方报纸上都登广告，肯定要花一大笔钱。我估计浜中是有目的性地挑选了几份重点的地方报纸刊登了征稿启事。

“我看到报上写着登征稿启事的人在四国，马上想到了你之前和我提起的那个人。”前辈饶有兴致。

“看样子他想搜集全国研究者的意见，然后向主流学术界发起挑战。”

“我也有同感。”

“说笑啦。我们应该尊重他这种勇气。学问本来就应该向大众开放，特别是在学者们带有排他性的情况下。”

前辈口中的所谓排他性，是指那些把自己困在象牙塔中的学者对于业余人士的研究总是轻蔑不屑、不以为然，同时也指学阀间的排他主义。

我觉得浜中浩三对研究非常热心且全情投入，才会想召集全国的邪马台国研究爱好者。我很期待之后出版的研究成果。

但说到出版，肯定很花钱。我猜测浜中浩三虽然只是个村干部，但家里应该是地主，家底殷实，不然怎么能有钱又有闲地从四国跑到九州呢？他一定不是靠薪水过日子的人。但毕竟曾与我相遇，按照常理，他回去之后应该寄明信片给我保持联系吧？为什么没有？也许他并没有把我这个不知名的大学讲师放在眼里？而且从他当时的那些言辞来判断，可能他本来就对主流学术界嗤之以鼻。

又过去了一阵子，浜中浩三渐渐淡出了我的记忆。

差不多半年后，我突然收到一封盖着兵库县某町邮戳的信。我并不认识寄信人，信很厚。信上的笔迹非常老练，信中这样写道：

> 请容我开门见山，老师您是否认识住在四国松山附近的乡土史学家浜中浩三？我之所以这么问是因为五个月前这位浜中先生突然来到我家，给我看了老师您的名片，说您是他朋友。以前我并不认识浜中浩三这个人。第一次知道他的名字是在地方报纸上看到的征稿启事，那篇启事中说想向全国研究者征集有关邪马台国考证的文章。请允许我自我介绍一下，我在一所中学做了很长时间的教师，之后还做过校长，三年任期期满后，去年刚退休。我的专业是语文，但十年前就开始对邪马台国感兴趣了。对于现在学术界争论的焦点以及众多学者的著作，我都进行过精读学习。在阅读他人论点的过程

中，我在兴趣爱好的基础上逐渐形成了自己的想法，然后开始自行研究邪马台国究竟在哪里以及魏国使者如何到达邪马台国之类的问题。

我有自己的推论，不在这里赘言。总之，因为看到了那则征稿启事，我马上写信给浜中浩三。他回信给我说希望我尽快把文章寄给他，最好能赶上和其他人的投稿一起整理出书。他说那则广告引起了相当大的反响，使他了解到全国各地有那么多邪马台爱好者，很受鼓舞。

读到这里，我还是没搞懂这封信的目的究竟是什么，以至于后面很多字我都快速跳过了。

没想到，收到他回信后又过了三周，浜中居然跑到我家来了。他比我想象的更年轻，来的时候还抱着一个旧行李箱。我见到他很高兴，请他进屋，和他一起聊了我们都喜欢的邪马台国。这个浜中果然已经做了很多相关研究，我对他的很多推论都非常佩服。他的很多想法和我的推论大相径庭，于是我像和最要好的同学讨论般，和他展开了愉快的交流。

当晚，我问他有没有预定旅馆，他说没有。我见他有些焦躁不安，就提出请他晚上住我家。他很高兴地住下。当晚我还拿出酒水招待。我家虽然在乡下是间老房子，但还够宽敞。

浜中住了一晚，第二天早上就走了。临走前，他对我说，我的想法非常有意思，叫我一定要寄文章给他，还说虽然其他地方已经有很多人寄稿子给他了，但他还是打算把我的文章放在卷首或者紧跟在卷首之后出版。

我对他说不用把我的文章放在卷首，自己的想法能印成铅字，让全国的爱好者都能读到，这对我来说已经是件大喜事了。另外，如果能让一些主流学者对我的文章产生兴趣，觉得有参考价值或者提出批评，那我肯定要偷着乐了。

之后浜中提出，出版需要很多钱，为了能一起完成这项伟业，希望我支付一部分的出版费用。昨晚与浜中聊天的时候，我知道他为了证明自己的论点，自费从九州的佐贺县跑到鹿儿岛进行实地考察。我明白这笔开销也很厉害。毕竟他穿的衣服和鞋子还有那只旅行箱都已相当破旧了。

我当时的想法是：不能让这样一个热心研究的

人独自承担所有的出版费用，就按他所说，给了他两万日元的定金。

浜中说希望我尽快把文章寄到四国。越早寄文章就可以越早出版。文章变成铅字后还需要校对，他说希望做一本精致的好书。说完就离开了。

之后我废寝忘食地写作，一周左右就写成一篇五十页左右的文章，然后寄去浜中的地址。但迟迟没有得到他的回复，不知道他是收到了还是没收到。毕竟是我拼了命写出来的文章，很想听听浜中的读后感。最主要的是，他至少应该告诉我是否收到。但那以后一直杳无音信。

我有个朋友在冈山县做教育工作，他写信告诉我浜中也去了他那里。和我一样，浜中也在他家住了一晚，也问他要了三万日元，说是作为出版费用。我那朋友之所以会写信给我，是因为浜中去见他的时候提到了我的名字。我告诉他，我给浜中寄了稿件，但浜中没有回复。我向朋友询问情况。他说浜中还给他看了老师您的名片。

于是我开始担心了，还发了封电报去他的地址问他是否收到稿件，但依然石沉大海，毫无回音。我甚至直接写了封信去他所在的单位，结果对方回信说浜中失踪了，还告诉我浜中在征稿启事里留的地址是一间建在村边的茅草屋，他每天一个人在茅草屋里做饭生活，没人知道他平时做些什么。他总是来无踪去无影。他本人对外自称学者，据说他住在茅草屋期间会去松山市收废品，趁间隙看看书。他经常会收到很多信，大家知道他在全国范围内都有通信往来。另外，对方在回信中还特地提醒我，说他给出的名片上虽然写着是村政府的公务员，但其实和村政府完全无关。

我很纳闷，他是通过什么途径在报纸上刊登了那则征稿启事？我向地方报社打听，他们告诉我是大阪的某家代理商负责具体操作的。于是我又去问那家大阪代理商，他们告诉我，是浜中把征稿内容和邮政汇款单一起寄给他们的，估计那则征稿启事在近畿地区、中国地区[①]、九州地区都能看到。

我现在搞不清楚浜中浩三这个人究竟是干什么的。他是骗子吗？或者他其实是个好学之士，现在仍为确定邪马台国在哪里而在九州四处走访调查，等调查结束，他会抓紧出版我们的文章吗？

---

① 日本本州岛西部，由鸟取县、岛根县、冈山县、广岛县、山口县五个县组成。

因为浜中给我看过您的名片，所以我觉得问问您可能是最快、最直接的。请原谅我冒昧写信给您。

我读完这封信，虽然不至于感到脚下坍塌，但还是有被石头绊了一跤的感觉。

六

正如这封信中所说，我至今不明白浜中浩三究竟是何许人。信中对方问我："他是骗子吗？或者他其实是个好学之士，现在仍为确定邪马台国在哪里而在九州四处走访调查，等调查结束，他会抓紧出版我们的文章吗？"其实这也是我想问的。

我最担心的还是把自己的名片给了他这件事。他打着我的名号去走访各地的乡土学研究者，毕竟我这种头衔在乡下还是很吃得开的。

让我意外的还有浜中浩三在松山住的居然是茅草屋，而且白天去市里收废品。这么看来他根本不是什么村官，说是骗子也不为过。

但是如果他只是个收废品的，却能有那样的"学识"，说明他还是相当有教养的。这个世界上有很多人一边打零工一边做学问，不能妄下定论说他就是骗钱的。有些不谙世事的书呆子虽然落伍于时代，但对于学问的热情依然燃烧不止，如果浜中就是这样的人，倒也可赞，比起那些龟缩在被称为象牙塔的幻影之城内不学无术、十年如一日地在讲台上重复着同样讲义的教授，浜中这样的人反而值得尊敬。

我决定怀着善意看待浜中。靠收废品才勉强度日的他努力做研究，靠自己的双脚走遍九州寻找邪马台国的所在，这都是我亲眼所见的事实。他肯定需要旅费，也肯定要买很多书，还想把自己的研究公诸于世，而自费出版本来就耗资巨大。

这么想来，浜中浩三通过报纸广告召集志趣相投者，承诺在后续出版物中收录对方的论文，作为回报，对方分担一定的出版费用，我相信这种做法本身绝无恶意。给我写这封信的人似乎觉得浜中厚着脸皮在他家吃住还收钱，因而感到不悦。但在我看来，也许是写信的人误会了，应该耐心等一段时间再作判断。

于是我写了一封回信，告诉对方名片是我本人的，是我在九州旅行时与浜中交换的。我还告诉对方，我也担心过他所顾虑的事情，但我觉得浜中不是坏人，请他再耐心等一段时间。

然而关于浜中浩三的求证信并非一封。四五天后，我又收到了冈山县笠冈附近寄来的两封和鸟取县米子市寄来的一封，与之前兵库县的来信内容大致相同。

我很吃惊，没想到浜中的活动范围居然如此之广。后来我了解到，他的征稿启事刊登在整个西日本地区，这么一来，他的活动范围有那么大也算理所当然。此后，来信的数量持续增加，范围扩大到岛根县的松江，广岛县的三次、广岛市，山口县的岩国、山口市、宇部、下关，还有九州的小仓、福冈、长崎等地的研究者陆续给我寄来了信件。

来信都提到浜中浩三在他们家里住了一晚，又以出版定金为由，收取了他们一万到五万日元不等的现金。根据来信的地点，我推测浜中的走访路线是从兵库县开始，到达冈山县，然后乘坐伯备线进入鸟取县，向西折返到岛根县，在此乘坐芸备线到达广岛，接着乘坐山阳本线向西行进。到达九州后，他几乎跑遍了所有目标人群所在的城市。“被害者”都是那些看了浜中浩三的征稿启事后给他写过信的人。

事到如今，我越发震惊。且不谈浜中浩三的欺诈行为，单是这个世界上居然有这么多人在研究邪马台国已经让我叹为观止。我之前从未想到仅兵库县以西的地区居然存在这么多“研究专家”，照此趋势，放眼全国，好学者人数必将令人难以置信。

当然，之所以有这么多人给我写信，完全是因为浜中浩三拿着我的名片走访各地招摇。我的名片为他的信用增添了砝码，这让我很是忧郁。一想到我那张旧名片已经被浜中那双龌龊的手弄脏，我的心情就愈加低落。

有些来信还会附上写信人自己的论点，也许他们想让更多的人知道自己的推论吧。但我的主业并非研究邪马台国，我只研究宇佐神宫。

不管怎么说，各地的乡土史研究者如此热衷于邪马台国的探究，原因就在于这个问题既没有文献也没有历史遗物可以佐证，对业余研究者来说是绝好的研究对象。那份好像被封存在渺茫浓雾之中的古代史的神秘感，很容易引起人们的兴趣吧？

我有点背脊发凉，不知道浜中浩三的欺诈行为会不会被警察调查，而我也会因此被请去警局协助调查。我这个寒碜的中年男人也许哪天就得面对警察，还有可能会被警察当成浜中的共犯。随着时间的推移，我越来越担心自己恐惧的事情会成真。

但我依然无法相信浜中是坏人。我回想起之前在宇佐的深山里，我们曾一边眺望着安心院盆地，一边相谈甚欢，那是只属于我们俩的时光。当时他的眼中闪耀着异样的光芒，他那口若悬河滔滔不绝的模样仿佛就在眼前。我们曾闲庭信步，走在安心院的小镇上，曾一起走到山顶附近的洞穴一探究竟，曾一起坐大巴前往山峡间的小镇，还曾因所住旅馆不同而在分别时郑重地互道再见……回想起这些，我无论如何不愿相信他是内心狡诈之徒。

虽然一直在担心害怕，但好在警察并没有找上我。自收到第一封来自兵库县的求证信迄今已经过去了近两个月，我又收到了一封来自大分县臼杵地方的来信。

这阵子，我一旦收到陌生人的来信就会觉得不安。浜中浩三的事情令我都有点神经质了。这封来自臼杵的信很难得，是出自一位女士之手。因为很重要，所以请读者看一下全文：

> 冒昧致信，请多原谅。实在太过担心，只能毅然决然地写信向老师您请教。
>
> 我丈夫今年四十七岁，在本地经营一家历史悠久的酱油铺，资产方面还算过得去，大家都说他算是这一带数一数二的有钱人。我丈夫名叫村田伍平，这是代代相传的当家人用名。我丈夫对家业很尽心，

同时对乡土史的研究非常热心。您一定也知道，我家附近有高千穗峡等古迹，流传着天孙降临的传说、神武天皇的口谕等。我丈夫研究的乡土史大体上是古代史方向。

差不多两个月前，四国松山的浜中浩三先生上门来拜访我丈夫。与浜中先生虽是初次见面，但我丈夫说先前曾与他通信。我丈夫曾在地方报纸上看到过一则征稿启事，是浜中先生向全国邪马台国研究爱好者征集文章的广告。我丈夫看了非常感兴趣，见到浜中先生本人时很开心，当晚就留他过夜，与其彻夜长谈。浜中先生第二天一早，以赞助出版的名义从我丈夫手里拿走两万日元后离开了。但一周后他又来了，这次住了三四天，在此期间，我丈夫几乎对生意不管不问，只顾在里屋里与浜中先生一边看地图一边讨论。到了第四天，也就是五月十五日早上，我丈夫突然对我说要出门一趟，和浜中先生一起去调查邪马台国——为了确认一下自己的推断是否正确，必须实地按照古代中国抄本上的行程走一趟，可能会去很久。他还随身带走了五十万日元当作旅费。

虽然他出门前说了会去很久，但我当时以为最多也就两三周。自从他离开已经过去了一个半月，没有回来，也没有从其他地方传来任何音信。我这么说可能有点自卖自夸，我丈夫真的是个很踏实的人，从来没有任何关于他的不好传闻，他也没有花天酒地的不良嗜好，一定要说他有什么嗜好的话，就是收集乡土史的书籍、走访附近的古迹而已。

我之所以会相信浜中先生，其中一个理由就是他出示了老师您的名片。当时我以为既然他认识东京的大学里那么有本事的老师，就应该相信他。事实上，我丈夫和浜中先生聊天的时候非常忘我，他多次兴奋地对我说，附近的乡土史学家就是不行，说这是他第一次棋逢对手，遇到情投意合的对象。换句话说，我丈夫是被浜中先生迷住了。

我丈夫还曾说过，他对邪马台国的所在地已经猜到了十之八九。他说，对我一个女人家讲太多，我也听不懂，就在纸上画了张草图，将古代中国书中的地名与现有的地名一一对应。邪马台国的女王卑弥呼就是日向姬，之后的女王是台与丰姬，当时的魏国使者就是从这些名字来判断邪马台国是从臼杵到宇佐地区都拥有强大势力的女王国。而惠苏之宿与后来的筑前、筑后、丰前、丰后皆相邻，完全可以成为前线基地，因此认为惠苏就是伊都国的观点是非常合乎逻辑的。那些地名的一一对应比较繁琐，在此我不再赘述。总的来说，我丈夫的观点与浜中先生的观点非常一致。

请容我回到正题，我丈夫离家一个半月了，音信全无，如果再不回来，我就要怀疑浜中这个人了。我丈夫身上带着五十万日元现金，我很难不去想象如果浜中心生歹念，威胁我丈夫，问他要钱，一旦发生抢夺结果会怎样。我也会自我安慰，告诉自己也许是我太多虑，想法太消极。但只要我丈夫一天不回来，我就会忍不住地往坏处想。

所以我想请教老师：您所认识的浜中浩三是个什么样的人？拜托您回信告诉我。读了您的信之后，我会决定是否报警。百忙之中打扰了。希望您能体谅我的苦衷，给我回信。拜托您了。

读完这封信，我深受打击。

此前，浜中浩三去各地那些有特殊研究爱好的人家里最多也就住一晚，骗点小钱，但这次他去了九州，把携带巨款的男主人骗了出去，两个人至今失联。难怪男主人的妻子要来信确认，她一定非常担心丈夫的安危。

不知浜中是一开始就盯上了男主人带出门的五十万日元，还是途中突生歹念要杀死酱油铺主人夺取钱财。不管怎么说，肯定没好事。

此前的来信中，很少有把携带巨款的人带走意图杀人夺财的犯罪。我一想到那张小小的名片居然成了浜中的犯罪工具就怕得不得了。无论我之前怀有多大的善意，现在都无法为其辩解。我只能怀疑浜中有问题。

我马上写了封回信，告诉她名片如何落到浜中手中。还告诉她，对于浜中本人，我一无所知。虽然不知道浜中如何自称和我的关系，但实际上与我毫无关系。我还非常诚恳地向她表示同情，说我现在也很心痛，如果她收到丈夫的任何消息，拜托尽早告诉我。

收到我的回信后，对方过了四五天又给我来了封信，说她丈夫依然失联，还说因为我的回信，她终于弄清了事实的真相。之前虽然有所猜疑，但最终还是我的回信让她下定决心报警寻人。

之后的每一天，我心里都记挂着这件事。三周后，酱油铺的老板娘给我寄来了第三封信：

> 警方的调查结果显示，我丈夫和浜中曾在两个月前投宿福冈县朝仓原鹤温泉旅馆。从地图上看，

这间原鹤温泉就在大分县日田市附近。我完全不知道他们为什么要住在那里。邪马台国的故事中出现过这个地名吗？如果是两个月前，正好是我丈夫离家十天后。那之前他和浜中又去过哪里呢？离开原鹤温泉后他们又去了哪里呢？我云里雾里，不知缘由。警方说会尽力搜索两人的去向。之后如果有任何结果，我会再写信通知您。

我对他俩行踪在意的程度不亚于寄这封信的人。我在地图上找到了原鹤温泉的位置，靠近日田市的西面。我的脑海中突然灵光一闪，想起了浜中曾经说过的话。从原鹤温泉沿着筑后川一直西行，就是朝仓村的惠苏宿，也就是浜中所说的木之丸殿遗址，浜中曾推定此处就是《魏志·倭人传》中的伊都国。我由此推测，浜中与酱油铺主人离家后十天内的行程应该是先从末卢国所在的佐贺县东松浦郡呼子町出发，徒步来到伊都国所在的惠苏宿。换句话说，他们从《倭人传》中的末卢国到伊都国，步行了五百里。

这个距离用现在的单位来计算，差不多两百公里，步行十天，时间有些多，但他们可能会途中调研遗迹、谈古论今或是推定往昔的道路，把这些时间算进去也就差不多了。之后两人在原鹤温泉旅馆住了一夜，第二天早上经过日田市，接着朝奴国所在的森市附近前行。

我推测，他们之后的路程应该是从奴国前往不弥国所在的安心院。

也就是说，伊都国与奴国之间的“百里”，两人是步行的。因为他们的探究欲极其旺盛，所以不会选择坐火车或大巴。就像七百年前的魏国使者一样，他们宁愿靠双脚行走，去切身感受并确认实际的距离。

结果是两人都失踪了，这确实有点奇怪。从日田岛丰后森出发原本可以坐铁路，也可以走公路，选择步行从丰后森（奴国）到安心院（不弥国）等于选择了艰难险阻。其间盘踞着峰峦如聚的高原地带，没有能通车的道路。也许古代曾经有过，即浜中曾提过的盐商之路，但是千百年后的今天肯定早已荒废，就算曾经有过古道，也已荡然无存。

我猜测，如果两人之间发生了什么，应该就是在从丰后森到安心院的途中。这一段是深山老林，无人经过，没有住户，地处偏僻，正是犯罪的绝佳场所。

又过去了两周，我没收到从臼杵寄来的信，也没有警察来找我。又过了一阵子，我突然收到酱油铺老板娘寄来的信，这次用的是快递。我有一种不好的预感，赶紧拆封看信，果然是坏消息。

> 抱歉让您担心了那么久。今天早上八点左右，我丈夫和浜中先生的尸体在国东半岛尖端一个名叫富来的海岸上找到了。他们是溺水身亡漂泊到那里的。警方刚刚联系了我。我现在要赶往现场，还不知道详细情况，但先向您报告一下。

接到这个不幸的消息，我发现自己推测的没错。

浜中浩三和酱油铺主人亲身实践了从不弥国（安心院）出发的“水行二十日”。他俩从四日市出发，沿着驿馆川，设定好船速，途中停泊了几天，然后来到了海岸附近的长洲。估计他们在那里又买了艘小渔船吧。酱油铺主人身上带着五十万日元，买艘旧船还是足够的。之后他们坐船从长洲出发，开启“水行十日、陆行一月”的旅程。

然而，小船行驶至国东半岛尖端处转角——差不多就是《古事记》中所载速吸濑户——时遭遇了激流与汹涌的海浪，于是一叶扁舟似的小船不幸倾覆。也许是酱油铺主人因出生在九州的沿海地带，自认水性不错，于是提出与浜中浩三尝试向南前往邪马台国的建议。

此刻，我的眼前浮现出两位超然于世外的古代史研究者的身影，他们变身为远古的旅人，悠然地划着小船勇敢向前。他们是诗人，白天远眺太阳运行，夜晚凝视北斗七星。他们绝不会把“南”错认为“东”。

化淡妆的男人

一

三月三日，清晨五点半。

曙光穿过灌木丛，射出一道苍白的寒光，周围仍有些昏暗，晨霭在灌木丛边和远处的屋檐上缥缈，田野和道路上都落满了白霜。这里是郊外，田地比住宅多。

路上有个送奶员正骑着车，挂在车把上的袋子里装满了奶瓶，互相轻碰，叮当作响。送奶员将奶瓶送至每家门口。

离开一个住宅区，送奶员继续向下一个住宅区出发。道路两旁尽是无垠的田地，偶尔能见到几栋茅草屋顶的农户，屋顶盖着霜，好似下过雪。路上没有行人。

这时，公鸡叫了。

送奶员是个十七岁的少年，在结了霜的田间小路上骑车前行。突然，他注意到不远处停着一辆小汽车。

少年觉得很奇怪，在这种地方居然会有汽车。最近很多有车一族没有自己的车库，只能任凭爱车风吹雨淋，少年一开始以为这辆车的车主也是如此。但这里离住宅区很远，小汽车就这么孤零零地停在路中央，车顶覆着白霜，实在很可疑。

少年很好奇为什么这辆车会在这里，于是走上前去，只见车内驾驶座上一个男人趴在方向盘上，好像睡着了。

少年很快发现了这辆车停在这里的理由。

距离汽车一米远的前方道路中央竖着一块告示板："前方施工　禁止通行"。也就是说，司机开到这里时，看见前方画着黄色和黑色粗线的告示板，于是停下车。

少年仔细一想，昨天这里并没有这块施工告示板，沿着这条路一直开下去是住宅区，然后才转弯到别的路上去。如果有施工的工地，只可能位于从此处看不见的地方。不过最近东京的很多道路都在挖开重修，很多时候前一天毫无动静，第二天就被挖得面目全非。

汽车一直停在那里没动，少年觉得很可疑。就算驾驶员看见了禁行的告示板，也可以倒车开走，为什么偏偏要停在告示板的对面，好像在对告示板怒目而视？

这时，少年意识到一个重要情况：车顶覆着霜。回头看去，结了白霜的道路上只有自己的自行车的辙印，并没有这辆汽车的辙印。

十七岁的少年立刻意识到这辆车昨晚就停在这里。

少年对熟睡的司机也心生疑惑。他把脸贴到车窗上，向车内张望了许久。

驾驶座上男人的脸埋在方向盘上，看不清长相。头发看上去有点少，而且乱糟糟的，软趴趴地耷拉在头上。

因为太阳还没完全升起，所以看不清车内细节，但已经能看到大概的模样。

少年想到两种可能：要么车里的人一直在睡觉，要么他已经被杀害。

少年呼着白气，瞪大眼睛，向车内足足凝视了两分钟，可是驾驶座上的男人始终没动。如果他睡着了，至少肩膀会因呼吸而微微起伏。

少年立即掉转自行车的车头，飞快地回到原路。他知道不远处有间派出所。

从行政划分来说，这个地方算是东京练马区春日町二弄一零五号的街区。

接到派出所警察发来的紧急通报，一小时以后，警视厅派出刑侦一队赶到现场。

停着的小汽车是一辆绿色的雷诺家用车。

如少年所言，被害人确实俯身趴在方向盘上，警方还发现了少年在昏暗中未能发现的细节。男人的颈部被绕了三圈麻绳，并在颈后打了死结。被害人身上穿着非常高级的大衣和西装。验尸时警方检查过西装内袋，没有发现钱包。

车是制动后停止的，也就是说，是有人踩了刹车后停在那里的。

被害人大约五十二三岁，头发稀疏，但发色漆黑，有光泽，戴一副很时尚的无框眼镜——发现尸体时，眼镜落在脚边，一侧的玻璃镜片已经破碎。

被害人受到的攻击不仅仅是被麻绳勒住，经过警方仔细检查，还发现他的后脑勺有少量渗血。即使只从伤口外部来看，也可以断定他明显遭到过强力重击。

经过现场侦查，警方很快查明重击他的武器就在后排座位上，准确地说，是在驾驶座与后排座位之间发现了一个扳手。扳手上有少量血迹，还粘着两根毛发。另外，警方在驾驶座下方找到一顶鸭舌帽，应该也是被害人的物品。

鉴证科的现场法医将被害人抬出车外进行尸检，推定被害人的死亡时间是九至十小时之前，也就是说，罪犯行凶的时间是昨晚九点至十点之间。致命伤在颈部，被麻绳勒至窒息而死。警方推断，凶手先是打掉了坐在驾驶座上的被害人的帽子，然后对其后脑勺猛击。被害人昏厥后，凶手再用麻绳将其颈部紧勒，致其死亡。

当然绝不能忽视竖在汽车前方那块“前方施工　禁止通行”的告示板。

警方经过调查后发现，这条路段并无施工。警方判断是凶手不知从哪里找来这块告示板，放在路中央，等车停下来之后实施了犯罪。

那辆雷诺是私家车，根据车牌可以查到被害人的身份。其实在进行繁琐的调查之前，警方已经从死者的上衣兜里找到了死者的名片。

死者是东京中央区京桥二弄十四号小田橡胶公司总务科长草村卓三，五十四岁，家住练马区高松町二弄五十八号。也就是说，案发现场离他家不到一公里。

尸体立刻被送往警视厅监察医院进行进一步解剖。

解剖后的判断大致与现场尸检的结果相同，确认罪犯的行凶时间就在昨晚九点至十点之间。解剖时还确认了被害人的胃部残留物，有油炸牡蛎和炖蔬菜。根据食物的消化程度，推定被害人在晚饭后一小时左右遇害。这一点也得到被害人的妻子及附近目击证人的证实。

解剖时还发现一个细节：被害人的黑发是染过的。

被害人草村卓三的家人只有妻子，名叫淳子，今年四十岁，他们没有子女。

警方于早上九点来到草村家时，他的妻子淳子正在洗脸化妆。警察注意到，丈夫昨晚一夜未归，妻子似乎非常淡定。没多久，警察就明白了为何妻子会对丈夫的夜不归宿如此平静。

警察把草村遇害一事告诉淳子后，她脸上的表情立刻变得扭曲："可能是那个女人干的，你们去查一下那个女人吧。"

二

警方很快就弄清了草村妻子让警察去查一下"那个女人"的理由。

那个女人名叫风松百合，是被害人草村卓三的情人，在丰岛区椎名町三弄一九五号租了间房子。她今年二十三岁，两年前开始与草村交往，半年前搬到现在的住所，此前在银座一家酒吧当女招待，草村就是去酒吧玩的时候和她勾搭上的。卓三不来找她的时候，她会去朋友在池袋开的酒吧帮忙，顺便打发时间。

淳子在一年前知道了百合的存在。当时百合还在酒吧做女招待，淳子就已经察觉到她和丈夫卓三的关系。

卓三不顾妻子的反对，在椎名町为百合租下一间房，这更激发了淳子对百合的仇恨。

因此当警方上门通知卓三死于非命时，淳子会脱口而出“可能是那个女人干的”。

淳子这么说其实还有一个理由，自从卓三为百合在椎名町租房金屋藏娇以来，每周两晚都会睡在百合那里。不过，随着现场勘查与调查工作的深入，警方发现淳子的说辞并不完全可信。

案发现场并没有找到卓三的钱包。淳子称不知钱包里具体有多少钱，但因卓三平常身上总会带两三万日元，她又说可能也是这个数。卓三所在的小田橡胶股份公司虽然规模不大，但业绩不错，作为总务科长的草村卓三还私设小金库，收入颇丰，这也是他能一直寻花问柳逛酒吧的理由。

经过多番调查，警方弄清了草村卓三当天的行踪。他傍晚六点从地处京桥的公司出来，平时都是开雷诺上下班的，那天也开着雷诺回去。七点二十分，卓三先回练马区高松町自己的家，当时天色渐暗，但附近仍有目击证人看到他开着雷诺回家。那天他从京桥回家似乎比平时多花了些时间，毕竟是下班高峰时段，多花点时间也不足为奇。

“丈夫回家时，我刚好不在家。”妻子回答警方询问时说，“我不知道他哪天会回来，正好当天有一部我想看的电影，六点左右就出门去了池袋的××影院。我丈夫应该是在我出门后到家的。我出门时把门锁上了，但他有钥匙。”

这个说法与附近的目击证人所言一致。有目击证人说，看见卓三开着雷诺回家后，在玄关用钥匙开门。证人甚至听到了他“嘎达嘎达”转动钥匙的声音。

“我午饭做了油炸牡蛎和炖蔬菜，吃剩下的放进碗橱，然后出了门。看完电影回到家，发现中午做的那些菜被摆在餐桌上，差不多快空盘了。我估计是我丈夫回到家后，先吃了点东西，然后出门。”

这个说法与解剖结果相符，被害人的胃部确实残留着油炸牡蛎和炖蔬菜。

下班回到家的卓三发现妻子不在，也许是感到无趣，又或者是觉得机会难得，总之，一个半小时后，也就是晚上九点左右，他又出门了。这时，邻居家的主妇碰巧看到他开车离开，她在距离卓三家大约十米远的地方与卓三驾驶的雷诺擦身而过。她说就在刺眼的车前灯一闪而过的瞬间，在昏暗的路灯下看见了戴着帽子、像是卓三的人。

那么晚了，卓三会去哪里？

从他停车的方向可以猜出大概，沿着这条路一直向前，就是情人百合所住的丰岛区椎名町。

但他为何行车至此要刹车？发现卓三尸体时，车前方竖着一块东京道路施工的告示板。卓三一定是在车前灯照到告示板的瞬间，踩下了刹车。

毋庸置疑，这里附近并没有施工。据警方调查，这块告示板原本立在其他路段，距此七十米远，不知何时被人搬到了这里。

从自己家到椎名町，卓三向来都是走这条路。如果他事先知道这条路上有施工，也许就不会选这条路。正因为他不知道，所以当车前灯照到告示板时，他不得不突然停车。

埋伏着的凶手就是趁这个瞬间冲进车内。如此看来，凶手肯定是有预谋的。

问题是，凶手的目标真的是草村卓三吗？特地搬来一块告示板，也可能是为了拦住其他人。

关于这个疑点，警方彻查了附近一带的车主。

调查结果显示，晚上八点半前，这条路上并无任何告示板，当时车辆都是正常通行的。告示板出现的时间只可能在八点半以后。如此说来，凶手应该就是冲着草村卓三去的。但凶手又是如何知道卓三当晚会去情人家？如果说卓三去情人家也在凶手的计划之中，未免有些牵强，因为卓三是先回自己家，发现妻子不在家，才临时起意去椎名町的。

按这个逻辑来看，凶手的目标就变成了晚上八点半后经过此条路的任何车辆，目的可能是打劫，只不过碰巧劫到卓三，抢走的不过是装了两三万日元的钱包。

警方还对指纹进行了细致的筛查。那块禁止通行的告示板上布满了各种指纹，但都是修路工人的。警方调查了这些修路工人，所有人都有不在场的证明。

说到指纹，被当成凶器的扳手以及汽车车身上均没有发现指纹。

如此看来，凶手是戴着手套之类的东西实施犯罪的，先从七十米外把告示板搬过来，逼停汽车后袭击了被害人。

但警方并非只追查劫杀这一种可能性，毕竟被害人有着复杂的男女关系，对于被害人妻子所说的“去了池袋 ×× 影院”的证词也必须予以调查取证。

经过调查，警方证实草村妻子确实进过影院，同时也发现她之后的行踪存在疑点，那是在调查草村情人风松百合时发现的。

风松百合接受警方讯问时作出如下回答："那天晚上我感冒，很早就睡了。草村没说过那天要来，我当时觉得头很重，直接上床休息了，甚至没去池袋那家哈瓦那酒吧，我一直去那里帮忙的。七点半左右，草村的老婆突然来了。

"说起来有些难以启齿，自从草村和我好上，他老婆就变得歇斯底里，常常来闹我。一开始，我还觉得是我不好，请她原谅，但他老婆不依不饶，变本加厉。后来我忍无可忍，和她对骂起来。我骂她说：'这里是我家，你总是这样上门来闹个不停，简直是条狗，是畜生。快给我滚蛋，我这里没东西喂你这条疯狗。'他老婆也真是有问题，大吵大闹之后通常会安静两三天，没几天心里觉得不痛快了，又会上门来闹，再和我大吵一架。我们甚至动手厮打过。那天晚上，就像我刚才说的，他老婆是七点半来的，像机关枪似的不停地吼啊，骂啊，闹到十点过后才回去。"

三

草村淳子一开始可能觉得是家丑，不想外扬，对自己去百合住处吵闹的事情闭口不谈，只说是去看了电影，事实上她在影院里待了不到一小时。

她七点就从影院出来，从影院所在的池袋前往椎名町，走这条路线更近。来到百合的住处后与她大吵一架。这一情况也得到了第三方的证实，住在百合家附近的邻居说，当晚七点半左右，她碰巧看见了当时正在敲门的淳子。

为什么邻居会认出不住在附近的淳子？那是因为淳子和百合每次都吵得很凶，在附近都出了名。

百合刚搬到这里的时候，大家就知道她是别人的情妇。草村卓三一般不出三天就会来这里一次，把雷诺停在门口，晚上在这里过夜。过不了几天，淳子就会来闹，污言秽语的，和百合吵个不停，两个人的骂声经常响至屋外，免不了被周围的邻居听在耳里。

她俩对骂的时候，草村卓三有时也在场，过道里甚至传出过卓三殴打妻子的声音，被打的淳子喊破喉咙似的大哭大叫。附近的人都听到了，还议论过一阵子。

当晚七点半，邻居看到淳子猛敲百合家的门，心想“哎呦，又来啦”。之所以会这么想，是因为最近这十来天，淳子上门吵架的频率和程度都超过以往。

风松百合也提到：“从十天前开始，草村的老婆就闹得特别凶。一天晚上，她甩给我五万日元，说是给我的分手费，让我马上滚。五万日元也是钱，要是草村对我说这是分手费，那我认了。但这是那疯婆子像打发要饭的扔给我的，我才不理她呢，我立马就把钱扔还给她了。那天晚上也大吵了一架。只消停了一天，她又来了，而且更加怒不可遏，说如果我不和草村分手，就朝我脸上泼硫酸、在我吃的食物里投毒药。她当时面目狰狞，乱喊乱叫。我也不是软柿子啊，哪里会怕她？于是我也不甘示弱地朝她开火，被我骂了之后，她更加发疯。那天也吵翻了天。”

警察边听边想象着两个女人激烈对战的模样。

警察又去找淳子，虽然措词不同，但对于百合所说的事实，淳子最终还是承认了。当然，淳子的说法对自己更有利：“那个女人骗了草村。我们家草村以前一直会如期把工资袋整个交给我，可自从有了那个女人，他的钱全用在那个叫百合的女人身上了，连家用都不怎么给，害得我入不敷出。而且草村已经想好了将来要和那个女人一起过，那个女人也有此意，才会完全不把我当回事儿，恶语伤人，我能不生气吗？草村回来晚了，或者干脆不回来，我就一直呆坐着等，但越等越来气，才会忍不住跑去找那个女人理论。她可不是省油的灯，是个可怕的女人，完全不把我放在眼里，气焰极其嚣张，外人都看不懂谁才是草村太太。”

当晚，也就是三月二日晚上七点半，淳子闯进百合家，和百合大吵大闹了两个多小时。每次淳子来闹，两人都会吵很久，有一次持续吵了三小时。事发当天，两人也是吵到十点多，淳子才从百合家离开。

淳子离开百合家时也有目击证人可以证明。正好经过百合家门口的邻居主妇说她看见了淳子用力甩门而出时的背影。正当她呆呆地目送远去的淳子时，原本已经关上的百合家的门却突然打开，可能是百合为了上锁不小心推开的。那主妇一阵慌张，本想避开，却不巧撞上了百合的视线，只能尴尬地寒暄两句。据那主妇回忆，当时百合的脸色很难看，看上去还有些不甘心，说：“唉，这个女人真的吵死了。这种老婆，别说草村了，哪个男人受得了！”

那位邻居主妇对警察说，当时她也不知道该怎么回话，听百合说完就赶紧走开了。

总之，案发当时，警方确认淳子在她的情敌风松百合家里。与此同时，百合也在自己家里与草村太太开战。也就是说，两个女人碰巧为对方作了不在场证明。

警视厅在管辖这一带的警署里成立了专案组，全力追查真凶。目前，警方认为可能性最大的还是劫杀。

为此，警方对附近的地痞流氓进行了盘查。有人提出可能是流窜犯，但警方判断，既然凶手能从别处搬来告示板，一定是对周围环境比较熟悉的人，而且凶手原本并非针对草村卓三，当时路过此处的任何汽车都有可能成为他抢劫的对象。

为了万无一失，警方还彻查了草村卓三的男女关系。虽然已经知道他包养了叫风松百合的女人，但警方猜测他在外面可能还有别的女人，毕竟这对出轨的男人来说不足为奇。

四

警方来到草村卓三任职的小田橡胶公司了解情况。

草村的十几名同事向警方讲述了一些事实，他们的说法都大同小异。

草村卓三虽然身为总务科长，但在工作方面并无建树。他之所以能坐上这个位子，只因为工龄长、资格老，属于不靠本事靠交情的那种。不过，他的确有个外人看不懂的“能耐”。

草村是个掉进钱眼里的人。反正人已死，同事们直言不讳地一吐为快。草村虽然在工作上没什么拿得出手的业绩，却颇有捞偏门的本事。大家都知道公司有个小金库，但不知草村耍了什么花招，那里面一半以上都成了他的囊中物。会计说他还会在发票上弄虚作假。

草村包养百合的事情，全公司都知道。对此，公司老总很不高兴，曾出面警告过他，叫他注意，如果还不听劝，甚至打算炒他鱿鱼。

总之，公司里没人说他的好话。这个贪钱敛财的男人还极度吝啬。身为总务科长，手下管着十几号人，包括做保安的、打杂的、清洁工及前台接待等。一般说来，做科长的就算自掏腰包，也应该时不时地慰劳一下手下，可草村卓三几乎一毛不拔，前台接待和公司保安都暗地里叫他“铁公鸡”。

卓三还有一个怪癖。

他很爱打扮。半头白发，却常用染发膏让头发看上去漆黑铮亮，还会抹很多发油，总是纹丝不乱。

草村年轻时曾是美男子，迷倒过一大堆女性。虽然已经五十四岁了，却仍留存着一些余韵。

然而没有比年轻时的美男子即将变成糟老头更可悲的事情了。昔日的英俊面容多了许多皱纹，皮肤也松弛了，尽显衰老之相。

草村卓三似乎对自己的英俊潇洒仍然很有自信，不仅染黑了白发，还戴上了浅色眼镜。更让人觉得滑稽的是，他居然经常给自己化淡妆。

他对自己的面容总是自信满满。明明很吝啬，却不时地招惹女同事，深信靠自己那张脸就够了。但事实上，那些女同事都觉得他令人恶心。

警方没有在公司里发现草村卓三的其他情人。

他虽然爱金如命，却总爱去泡酒吧，当然，花每一笔钱都是很抠门的。

有家酒吧告诉警方，草村没给过一次小费。在酒吧里，他总把女孩叫到自己这桌，却连一杯酒也不请。他从不喝苏格兰威士忌，大多喝些便宜的饮料。

草村明明爱钱如命，却总往花天酒地的地方跑，因为只有在那些地方，他引以为豪的英俊帅气才有用武之地。在他年轻的时候，多少女人曾为他尖叫倾倒，那段人见人爱的花样年华已牢牢扎根于他的记忆深处，正是那些众星捧月般的难忘情节让他在酒吧间流连忘返，不能自拔。

警方来到草村常去的四五家酒吧进行调查，都不是高级场所，当被问及草村这人怎么样时，女招待们个个嫌弃不已，归纳成一句话就是：“这人很恶心。”

“那人总是一脸猥琐，看着都恶心。他多大年纪啦，脸上还化妆，不男不女，像个妖怪。”

“那副眼镜是什么啊，淡茶色的镜片，怪里怪气的。而且那副镜片后面的眼神总是一副欲壑难平的样子，色眯眯地盯着我们。”草村不止看上去如此，他到任何一家酒吧都会搭讪女人。他年轻时肯定就是这样的，老了依然改不了。那些酒吧里的姑娘几乎无人幸免。

“被他搭讪过的，有谁真的和他好上了吗？”

女招待们都不屑地大笑起来。

“怎么可能！那人总是坐在角落里摆出一副‘我是美男子’的架势，我们看见他都像见到鬼一样呢。”一个女招待这样形容。

那么百合为何与草村走到一起，成了他的情妇？

“我们都不明白她怎么想的。”认识百合的人给出了一致的回答，“换作是我，无论草村怎么追求，我都绝不可能给他做情妇的。”

那么百合在老朋友面前又是怎么形容她和草村的关系呢？面对警察的疑问，她们回答说：“也许她就喜欢这样吧。我们都觉得那男人很讨厌，但我们讨厌没用，百合自己喜欢。她说是一开始是她主动和那个男人在一起的，现在抱怨也无济于事。不过她其实蛮虚荣的，就算现在不喜欢了，也不会告诉我们。百合确实不像我们那么嫌弃草村，这也许就是人们常说的青菜萝卜各有所爱吧。”

百合的老朋友一致认为，草村的钱包只为百合敞开，不然百合不至于乖乖听他的话。

另外，酒吧里的人也都知道草村的妻子会时不时地找百合吵架。

“百合也真的服了那个老婆，据说她特别可怕，近乎歇斯底里呢。不过在草村老婆看来，我们嗤之以鼻的草村在她眼里肯定是块宝，自己的男人被别的女人抢了，肯定会不甘心。”

“若是我遇到这种事，肯定趁机跟那男人了断。”

“也不知他老婆看上他哪一点了。百合也是，他老婆都上门闹得那么厉害了，百合都没和草村分手，也许草村确实有他的好处吧，只是我们都看不懂。”

被问及草村除了百合以外还有没有勾搭上别的女人时，女招待们都露出一副不可思议的表情，笑了起来：“除非是喜欢重口味的，不然一般人才不会去理睬草村那种人呢。据我们所知，应该没有别的女人了。”

根据警方的调查，不论男女，都对草村卓三没什么好感，也没有迹象表明他还有其他女人。

周全起见，警方还对草村卓三的个人财产及人身保险进行了调查。结果显示，草村卓三并没有什么财产，大部分钱都花在了风松百合身上，没剩多少。唯一称得上财产的，就是淳子所住的房子及土地，但按现在的行情来说，最多不会超过两百万日元。人身保险方面，他没和高额的保险公司签约，只在邮政局投保过简易险。

五

专案组最初按劫杀的思路进行了多番侦查，毫无收获。凶手是先把其他道路上的工地告示板搬到了案发现场，迫使汽车停车后再实施犯罪的，这肯定不是流窜犯的随意而为，而是智能型罪犯。警方虽然集中力量进行了多方侦察，却没有任何劫杀嫌疑人浮出水面。也有人提出，从家庭不和的角度出发，淳子才是嫌疑人。

然而淳子当天晚上六点左右离开家，七点半到达百合的住所，吵架两个半小时，十点过后才离开。这段时间恰与凶手作案的时间重合。警方将这段时间内发生的事件整理如下：

六点，淳子从自己家出来，在池袋看了不到一小时的电影（警方已证实）。

七点半，淳子从影院到百合家（有目击证人）。

七点二十分，草村开着雷诺汽车回到家（有目击证人）。此时，淳子已经外出，草村吃了家里的油炸牡蛎等剩饭。

九点，草村开车外出（有目击证人）。九点到十点间，卓三遇害。

十点零五分，淳子从百合家离开，百合目送（有目击证人）。

然而，这里有一种假设——淳子七点半到达百合家，十点过后离开，在此期间有两个半小时的时间，淳子可以提前离开。

如果这个假设成立，淳子是凶手的可能性就不再为零。比如，淳子可以在八点从百合家出来，立刻打车从椎名町回到高松町的自己家。当时丈夫卓三还在家。淳子悄悄从车里拿出扳手，潜入家中，猛击卓三的后脑勺，然后用麻绳将其勒死……

这又不太可能。就算这个杀人方法本身可行，但有邻居曾在九点左右看到卓三开车出门，也就是说，卓三是活着离开家的。

可以有另一种可能性——淳子事先偷偷钻进停在自

家门口的雷诺车内，行驶到案发现场后，用扳手猛击卓三的后脑勺。她事先把工地的告示板搬到现场，卓三看见告示板后肯定会把车停下，淳子等的就是这个停车瞬间。杀死卓三后，淳子再跑到别的路段，拦下出租车，回到椎名町的百合家。

但是这种情况下，需要多种偶然碰到一起。最大的问题就是那块工地告示板。假设淳子事先把告示板搬到现场，必须提前知道丈夫一定会在九点经过。

根据警方调查，卓三平时回家的时间都很随意，有时六点，有时九点，还有凌晨两三点的。就算淳子事先知道卓三七点半回家九点离开，也很难保证卓三的雷诺一定走这条路，毕竟通往百合家的路并非只有这一条。

无论如何，淳子都必须事先与丈夫约好七点半回家，然后使用某种手段确保他在九点离开。

而且淳子是凶手的假设还存在很多逻辑不通之处，比如淳子与丈夫卓三的关系已经极度恶化，卓三没有理由向妻子作出保证或与妻子约定几点回家。另外，卓三回家后把中午吃剩的油炸牡蛎当晚饭吃了，由此可见他原本没有打算外出。至于他九点离开，只能解释成是他看到妻子不在，临时起意，才开车出去。

这个假设还有一个最大的缺陷——如果淳子当着百

合的面提前离开，百合没有理由不告诉警察。那个让她恨得咬牙切齿的淳子如果中途离开，就是她有杀人嫌疑的最好证据。可百合向警方说：“两人一直吵到十点多，淳子始终纠缠不放，都不知该怎么办了。”

另一方面，有人认为百合才是凶手。

草村是在九点到十点之间被杀的，在此之前或之后的时间，可以暂时不予考虑。

九点到十点，正是百合遭遇淳子上门闹事的时间，理应脱不开身。但有一名刑警提出了一个奇妙的杀人方法——百合在给淳子喝的茶里下了安眠药，淳子喝下后睡着了。趁淳子睡着，百合可以偷偷溜出去。淳子醒来之前，百合有足够的时间回到自己家。在这种情况下，淳子会不知不觉地睡着，对百合的外出也就全然不知了。

趁淳子睡着的间隙偷溜出去的百合事先和卓三约好，叫他来到案发现场。卓三如约抵达后看见百合，很自然地停了车。百合上了卓三的车，坐在后排座位上，发车前猛地一击，使卓三昏厥过去，然后从后面用麻绳将其勒死。

之前始终不得解的工地告示板可能是在卓三遇害后被百合摆放到车前方的，目的是伪造出“先看到告示板再停车”的假象。然后，百合迅速回到椎名町的家，此时淳子还没醒。

假设百合是凶手，那么车子为何会停在那里以及卓三为何在那个时间经过那条道路的问题就迎刃而解了。但问题是，淳子不可能不知道自己曾睡着，如果真的曾睡着，淳子一定会告诉警方自己被灌了安眠药睡了一阵子的事实。

还有一处不合逻辑——以驾车人的心理，百合上车后，卓三应该会马上发车。如果百合用扳手从后面袭击，此时车子应该已经在行驶状态，而这一点与事实不符。

在目击证人的证词中，警方又发现一个疑点。

卓三当晚九点左右开车离开时，邻居说看到过他，但没有看清卓三的脸，只说在昏暗的路灯下看见了一个戴着鸭舌帽、好像是卓三的人。

当时汽车正在行驶，说“看到”不如说是一瞬间“瞥到”了。大概目击证人知道雷诺是卓三的车，且车是从卓三家中开出来的，加上开车的人戴着鸭舌帽，便以此判断自己看到的是卓三。

警方推测这很可能是凶手的伪装。戴鸭舌帽、立起大衣领的可能是任何人，目击证人在昏暗的灯光下，很可能会一瞬间认错人。凶手是有计划的。如果凶手是女人，鸭舌帽和大衣领可以将长发遮住。

出于上述考虑，警方又悄悄地对淳子和百合展开了调查。结果发现两人都不会开车，于是，这条线上的调查被迫中断。

当然还有一种可能性，就是存在第三人，即凶手的共犯。但警方进行了一番彻查之后，还是排除了这种可能性。最终，警方一致认定这是一起抢劫杀人案，只是凶手尚未被缉获归案，专案组不得不解散。

在被害人卓三的葬礼上，人们并没有看到百合的身影。即使她来了，淳子也不会让她进门吧。当天晚上，刑警们曾悄悄监视过参加葬礼的人，希望能发现可疑人物，但最终是一场徒劳。

历经四十多天的侦查，专案组无奈地解散了。此后，淳子卖掉了房子，不知搬去了哪里。风松百合也回到原来的酒吧，又当了女招待。她曾对身边的朋友说："真倒霉，大半年就像做了场白日梦，太傻了。但好歹不用为那种人作践自己一辈子，也算幸运吧。"

六

一晃两年过去了。

两年间，报纸报道过三件大案，都是妻子与情妇之间发生的犯罪案件。

一件是妻子闯入情妇家大打出手，致使情妇身负重伤。

一件是妻子潜入情妇公寓，将正在就寝的丈夫和情妇一顿暴揍，结果反被丈夫杀死。

第三件是情妇闯到妻子家中，当着妻子的面服毒自杀。

总之，妻子与情妇之间反复上演着相斗相克的闹剧。

当年的情妇风松百合则在某个早春的夜里开煤气自杀了。卓三之后，她又找了个新情人，同居过一阵子。但遭新情人抛弃之后，变得消极厌世，自行了断。

百合的尸体被发现后，有人报了警，当地警署派出警员和法医来到现场进行调查取证。在调查过程中，警方发现了一个可疑情况。

公寓管理员在夜里十一点左右发现了百合的遗体。三天后的下午三点举行了葬礼。葬礼前夕，警方了解到一个情况：管理员告诉警方，百合自杀后的第二天夜里十一点四十分左右，曾有一名中年女人来到公寓，反复询问百合是否留下遗书。

管理员告诉她，百合确实留了遗书，遗书里充满了对抛弃她的那个男人的怨恨。但那中年女人一个劲地询问有没有别的遗书，直到确认没有别的遗书才放心地离开。

“我是百合的亲戚。”那个女人对管理员说，“百合应该还有别的遗书吧。”一副打破砂锅问到底的架势。

公寓管理员以前没见过那个女人。

这个情况传到了曾在草木卓三被杀专案组工作过的刑警的耳中。警署的刑警大队长接到部下的报告，心里忽然冒出一个念头。

根据公寓管理员所描述的年龄和相貌，那个女人应该是草村卓三的妻子淳子。

警方调查了淳子的下落，打听到她在新宿后巷开了家卖关东煮的小店，和一个比她年轻的男人同居。

为什么淳子会很快知道百合自杀？为什么她一个劲儿地打听遗书？

淳子可能是从百合的朋友口中听说了百合自杀的消息吧。淳子开了个小店，在银座酒吧工作的女招待们下班后常常会去光顾淳子的小店，其中有人知道百合和淳子前夫的关系，一定是那些人告诉淳子，百合前一晚自杀了。

但她为什么要问遗书？

淳子对百合的自杀是不是有什么误会？被男人抛弃是

百合自杀的真正原因，但淳子似乎认为另有原因。

推理到这一步，剩下的问题就迎刃而解了，一切好似云开雾散，真相终于大白于天下。

刑警大队长自信满满地向检察院申请逮捕令，将草村卓三命案的犯罪嫌疑犯人淳子捉拿归案。

七

“我交代，我什么都交代。”淳子脸色苍白，向负责审讯的警官坦白了一切：

是我和百合合谋杀害了卓三。我俩从案发前一个月开始商量，并制订了杀人计划。做妻子的这么说自己的丈夫，也许你们会觉得有些过分，但我丈夫卓三真的是个混蛋，是渣滓。他自私、任性、偏执又残忍，而且是个守财奴。

我年轻的时候就曾为他吃了很多苦。他一直在外面玩弄女人，不知糟蹋过多少好姑娘。一把年纪了，也一点没变。虽然不如以前那么受欢迎，但狗改不了吃屎，他就是喜欢玩弄女人。

他上了年纪，但为了显得年轻，不仅把白发

染黑，还明明不近视却戴了副浅茶色镜片的潮流眼镜，甚至经常化淡妆。他就是这样一个恶心的男人。多少次我好心劝他，可他就是不听。

除了那些怪行为，他还非常抠门。明明他手里有钱，给我的家用却少得可怜。当时，百合和他认识已经两年了，我知道后非常生气。百合在椎名町租了一间房，我好几次找上门和她大吵大闹，这些都是真事，当时是真的吵架。

百合说她一开始并不觉得卓三是个坏男人，否则就不会出钱给她租房包养她了。百合不清楚他的底细，没经得起诱惑。

后来她才知道卓三是个什么东西。我起初发疯似的和她闹，她也是个强悍的女人，争吵的时候毫不示弱。她的邻居们经常在屋外都能听到我俩大声争执。我们甚至还动手厮打。

我越来越讨厌卓三，真想立刻和他一刀两断。但我每次提出离婚，他都不同意。他表面上经常装扮花美男的模样，但其实很凶恶，经常对我施暴。我说想离婚，他却说："我不会离婚，也不会和百合分手。你想走？你试试看啊！看我怎么收拾你！"说完又是一顿拳打脚踢，每一拳每一脚用的都是狠劲。那男人天生就是那么偏执又歹毒。

事实上，我也不懂卓三为什么会有那种心理。其实，没有了我，他就可以堂堂正正地和百合一起过日子，我走了应该正合他意啊！但他不那么想。他并不是因为爱我才要挽留我，那只是一种发疯的占有欲。

我不知有多少次想偷偷离家出走，但每次一想到卓三那可怕的眼神，就打起了退堂鼓。无论我躲到哪里，那个偏执男人肯定会不惜一切代价地把我找出来的。一旦被他发现，我很清楚自己会有什么下场。他曾经拿出一把匕首贴着我的脸颊威胁我，没见过他那种眼神的人是不会明白的。他的眼神透着残忍的疯狂，好像下一秒就会举刀见血。

他对百合也是如此。正好是在和我吵烦了的那段日子里，百合渐渐了解到卓三令人作呕的本性。她也多次提出分手，但卓三就是不同意。我觉得百合比我更惨，毕竟她那么年轻，又比我漂亮，卓三不可能同意分手。

卓三并没有给百合很多钱，每个月只有一点点。他骨子里是个守财奴。年轻的姑娘们不可能受得了。我以前是说过卓三的钱都让百合卷跑了，但因为那时候我和百合关系不好，故意夸大其词。事实上，卓三给百合的都是些小钱，只够零花。

我觉得百合肯定也多次想从卓三身边逃走吧。她曾对我说，她是害怕卓三，才没跑成。虽然很难受，却只能忍下去。

外人都不知道这些事，在他们眼里，只看到我和百合为了我丈夫一直吵个不停。

那阵子，百合好像有了新情人，而卓三似乎也隐约地感觉到了，于是对百合越来越偏执，甚至威胁说："你要是敢离开我跟别的男人走，看我不要了你俩的性命！"卓三还一直叫嚣说："哪怕你们跑到天涯海角，我也会把你们挖出来！"他还扬言如果百合走了，他一定会狠狠报复。事实上，看过卓三眼神的人都会明白，那并不是吓唬人的话，他真的说得出做得到。

某天，百合偷偷来找我，向我坦白了一切。我是在那个时候知道她有了新情人，也知道了她想离开卓三。我猛然意识到，我也可以离开那个男人。想来有点不可思议，百合和我居然都想离开他。百合对他已经仁至义尽，而我早就心灰意冷。但如果只有百合成功离开，我却依然留在丈夫身边，我肯定会苦恼不已，甚至会撑不下去而崩溃；同样，如果留百合一个人继续在卓三身边受折磨，我也无法下决心离开。既然情敌都想逃，我还有什么理由继续留在那个坏男人身边？我希望百合顺利离开，我也可以从地狱里成功出逃。我这么说，警官您懂吗？

我不过四十岁，如果留在那个男人身边耽误到老，就真的万劫不复了。要逃就得趁早。既然百合想逃，那么我也一起逃。我说了这么多，警官您大概已经明白了吧？我想开始新生活，这就是我的动机。受困在那样一个坏男人身边，眼睁睁看着自己的后半生失去希望，一想到这些，我就受不了。

百合和我的想法一样，留在卓三身边就等于断送自己的人生。

我俩算不谋而合吧，总之，我们计划杀死卓三。

杀人那种事，必须有缜密的计划，而且不能让他人介入，因为不知什么时候就可能露出破绽，所以从头到尾只有我们两人参与。但我们都是女人，比力气，卓三强过我们一倍，万一办砸了，后果不堪设想。那时，我俩每天都如履薄冰，小心翼翼地实施着计划。

如果是一个人去实施，事情就很容易会败露。所幸之前我们一直交恶，利用这一点，我们决定一起动手。这样一来，就不会有人察觉了。

案发前一个月，我故意多次闯入百合家。百合也故意在我去的时候破口大骂。我装作歇斯底里发疯的样子乱喊乱叫，还顺手抄起身边的东西朝她砸去，但那时候的吵闹都是在演戏。

完全没有人起疑心。毕竟之前我们真的争吵过，只是后来变成了一种计划好的吵闹，但谁都没发现。大家都觉得妻子与情妇本来就该誓不两立，而我们正是利用了人们心理上的这种盲点。

八

淳子继续交代：

不杀死卓三，我俩谁都逃不出他的魔爪。因为只要他还活着，就算我们暂时逃走，也一定会被他找到抓回去，那么我们的人生就真的毁了。

我们的杀人计划必须是动真格的。

我现在说一下案发当天的事吧。

案发前一天，我照例跑去百合家大吵大闹，但那是演戏给别人看，其实我是去和她进一步商量杀人计划的。当时百合提议在车里杀死卓三。

之前我们想过在我家或者在百合家，趁卓三不注意，两人一起突袭他。但他毕竟是个男人，力气比我们大很多，稍有闪失，不知道会有什么后果。而且隔壁有邻居，如果弄出很大的声响，或者他发出呻吟声，马上就会被发现。最终我们决定在车内动手，我们觉得只要卓三坐在驾驶座上，我们坐后排，趁他背对我们的时候从他背后袭击他，应该就能成功。

之后我们又讨论了具体方法，最终选择在夜路上下手。所幸我家附近田地很多，从住宅区走出去没多久，路上就没灯了，夜里一片漆黑。没有比这种地方更适合杀人的了。

卓三回家的时间都不固定。就像之前我回答警官的那样，有时六点，有时半夜，要确定他的回家时间，这其实是一个难题。

百合主动解决了这个问题。案发前一天，百合先和卓三约好，让他七点半左右一定要回家。

她之所以能说动卓三按时回家，是因为她说和我关系恶劣，想三个人坐下来好好谈谈，把话讲清楚。卓三起初说没什么好谈的，不用见面，但终究还是依了百合。所以我们的第一步是由百合告诉卓三，希望三个人一起在我家碰面，百合七点半前也会来到我家。

第二天一早，卓三对我说："今晚百合要来，你必须准时在家等着，我七点半前会到家，三个人一起好好聊聊。"我欣然同意，知道丈夫一定会在七点半回来。

我六点出门，在池袋看了一小时电影，然后去了百合家。我敲百合家门的时候，正好有人看见。我还故意很用力地敲，好让路过的邻居注意到我，之后就有利于我的不在场证明。

卓三以为我在家，准时回到家。但他没想到我已经出门，就用钥匙开了门进屋，在家等我。他也许是肚子饿了，就吃了我中午做的那些油炸牡蛎。

另一方面，百合和我按计划偷偷离开她家，朝位于高松町的我家走去。也就是说，之后的三十分钟内，我和百合都不在自己家里。因为天黑，我们又是从后门出来的，所以没遇到什么人。

百合先是一个人悄悄进入我家，没被任何人发现，当时卓三正在看报纸。百合开口和卓三说话，卓三说不知道老婆去哪儿了，让她一起等。百合故意向他发难：“你叫我等？太不像话了！你不知道你老婆现在就在我家啊？你老婆还是那副凶相，不停地骂骂咧咧，乱吼乱叫。今天明明说好了三个人一起在这里把话讲清楚，你老婆却自说自话跑去我家，怎么着？就你老婆有特权啊？”卓三一听也火了：“居然有这种事，我们马上去你家，看我怎么收拾她！”说完准备出门。

卓三从家里出来坐上驾驶座，百合坐在后排。幸运的是，两人上车的时候没被任何人看见。百合横躺在后排座位上，这样一来，从车窗外就看不见她。车开出去十米远的时候，遇到了邻居，她能作证说当时只看到我丈夫一个人开车出门。

我按计划等在春日町的路上。是百合让卓三走这条路的，毫无防备的卓三把汽车开到了我等待的地方。

我突然跑到车前，丈夫看到我的身影，慌张地立刻踩了刹车。

那个瞬间，就是我们之前商量好的动手时刻。

百合拿出事先准备好的扳手，车一停，就立刻用力砸向卓三的后脑，他一下子就垂下了脑袋，但还没有完全丧失意识，晕晕乎乎的，露出了令人恐惧的表情，挣扎着想从驾驶座上站起来。这时我也立刻跳上车，关上车灯，和百合一起用麻绳绕住他的脖子，两人一起使劲勒住。五六分钟后，他终于完全停止了呼吸。我们调整了他的姿势，让他的头趴在方向盘上，就当是送他最后一程。接着我们下了车。当时差不多刚过九点。

之后，我们还弄了一个小把戏——因为觉得汽车就那样停在那里，会给人不自然的感觉——其实也是我们早就计划好的。我们把附近道路上的施工告示板搬了过来，让人以为他是因为看到这块告示板才停车的。我们还把他揣在怀里装着三万日元的钱包拿走了。这样一来，大家就会以为是强盗故意用告示板挡住了行驶中的汽车，然后抢了钱包逃走。这一切都进行得很顺利，警方也曾以为是劫杀。

我们怕留下指纹，都戴着手套。留在现场的那把百合用来砸卓三的扳手是从别处弄来的，换掉了卓三车内原本就有的那把，卓三的扳手已经被我们扔到河里了。之后，警察给我看用作凶器的那把扳手，我谎称那就是我丈夫平时用的。

之后我们又分头行动，趁人不注意回到百合家。为了避人耳目，我俩相隔二十分钟，一前一后进了家门。那是我们行凶后第一次在亮处看清彼此的模样。我记得当时百合两眼发直，脸色煞白，而我也浑身发抖。

那是一种杀人后的恐惧，同时有一丝担心，害怕卓三万一没死，又活了过来。

十点过后，我按计划离开百合家。为了让邻居听到，我故意生气地用力甩门而出，发出很大的声响。幸运的是，那时刚巧有人路过看见了我。

那晚我躺在床上毫无睡意。我刚才也说了，我真的害怕卓三没死，不知什么时候又会活着回家。我一直哆嗦、发抖，直到天亮才放下心来。这时候还不回来，说明应该已经没事了。

早晨九点过后，警察来通知说我丈夫遇害了。我故意脱口而出说可能是百合干的，这样一来，就不会有人怀疑我俩是同谋。而且大家都知道我和百合彼此恨得跟仇人似的，以为我们绝不会为对方提供有利的证词。在犯罪时间内，我俩又正在百合家吵架，这给了我俩完美的不在场证明。这一切都是计划好的。

之后，我们都很慎重，决定两个人暂时不要见面，就让外人以为我们还在继续互相讨厌。举办卓三葬礼的时候，百合没来参加。

没过多久，百合如愿和新情人开始了新生活。卓三的丧期过后，我就把房子卖了，搬到了新宿。我一个女人家，不想待在那种出过事、不吉利的屋子里很正常，没有人怀疑。

我在新宿开了家卖关东煮的小店，那阵子我真的觉得神清气爽，感觉一直纠缠折磨着自己的坏东西终于不见了。我彻底离开了那个让人恶心不已的男人，可以呼吸到自由的空气。我并非没有杀人的负罪感，只是感到更多的是自由与快乐。

我还和以前就对我抱有好感的年轻男人住在一起。对比以前的日子，越发觉得当时真是身在地狱。当我开始新生活之后，这种感受变得越发强烈。杀了他，我一点也不后悔。

之后过了很久，我和百合见过两三次。我的小店在新宿，开到很晚。夜里十一点半左右，银座酒吧的女招待们下班后会顺路来我的店里坐坐，其中有几个人知道百合与卓三的关系。她们做梦也想不到我会和百合合伙犯下那种滔天大罪。作为双方都认识的朋友，她们偶尔会聊到百合。

那天晚上，一个女招待来到我店里问我：“你知道百合自杀了吗？”

我一下子惊呆了，只吐出一个字“啊？！”就再也说不出任何话来，只能瞪大了眼睛看着她。

“你还不知道啊？据说昨天夜里十一点半左右，百合吞安眠药自杀了，葬礼明天举行。”她告诉我。

“为什么自杀？”我用颤抖的声音问她。

但她似乎真的不知道。于是我再也沉不住气了。我以为百合突然自杀肯定是杀害卓三后感到痛苦而导致的，但同时内心又希望不是如此。我很在意百合究竟为什么要自杀。如果真如我所想，那么她一定会留下遗书，而遗书里，她一定会把杀害卓三的详细经过都交代清楚，最后还可能会附上自己的忏悔，当然也会把我写进去。就算没写我的名字，一旦那份遗书落到警方手里，也肯定会怀疑到我头上，因为案件中的诸多矛盾一定会让警方发现那并非百合的单独作案。

我必须把那份遗书弄到手，而且刻不容缓。如果被别人抢先读到那份遗书，我就完了。我坐立不安，决定立刻跑到百合家。之前遇到她的时候，她曾告诉过我公寓的地址。

但是，她的遗书里并没有提到那件事，她只写了被男人抛弃后的怨恨。

如果我没有感到心虚与不安，没有去打扰奈何桥上的百合，就不会有人知道我们的罪行了……但当时的我真的忍不住，觉得百合肯定留下遗书，交代了一切，想趁着别人尚未读到之前把遗书弄到手。我实在过于害怕了。

万叶翡翠

一

“告诉你们，有阵子我还想去从事万叶考古学呢。”

S大学年轻的考古学副教授八木修藏在研究室里和三名学生闲聊时如是说。

这三名学生分别是今冈三郎、杉原忠良和冈村忠夫，他们的专业都不是考古学，只是因为感兴趣，所以来研究室找八木副教授聊天。

“是不是有一种考古学叫神社考古学？”今冈三郎问。

“对，有，是宫地直一先生倡导的。这种学问是从考古学角度去解释神社的祭器和遗迹，还有被称作神笼石的神篱和磐境等。神社传承着古代的形式，可以从中探究远古的生活方式。”

“您所说的万叶考古学听来也很有趣。”杉原说，“是不是通过对《万叶集》中诗句的研究去探究古代的生活呢？”

“差不多就是这个意思。”八木副教授嘴里叼着烟，转眼看向别处，那里摆放着去年暑假做挖掘调查时出土的加曾利E式大型深钵型粗陶土器，刚刚完成修复工作。夕阳照进窗户，落在好像旧货商店里杂乱摆放着的古代文物上。角落里的架子上堆着好多箱子，里面塞满了石斧、石碑和陶土碎片。

“但是，老师，”冈村忠夫说，“《万叶集》里的诗歌多以抒情为主，从某种意义上来说是形而上的东西，而考古学讲究的是唯物论的方法，怎样才能将两者联系在一起呢？”

“这个问题问得好。其实大家都会有这个疑问吧？”八木副教授又将视线转回学生，“确实，《万叶集》中诗歌的主体多为情感和情绪，还加入了很多文学修辞，如果用考古学去研究这些内容，恐怕只能是乱来，甚至可以说是危险的。但其实可以研究别的部分，我举个例子，你们也一起来讨论一下。你们知道收录在第十三卷中的《渟名川》吗？”

三名学生面面相觑，都说不知道。

副教授打开抽屉，拿出一本文库版《万叶集》，翻到一页，用手指着说：“就是这首。”

三人齐齐看去。

“渟名河底玉，苦求与偶拾两许。惜君如此玉，芳

华与锦瑟难续。”(《万叶集》第三卷第三千二百四十七首)

“是不是像在做高中试题啊？”副教授嘴角一扬，露出一抹微笑，“你们先解释一下这首诗吧。今冈君，你先说。”八木对坐在最边上的学生说。

“好吧。”今冈三郎戴着眼镜，目不转睛地盯着那首诗思考了一会儿，“我说的可能不对哦，但我的理解是这样的——渟名川的河底有块玉石，没人知道这是有人特意找到的还是偶然捡到的，总之就是有那么一块玉，而美人和这块玉一样无可取代，但可惜时不我待，美人终将会老去，一想到这里，就觉得非常遗憾。是这个意思吗？”他说的时候有些结巴。

“杉原、冈村，你们觉得呢？今冈解释得对吗？”

被点到名字的两个学生又看了一眼原诗：“我们的理解也和今冈差不多。”

“你们都觉得这么解释没错，是吧？”八木说，“其实对于这首诗，我有自己的理解。比如对这诗句中出现的玉石，你们怎么想？”

“看到的时候在河底，应该是块美玉吧？”

“是块美玉？对，没错。”八木赞同，“那渟名川又是什么？”

“是一条河吧。”三个人互相看看，“渟名川这个词和玉这个词搭配使用。当然，渟名川只是一种叫法，并非实际存在的河流，在和歌中作为放在句首的枕词，起修饰作用。”

“那我再问一个问题，诗中说‘苦求与偶拾两许’，这个‘苦求’与‘偶拾’又分别指什么？”

“这句诗只是为了提出玉的由来，我觉得并没什么特别的意思。而诗中的玉也只是借此表达对恋人终将老去这一事实感到悲哀。”

“‘苦求与偶拾两许’这句话的意思很难解哦。其实，我刚才说的万叶考古学就要做这类诗句的学问。”

听了这番话，三人一起望着副教授的脸：“老师，我们不太懂您说的意思。”

“罢了，罢了。”八木嘴里慢慢吐出一缕烟，对三个学生左看看右看看，好像故意要让他们着急，“我一个人在这里滔滔不绝，一本正经的，多没意思啊，不如今晚你们回去先查一下之前有哪些学者提出过什么观点，然后可能就会明白我在说什么了。如果有兴趣，明天再来，告诉我你们查到的结果。”

第二天，三名学生兴致勃勃，一早就带着书和笔记本来到副教授的研究室。

“八木老师，”今冈三郎说，“关于那首诗歌的解释，我们分头查了很多文献资料，总的来说，都和我昨天的解释差不多。”

“是吗？”副教授微笑着说，“具体都怎么说？你们把搜集到的资料整理一下，让我听听你们都了解了什么。”

学生们把带来的资料摆到副教授面前。

“这本是契冲写的《万叶集代匠记》。”

书中这样写道：

所谓渟名川底之玉。渟名川地处晴之国（今冈山县）。绥靖天皇因此河得其尊称神渟名川耳尊。

诗中所言河底之玉颇有深意，乃以玉喻人。渟名川之河底玉，可求得亦可偶得，乃自然显现。

“还有鹿持雅澄的《万叶集古义》。”

鹿持雅澄的解释如下：

渟名川实为天安河中渟名井。《日本书纪》之第一、二卷《神代纪》中称其为“天真名井”，亦作“天渟名井”。冠以“真”字作为美称，与“真渟名井”同义。此井位于安河之中云深处，阅《古事记》或《日本书纪》即可知。“渟名”为借字，实为“琼之井”(“名”即为“之”，多见于古文)。溯源上古，因其井底有琼玉，故得名。

还有橘千荫的《万叶集略解》中这样写道：

渟名川并无沼泽之意，或因其有琼玉，故称其为“琼之川”，乃珍品当惜。

神渟名川耳天皇、神渟名仓玉敷天皇、天渟名原瀛真人天皇皆因此河得其谥号。《神代纪》中所记“天津渟名仓之长峡”乃摄津国住吉郡也。

“还有现代学者的解释啊。”八木副教授又拿起一本佐佐木信纲编写的《万叶辞典》，书中写道：

渟名川（地名）【解释】天上之河名。《神代纪》中记作“天之渟名井”。【出处】渟名河底玉，苦求与偶拾两许。惜君如此玉，芳华与锦瑟难续。(《万叶集》第十三卷第三千二百四十七首）

还有武田佑吉的《万叶集全注释》中写道：

淳名川是一条想象中的河流，并非实际存在的地名。《日本书纪》中记有“天之渟名井”，天武天皇的谥号即为天渟中原瀛真人天皇。这里的“渟”字原意为“琼”，“名”字是接续助词“之”的借字，“川”字即“河”，所以“渟名川”其实就是“玉之河”的意思，此河只在天上有。

据说这块渟名川中的河底之玉很灵验，许愿即可成真。

还有一本折口信夫的《口译万叶集》中这样解释：

女子可爱的模样，如同这渟名川的河底之玉，不知是苦寻之后终觅得还是信步之间偶拾得？总之就是一块瑰宝美玉，可惜只能任其历经岁月蹉跎。美玉般的女子终将芳华不再，实在可悲可叹。

二

“主要的参考书目都在这儿了，你们也都能看出个大概吧。”八木说，“我们暂时不管渟名川这个地名，先来讨论一下关于这块玉的问题吧。大家觉得这是怎样一块玉呢？”

“可能是勾玉状吧？”杉原回答。

“好啊，我们就当它是勾玉状吧。但即使是勾玉状，也可能有各种质地。比如有金银之类重金属类的，有贝壳类的，还有用动物骨头和牙齿做的，但最常见的还是石头做的，比如硬玉、碧玉、玛瑙、水晶、蜡石、滑石等，当然也有像玻璃一样的东西。大家觉得这首诗中出现的最有可能是哪一种呢？”

学生们陷入沉思。

“因为沉是在河底的玉，所以可能是水晶或滑石吧？”冈村回答。今冈和杉原也表示赞同。

“我和你们想的不一样哦。”八木说，“当然，因为是沉在河底的石头，你们那么想也不无道理。不过，你们再好好想想这句诗的意思。几个版本的解释中都提到了‘美人如玉但芳华难留’这个意思吧？所以，这玉，其实指的是青春。”

“啊，我想到了，是翡翠吧。”今冈突然插嘴。

“对。四世纪之后，日本的出云国出产绿玛瑙，也叫碧玉，但没有透明度。而翡翠的色泽是通透的碧绿色，古代人一定是从这鲜亮的色泽中感受到了青春般的朝气。可是当时日本并不产翡翠，要从中国和缅甸进口，这已是历史的定论。当时只有在中国南部的山区，比如云南附近，也就是缅甸北部钦敦河河谷一带才会有翡翠。接下去，我讲一下对‘苦求与偶拾两许’这句诗理解的关键问题。”

八木环视了一下三名学生：“关于这一句诗，各个版本的解读有所不同。比如你们带来的那些书里，契冲认为那是块‘十分贵重、很难到手’的美玉；鹿持只解释了‘可能是找来的，也可能是捡到的’；而我比较认同的是折口老师的释义：‘不知是苦寻之后终觅得还是信步之间偶拾得？’但我并非完全认同这种说法。对于诗中的‘求’这个词，我的想法比较特别。”

“那您觉得是什么意思呢？”三个人一起看着八木的脸。

“我认为，诗中的‘求’应该理解为‘买’的意思。而之后的‘拾’这个词，对应的就是‘别人送的’的意思。‘买’，就是买卖的意思。我们可以作一个假设。有‘买’就肯定会有‘卖’，有卖玉之人就会想到产玉之地，我推测这句诗中，玉的产地就在日本。”

“老师，抱歉打断一下。”杉原忠良插嘴说，“考古学上已经证实了古代翡翠是从中国南方和缅甸北部进口到日本的。即使您所说的买卖成立，也应该是买卖从中国或缅甸进口的翡翠吧，您如何断定产地是日本呢？”

“你说得没错，所以我们接下来就要讨论一下渟名川这个词的意思。所谓渟名川，之前在学者的各种论述中都曾提到，这不是现实的地名，而是一种修饰，一个虚构的地方。比如，契冲说过‘渟名川乃天上之河’，鹿持说‘渟名川地处天安河中，同渟名井’；佐佐木信纲认为这是条只有天上才有的河。总之，大家都把渟名川比作天上的河，就像七夕故事中的银河。武田佑吉也认为渟名川不是实际存在的地名，只有橘千荫提到了渟名川与天皇谥号的关系，并从《日本书纪》的《神代纪》出发，推测出渟名川其实就是摄津国住吉郡。但鹿持对这种推测嗤之以鼻，认为这只是橘千荫的臆测，不足为信。只有橘千荫一人把渟名川当作现实地名进行考察分析，对此我深表敬意……但如果确实是现实的地名，那它现在又在日本的哪里呢？关于这个问题，我也有自己的想法。”

“您认为在哪里？”冈村问。

“为了解决这个问题，我们先要弄清楚渟名川这几个字的意思。”八木叼着烟继续说，“关于渟名川这个地名，千荫用了《日本书纪》的《神代纪》来考察，那我也想东施效颦一下，用《古事记》中的记录来解释一下。”

八木说着，从抽屉里取出一本文库版《古事记》。他翻到夹着书签的那页：“你们来看看这段。”

八千矛神为娶高志国之沼河姬为妻，不远万里来到沼河姬家中唱歌求偶。

主君八千矛　贵为神之命　寻遍八岛国　难得好姻缘　远在高志国　听闻有佳人　贤淑又美丽　登门求婚之

“这段说的是大国主君风花雪月的故事，我受此启发，觉得这里出现的沼河姬和《万叶集》中的渟名川有关。这个‘沼’和‘渟’在日语中发音相同，如果沼河姬是高志国的人，那么渟名川也一定就在高志国。这就是我的推理。”

“啊，您这么一说，我们就明白多了。但当年的高志国地域辽阔，拿现在的地图来说，从新潟县一直到富山县的日本内陆都算吧？”杉原说。

“是的。当年的高志国西至越中，西南至信浓，南至上野，东至岩代，东北至羽前，是横跨六十里的大国。但幸运的是，我在《倭名抄》这部日本最早的百科全书中找到了沼名乡这个地名，还有日语发音与渟名川同音的奴奈川神社。当时的渟就是现在的沼。除了沼川乡，我还在《倭名抄》中找到了‘颈城郡沼川乡’和‘训奴乃加波’这类词，训奴的日语发音也与渟名相同。”

八木边说边拿出记事本。“这是我从吉田东伍老师编写的《大日本地名辞典》中摘抄出来的一段，读给你们听一下。”八木开始读笔记，“从今糸鱼川与根知谷、今井谷、青海市振到大和川谷、早川谷诸村一带，包括在近世被称作沼川庄的西滨山下七谷。辞典上就是这么写的。我们再来看现在的新潟县地图，《倭名抄》中所说的沼川庄就在西颈城郡，众多河川都从这一带的溪谷中流出。我猜想这一带的河流应该就是《万叶集》中所说的渟名川。不过我说的是西颈城郡，其实在东颈城郡现在还留着一个村庄，名字就叫奴奈川，日语中与渟名川同音，这个奴奈川与《延喜式》中记载的奴奈川神社文字相同。我也看过这一带的地图，发现东颈城郡有多到数不清的溪谷与河流。不管是东是西，无论如何，新潟县一带就是翡翠勾玉原石的产地，这一点应该无可争议。”

“老师，这太有趣了。”冈村忠夫感叹，“简直就是推理。”

“就是推理啊。”副教授笑着说，“而且我对这个推理很有信心，因为都是根据古籍逐字逐句分析所得。”

“您可以把这些写成论文拿到学会上发表。”今冈三郎说。

“不行啊。可悲的是，在日本，不会有哪个学会肯承认这种推理，那些名家、大家都唱反调。现在那些所谓万叶学权威都是沿袭了前人的论点，认为渟名川就是一条虚构的河。像我这样对诗词逐句分析、即物穷理的，会被当成旁门左道挨批评的。”

“话虽如此，但老师您的想法真的很有新意啊。”三人几乎异口同声，“要不我们一起去一下现在的渟名川实地探险一番，就当是为了论证老师的观点吧。”

“如果你们真有这个意向，”镜片后面八木的眼睛眯成了细线，“那就去试试吧。反正我已经没力气跋山涉水，探险的事就拜托你们了。”

“老师，您觉得我们去哪里比较好？是吉田东伍所说的沼川庄旧址还是现在的奴奈川村？”今冈问。

“嗯，这个问题有点难。不如你们自己先商量一下。”

八木副教授把渟名川现址的调研任务交给了三名学生。

三

恰逢暑假，三名学生利用假期，出发去找渟名川。

虽然已经知道渟名川就在颈城郡，但现在的颈城郡分为东西两郡，而且各有与渟名川相关的地方。

去东郡还是西郡？这是个问题。结果今冈三郎和冈村忠夫都选了吉田东伍所说的西颈城郡，只有杉原忠良选择去东颈城郡的奴奈川村。

三个人买来比例为五万比一的地图进行调查，他们发现无论是西颈城郡还是东颈城郡，都有着数不清的河流，像毛细血管一样密布在山林间。西颈城郡的沼川庄旧址现在的中心是糸鱼川市，但其实覆盖了向北延伸、隶属北阿尔卑斯山系的白马与乘鞍的山岭地带。东颈城郡的奴奈川则沿着“上信越高原国立公园”的山岳向西北延伸。无论东郡还是西郡，都有无数涓涓细流在深山幽谷间匍匐蜿蜒。翡翠常见于冰冷的溪流中，在这一点上很难决定哪个地方更适合调研。

今冈三郎选择西颈城郡，其实是受未婚妻芝垣多美子的影响。

“太有趣了。”芝垣多美子从今冈那里听到了八木副教授的推论，非常感兴趣，“必须去一趟。其实我也想去，但这次碰巧不方便同行。”

芝垣多美子是另一所大学的学生。

“我觉得渟名川的现址在西颈城郡。《倭名抄》里有据实的地名，我觉得去西颈城郡才对。”

“但是从地图来看，河流多到数不清呢，要一条河一条河地实地考察，也不容易吧。”今冈说。

“也是哦。”芝垣多美子盯着地图，随手一指，“会不会是这条河？”

“哪条？哦，这条河叫姬川。”

姬川紧挨着糸鱼川市，是条大河。

“从名字来看应该就是吧？《古事记》里不是有个沼河姬嘛。”

“啊，对哦！”

姬川大体上沿着连结糸鱼川和信州大野的大糸线[①]方向流淌，上游在长野县的鹿岛枪山麓，奔流入海前，汇集了无数枝杈般的支流。姬川也叫能生川、早川、海川、青海川或田海川。同一条姬川，还可分成根知川、小泷川和大所川三部分。所有溪流都如静脉般密布在山川河谷间。

① 新干线铁路线路。

“但地方这么大，每条河流都从上游开始调查的话，这得多久才能结束啊？”今冈三郎面露难色，“不如先锁定一个目标，循序渐进、步步深入。姬川最大，就从它开始如何？”

“也对。不过不能因为姬川这个名字就先入为主吧？我觉得可能是因为你写诗，喜欢浪漫，听到姬川这种听上去挺浪漫的名字就被吸引了吧。”

“哪有。八木老师不是说了嘛，都是从《古事记》里引经据典得出的结论，把沼河姬的姬和姬川的姬联想到一起，我觉得很合理，也算斗榫合缝啊。”

今冈把芝垣多美子的想法告诉冈村后，之前和他一样选择西颈城郡的冈村却对此表示怀疑：“姬川那么大一条河，你觉得可能吗？我还是觉得渟名川是条无名小溪。诚然，姬川听上去是像那么回事儿，但感觉是在玩文字游戏。”

一旁的杉原说：“你们反正都选了西颈城郡，那就去找找吧。我还是觉得在东颈城郡，毕竟奴奈川和渟名川的发音完全一样。我地图上看到有个叫松之山的温泉，地方比较偏僻，我可以悠然地泡泡温泉，顺便做做调研。”

于是三人决定按照各自的想法分头行动。他们约定出发一周后回到东京碰头，分享彼此的调研结果。如果没有任何成果，就再次出发。如果任何人发现任何线索，再次出发的时候可以三人同行。

“能去做调研真开心啊。要是在河底发现一块惊世碧玉，那就更好啦。”冈村说。

“喂，河里的翡翠未必是碧绿色的哦。我查过资料，自然界里的石头表面会因氧化而变成灰色。这就讨厌了，山谷里到处都是灰色的石头吧。”杉原聊得很起劲，“但就算找不到石头，我也特别期待，在那些溪流之间边走边看，说不定能采集到珍奇的植物标本呢。”

“原来如此。你的兴趣爱好就是和别人不一样。”今冈说。

冈村提醒说：“喜欢花花草草没什么不好，但重要的是，别忘了石头的事情哦，别一心想着采集植物标本而掉进河里。记住，我们这次的目的不是植物，你别心里只想着植物，结果看见宝石都视而不见哦。”

“哎哟，我知道啦。你们放心。我只想说，就算找不到石头，我也不会失望。”杉原辩解道。

三人整理好登山包准备出发。

出发前，他们去了趟八木副教授的研究室。

“马上要出发了吧。”八木显得很开心，“但不要奢望一次成功。要仔仔细细地好好找。今年找不到，可以明年再去。另外，进入深山幽谷，万事都要小心。等你们的好消息。”

三人坐上了从新宿站开往长野的慢车。芝垣多美子到站台上来送行。多美子既是今冈的未婚妻，也是杉原和冈村的朋友。

“一路平安。记得给我带块鸵鸟蛋那么大的翡翠回来啊。”她对脑袋探出车窗外的三人说。

冈村带着点嘲笑的语气说：“不如叫你家今冈多找些适合用来做戒指的石头，回来可以卖给银座的首饰店。”

“然后大赚一笔，你和今冈的结婚费用就不愁了。”杉原也大声打趣。

身边的乘客们听他们聊得那么开心，都朝多美子看去，弄得她脸都红了。今冈也有些害羞地笑起来。

车上的乘客看上去很多都是登山客。没过多久，这趟中央线的夜车就闪烁着红色尾灯消失在铁轨尽头，奔向远方。

芝垣多美子在东京等他们回来，之前约定过，不管结果如何，一周之后都要回东京。这一周每天几乎都是大太阳，其间下过一次雨。多美子想象着今冈三郎在山谷溪流间一个人汗流浃背上山下水的模样。当然，不只是今冈，还有杉原和冈村，他们都在各自认定的目的地边走边找。

杉原应该和他之前选择的那样正在东颈城郡的奴奈川溪谷间游走吧。冈村和今冈虽然同在西颈城郡，但调查的河流有所不同。三人身处三处，都是杳无人烟的溪谷。三人的性格也各有特点。多美子想象着今冈现在所处的地方一定很适合今冈，而杉原和冈村也都置身于与他们自己气场相合的风景中。

一周后，从古地图上的越之国属地风尘仆仆赶回东京的三人都晒黑了，他们如约在新宿的咖啡厅见了面。多美子也一起来了。

“没什么成果。”杉原看了一眼多美子，第一个开口，“那地方比想象的还要遭罪。只有伐木工才会进那种鬼地方，路都没有，只能摸着河走。”

“我也差不多。”冈村也对着多美子说，“我是想去找石头的，但真的走得好辛苦，而且越走越觉得希望渺茫。看地图的时候以为是条小河，到了之后才发现上当了，根本就是条激流奔腾的大河。就像杉原说的那样，那些地方连当地人都不常去，很多地方完全没有路，破损的栈道也没人管，好几个地方都得靠手脚并用爬着走。”

“而且河水真的很冰。脚伸进去，一分钟都受不了。”

今冈说，“山谷里的水之所以那么冰，是因为白马山和乘鞍山上的雪都化了流入河中，我的手指都冻僵了。”

“我倒是蛮想去的。”多美子双眼放光。

“如果只是走走路，你去也无妨。”今冈说，“但这次是正儿八经的登山，不是去野餐，每次看到稍微特别一点的石头，我就会捡起来敲敲打打。我甚至跑到一些河流的交汇处，还有那些残垣断壁，真够呛。我觉得没个一两年，根本找不到。”

多美子问：“你去爬了残垣断壁？”

“对啊，我不知道哪里能找到石头，而且翡翠不是那么容易就能找到的，就去那种地方找找看。”

“太危险了。”

“对啊。好多地方都是陡峭的悬崖，一不小心就会没命。”

“万一受伤了都不会马上有人来救，那种时候该怎么办啊。”

“真到了那种时候，别人会当他失踪了，而他自己只能静静地在山谷间慢慢变成一堆白骨。”冈村故意说笑，捉弄多美子。

没想到，一语成谶。

四

休息了两天，这天晚上，三个人又来到新宿站的月台上。考虑到万一遇到暴风雨可能会有被困在溪谷中的危险，他们都在登山包里装了够吃三天的食物和很多罐头，和其他登山者一样重装出行。

这天的列车里挤满了登山客。从月台到地下通道的入口处，乘客们排成一列坐着等车。几乎都是年轻人，有的坐在自己的登山包上，有的在地上铺张报纸看书。三人正好在等车队伍的正中间。芝垣多美子今晚也来送行，她依偎在今冈三郎身旁。

开往松本的普快发车时间是二十三点零五分，现在距离发车时间还有一小时。

根据路线图显示，这趟列车将于早上五点二十一分到达松本，五分钟后并入开往信浓大町的大糸线，六点十九分到达大町，七点零四分再次并线，九点三十一分到达终点站：新潟县的糸鱼川。

按照计划，杉原会在松本独自下车，换乘前往长野的列车，而今冈与冈村则在小泷站下车后分头行动。

冈村会在糸鱼川换乘北陆本线西行至青海下车，然后沿着青海川进入深山。之所以选择这条河，也许是因为在他看来，青海川的青字带有一种与翡翠绿色相关的暗示。他沿途经过的溪流的源头就在黑姬山下。

杉原忠良会一个人先乘坐筱之井线，然后换乘信越本线，中途再换乘前往十日町方向的饭山线，在越后外丸下车后乘大巴前往松之山温泉，但奴奈川还远在八公里之外。

在新宿站等车并不是一件轻松事儿。

“唉，要等到什么时候啊。”杉原打着呵欠，“上了列车就不能上厕所了，趁现在我先去一趟。”说完他站起身，“帮我看好我的位子哦。”也不知他是对今冈还是冈村，或者是对前来送行的多美子说这话的，说完沿着地下通道的楼梯向地面走去。

“对了，今冈，我去给你们买点东西吧，比如可以在列车上大家一起吃的东西。你想吃什么？”

“好啊，反正今晚肯定睡不好，什么都行。要不你帮我买四五本杂志。”

“好。”多美子说完转身离开，也沿着地下通道的楼梯向上朝地面上的小卖店走去。

就在离候车室不远的地方，多美子看到杉原忠良和一个十五六岁的少年正站着在说话。少年看上去像是刚徒步旅行回来，肩上背着一个小登山包。

多美子看了他们几眼，然后去买东西。

买完杂志回来的时候，少年和杉原还在原地聊天。多美子看到少年把一个白色的小纸包交到杉原手里。多美子以为少年可能知道杉原今夜要坐列车，送一包小点心之类的。

多美子回到众人排队的地下通道后不久，杉原也回来了。眼看着马上就可以上车了，之前还百无聊赖地坐在地上等车的人们突然好像复苏了似的，“噌噌噌”地一个个纷纷站起。

大约又过了二十分钟，芝垣多美子在中央线的月台上又一次向三人道别。

“一路平安。”她抬头望着未婚夫今冈三郎所在的窗口，“这次记得带块最大的翡翠回来哦。”

今冈笑得露出了一口白牙。

“但也别逞强，别去那些危险的地方。”多美子提醒。

“多美子，你放心，这个家伙像蟑螂一样，命硬得很呢。”坐在今冈身旁的冈村说。

“他这次回来，说不定会带两颗鸵鸟蛋大的翡翠给你呢。”杉原也眉开眼笑地对多美子说。

列车启动，他们在车窗边一直看着多美子，直至她的身影和月台一同消失。

列车行至东京郊外时，家家户户已经熄灯就寝，车窗外一片漆黑。车厢内的人渐入梦乡，过道里挤满了乘客，满地都是登山包。今冈、杉原和冈村三人一开始还在翻看多美子买来的杂志，一个小时后，先是冈村抱着胳膊闭上了眼，没一会儿就酣然入睡。之后，今冈也伸伸懒腰打算睡了。

“喂，今冈。”杉原轻声叫今冈三郎。

“干吗？”见他还没睡，今冈微微睁开眼。

“你跟我说实话，是不是已经有头绪了？”杉原低声问。

“没啊，完全没有。你怎么样？”

“我也是。但已经开始了，又不能不硬着头皮继续找下去。”

“确实够呛。虽说都是颈城郡，但东西两郡离得实在太远了，真折磨人！不光地方大，而且没人能肯定地告诉我们，我们去的地方是否就是古书中所记载的。”

“换个角度想想，就算河底真的藏着翡翠，也早就被人捞走了吧。”

“可不是嘛。”

“我跟你说句实话，其实我去的地方已经发现一点线索了。”杉原忠良摸了摸口袋，掏出一张随手乱折的地图，比例为五万分比一，是他选的东颈城郡奴奈川一带的地图。

“你看这里！”他指着一条山间小河说，“这里挺奇怪的，石头的形状和别处的完全不同，虽然捡起来敲一下，发现都是普通的石英，但我觉得这一带还是很有希望的。”

“是吗？那可值得期待啦。”

“你这次去哪里找？”杉原又拿出一张西颈城郡小泷地区的地图，比例也是五万比一，盖在之前的地图上，这是今冈选择的区域。

“我这次去这里。”今冈指着地图上的一个点，那是姬川的上游，中途向西分流出小泷川。这条河是从犬岳山（标高一千五百九十三米）上流下来的。

“原来如此。”杉原仔细地打量着那个地点。

“我跟你说，那附近的湿地里，”今冈说，“长着很多野生山葵，水是冰冷的。这次我也想去那个溪谷里继续找。上次我差不多走到了这个地方，这一次打算再往深处走一点。”

今冈三郎用手在地图上边指边说，坐在前面的冈村已经完全熟睡。

“原来如此。希望我们都能早点发现玉石吧。”杉原的视线离开地图，突然把背向后一靠，自己随便配了个曲调小声地唱起歌来：“或是苦求，或是偶拾……”

列车行驶至八王子附近，车厢内的乘客多已入睡，发出阵阵微鼾，睡不着的人默默地翻看杂志。

列车在暗夜中驶过了甲府、韮崎和上諏访。当昏暗的天空中亮起了黎明的曙光，列车终于到达松本站，车厢内一下子嘈杂起来。

大部分年轻的登山客都要在这里换乘开往大町的电车，为了能抢到好座位，他们在长长的月台上争先恐后地飞奔着。

“祝你好运。”今冈笑着对杉原说。杉原要在这里换乘前往长野的列车。

“大家都加油。一周后东京见！”冈村和今冈紧挨着下了车。杉原也随后下车，因为要换乘筱之井线，所以朝另一个方向走去。

“嘿，小心别受伤哦！”今冈与冈村挥手告别，话音未落，彼此的身影就消失在天桥楼梯上拥挤的人群中。

杉原忠良原本选择的路线比较麻烦，要从松本站换乘开往长野的列车，再从长野换乘信越本线，到达丰野后再换饭山线。

杉原留在松本站，距离换乘列车的发车时间还有三十分钟。

但杉原忠良没有乘坐开往长野的列车。今冈和冈村乘坐的是五点二十六分开往大町的列车，现在，杉原登上了同一方向的下一班列车。到达大町后继续换乘，赶往糸鱼川方向。他所乘坐的每一趟列车，都与今冈和冈村是同一方向，只是刚好晚一班。

五

就在那天，杉原忠良**在一个地方，做了一件事**。

当他出现在东颈城郡松之山温泉旅馆时，已是黄昏时分。

他一副心神不宁的样子，脸色也很差，走进旅馆的时候，刻意不让旅馆的人看到自己的脸。

等旅馆的女服务员离开后，他脱下自己的衬衣和裤子，照着电灯仔细检查。

他发现衬衣袖口上有一点污渍，是铁锈红的颜色，形状就像一个颠倒的惊叹号。杉原发现后，立刻拿出小刀，小心翼翼地从衬衣上割下这一块，跑到屋外的走廊边，点燃火柴将其烧毁。一厘米大小的布片发出一股焦味，瞬间变成一点黑灰。

杉原忠良掏了掏裤兜，再把裤子倒吊着抖了抖，从裤脚的折缝里掉出一些混着小石子的泥沙。裤子的下半部分都有水渍，明显是经过浸泡之后又被太阳晒干了。

他抖裤子的时候，除了沙石，还掉出了别的东西，是一种小小的黑色颗粒，上面粘了一点点像轻薄的白色羽毛般的东西。

杉原忠良陷入沉思，又把手伸进口袋，从里面掏出一个纸包，那纸已经在裤兜里被压得皱巴巴的，还破了一点。他把纸包放在手掌里，刚打开，又有十二三颗同样的黑色颗粒掉到了榻榻米上。他接着再次把手伸进裤兜，仔细搜摸之后又取出四五颗同样的黑色颗粒。这些正是杉原忠良昨夜出发前在新宿站从少年手里接过的东西。

杉原忠良好像验货一样仔细地看着这些黑色颗粒，突然觉得有些不对劲儿，赶紧一颗一颗数起来。

数完，他的脸上露出了些许不安的神情，但马上恢复了正常。他故作镇静地对自己说，没事的。

“澡堂那里已经为您准备好了，您请吧。”女服务员突然在他身后进了房间。

杉原忠良赶紧慌慌张张地把黑色颗粒藏起来。“啊，好的，我马上去。”此时，他的声音听起来还算平静。

“我给您带路吧。”女服务员把叠得整整齐齐的浴衣放在榻榻米上。

“不用了，我先去抽支烟，过会儿我自己去。”

“好的。您有事就请按铃叫我们。”

“知道了。”

女服务员告辞离开，直到她的脚步声消失在走廊尽头之后，杉原忠良才又把黑色颗粒摆放在自己面前，凝视良久，接着小心翼翼地一颗颗收起，再用纸包好。

他带着火柴绕到屋子的后面，这里有个院子，花花草草长得很繁茂。

他蹲下身，用火柴点燃了纸包的一端。之前被拧成紧紧一团的纸包，随着火焰的蔓延，看上去稍稍有些展开，但不久就完全燃尽。

杉原忠良等到纸包燃烧殆尽，捡起一旁的小木片捣鼓着灰烬把它弄散，然后站起身，用双手拍了拍裤子，接着回房。

杉原悠悠地抽着烟，忽然想起了什么，赶紧取出登山包，打开袋口，把手伸进去一阵翻找。不一会儿，杉原的手从登山包里掏了出来，攥着一块石头。

他走到电灯正下方，鉴赏着石头的整体形状：约两个拳头那么大，颜色呈灰白色。

但这块石头其实早已被切割开，一分为二。杉原用双手把两个半块石头捧在掌心，接着又将石头的切割面举起对准灯光。与外侧普通的灰白色不同，切割面上好似涂着一层通透的碧绿色，而那碧绿色中还交杂着稀疏的、丝状的白色纹路。

杉原的眼里尽是满足。那石头的碧绿色看上去并无光泽，却像在窥探深海底部，呈现出浓稠的墨色。这，就是翡翠的原石。

他对这石头简直百看不厌。

突然，桌上的电话铃响了。他显得有些狼狈，赶紧把石头塞回登山包，但速度很快，只在一瞬间就放妥了。

他拿起电话听筒，原来是旅馆前台打来的，请他尽快去泡澡。

“我马上去。”

他放下电话听筒，舒了一口。他把烟头掐灭在烟灰缸里，拿起浴巾正准备出发。忽然，他似乎又想到了什么，赶紧抱起登山包，仔细慎重地把包藏在壁橱的最深处。

到了前台，刚才和他说过话的女服务员正在等他。

“对不起，刚刚来了一批团体客人，想趁着现在澡堂里人还不多，请您先洗。”女服务员说。

“原来是这样啊，谢谢你了。”杉原忠良很高兴。

“请问，”他突然想起什么，“你知道这附近哪里有卖衬衫的吗？”

“有，我知道有家小商店卖衬衫。”

“那能麻烦你明天帮我买一件吗？随便什么衬衫都可以。”

“好的。如果您需要洗衣，请今晚给我，明天就能洗好。”

“不用了，谢谢你。我之前在山上摔了一跤，原来穿的衬衫刮到岩石的尖角上弄破了，想买一件新的。”

“原来是这样啊，上山是挺危险的。”

“算我倒霉，不过幸好人没受伤。”杉原手里拿着浴巾，跟在女服务员后面进了澡堂。

一周后，如约回到东京咖啡馆见面的，只有冈村和杉原。芝垣多美子也来了。

“怎么回事，今冈还没来？”约好的时间已经过去很久，今冈依然没有现身，冈村有些担心。

“多美子，你知道今冈是怎么回事吗？”

“我也不知道。他之前回到东京都会先给我打电话，但这次没有。”

“真奇怪。”杉原好像有些焦急。

“难道是他记错见面时间了？”

“不可能，我们约的是和上次见面一样的时间。”

“这倒是。但真的很奇怪。他不可能错过回来的列车。”冈村说，“也没听说他去的地方有台风或暴风雨。”

“太反常了。”芝垣多美子看着冈村的脸，“冈村，你和今冈是在什么地方分开的？”

“今冈那家伙，在不到糸鱼川两站的小滝站下了车，他说那里下车更近。而我依旧从糸鱼川往青川方向走。”

“不会是在山上出事了吧？”杉原轻声嘟囔着。

“呸呸呸！”多美子焦躁不安地抱起双臂，“但万一真的出事了，那可怎么办啊？”

“没事的。先别想那些不吉利的。说不定过一会儿，那家伙就一边说着‘晚上好’一边来了呢。”杉原好像在打圆场。

杉原原本想说个笑话逗多美子放宽心，但多美子听得一脸茫然。

冈村也笑不出来，托腮疑虑：“有点不对劲啊。”

桌上的冰淇淋早已吃完，只剩下几个空杯。一有人推开咖啡馆的门，多美子就会忍不住朝门口张望。

今冈三郎始终没有出现。不仅是约好见面的当天，三天、四天、五天过去了，他依然没有回来。之后又过了一周，然后又过了十天，他还是没回东京。

杳无音信，又无法联络，大家都急了，所有人都觉得只有一种结果，今冈三郎已经遇难了。

今冈三郎曾说过他会去爬那些残垣断壁，如果真是如此，事到如今只剩两种可能：要么坠入深渊谷底变成一具死尸，要么被急流冲走后横尸在某块岩石上。

今冈所在的大学成立了一支搜救队，但没人清楚当时的今冈到底去了哪里。根据冈村和杉原的陈述，大家推测可能会在姬川上游，但仅凭两人的话，远不足以确定今冈的具体位置。

在当地村民的帮助下，搜救队在今冈有可能出现的溪谷做了一番搜索。但这一带都是V字形溪谷，地势险峻，搜索以失败告终。

第二年春假，大学派出第二支搜救队，也没找到任何线索。之后的暑假，大学第三次派出搜救队，距离今冈三郎失踪整整一周年。这一次，搜救队依然没有发现今冈的尸体，只能空手而归。事到如今，所有人都确认今冈三郎肯定已经遇难。三次搜救无果后，搜救队只能解散。

六

秋天到了。

芝垣多美子终于接受了今冈三郎已死的事实。今冈失踪至今已过一年，毫无消息。虽然报了警，但警方在各地发现的非正常死亡的尸体都不是今冈三郎。

多美子拒绝与冈村忠夫和杉原忠良见面，把自己关在家中。冈村和杉原是今冈的朋友，失去了今冈，再去见他的朋友已经没有任何意义。而且一见到他们，就会想起今冈，这会让自己难过不堪。

也许正如冈村所说，现在的今冈已经在杳无人烟的深谷里变成一堆白骨。她想象着在今冈三郎的尸体上，溪水流过，落叶飘零，早晨有山雾笼罩，下午有白云飞过，如果尸骨没有浸泡在水中，到了冬天，一定会盖上厚厚的白雪。

芝垣多美子以前就喜欢写短歌，如今失去了今冈三郎，她变得更加埋头于短歌创作。当然，写的都是哀悼已故未婚夫的伤感之歌。

某天，芝垣多美子收到了邮局寄来的短歌杂志《花影》，她像往常一样随手翻阅。

这本杂志除了杂志社的同人，也会刊登各地会员投稿的短歌，编者还会写上评语。突然，她被其中一首深深吸引：

远赴越之山　信步深山幽谷间　奇景忽而现
富士蓟怒放吐艳　情不禁瞠目近观

作者是藤泽市南仲路二零五号的桑原道子。

编者的评语这样写道：

作者步行来到越后山，偶然发现那里盛开着的富士蓟，不由得瞪大眼睛驻足欣赏。富士蓟，主要生长在富士山周边，是一种分布在日本中部的菊科植物。植物图鉴介绍说，其花朵比普通的蓟花更大，长约六至九厘米，颜色深紫，艳丽鲜明，让人过目难忘。原本只在富士山周围常见的花竟然开在了新潟县的深山里，如果这是真的，这将是何等难得一见的奇景啊，但估计这是作者的虚构。萧瑟的深山幽谷与盛开的花瓣硕大、艳紫色的富士蓟形成鲜明对比，这是一种咏叹，是内心向往的虚幻美景。

芝垣多美子读完这段评语，并没有太放在心上。

又过了一个月。

新一期的《花影》上刊登了藤泽市的桑原道子对之前的编者评语作出的反驳。具体内容如下：

> 编辑老师在评语中称我所吟咏的富士蓟不可能出现在新潟县的深山里，但这确实是我亲眼所见，并非虚构。这年夏天，我从白马岳走向糸鱼川，经过一个名叫小泷川的溪谷。那是一个V字形溪谷，溪水冰冷，我记得那附近还长着很多野生山葵。当我走上一条危险的小径，忽然看见了河床附近盛开着数株似曾相识、艳紫色的富士蓟。于是我不由自主地把当时感动不已的心情写进了那首短歌里。我读了编辑老师的评语后，去查阅了植物图鉴以及其他参考书，的确像您所说的，富士蓟是一种特殊的花，主要生长在富士山周围的山梨县、长野县南部以及静冈县。至于这种花为什么会开在白马山麓的小泷川溪谷间，我不得而知，但真的觉得不可思议。我确实是亲眼所见，有感而歌，绝非虚构。

芝垣多美子读完，突然倒吸一口冷气。

小泷川是从姬川中分流而出的一股支流，今冈三郎所到的溪谷，正是这一带。

芝垣多美子愣在那里，许久回不过神来，好像雕像一般动弹不得，她在脑海里努力整理浮现的诸多头绪。

她的记忆中突然冒出一个短暂的瞬间。当她在新宿站买杂志的时候，曾看见杉原忠良从一个背着登山包的少年手里接过一个纸包。当时她并不知道纸包里是什么，还以为是些小点心。然而现在想来，杉原忠良对植物很感兴趣，那个少年有可能同样是个植物爱好者，两人才会有往来。

当时少年背着登山包，但并不像准备出发之人，相反是个刚乘列车归来之人。作为植物爱好者的少年，一定是出去寻找植物种子的。

今冈三郎失联时，也就是他们第二次出去调研时，杉原忠良说自己和今冈三郎、冈村忠夫在松本站分开后就去东颈城郡的奴奈川了。冈村也说三人是在松本站分开的。冈村的说法可以证明杉原所说的一部分并非假话。

然而真相究竟是什么？

多美子认为，在新宿站，杉原从少年手里接过的纸包里其实装着植物种子。新宿站是中央线的始发站，途中可以在大月站下车，换乘前往富士山麓方向。那天的少年有可能就是从富士山麓回来，刚到新宿站，偶然与杉原相遇的。

少年在富士山麓采集了很多植物种子，在车站偶遇志趣相投的杉原，就把种子送给了杉原。这种想法完全符合逻辑。

今冈三郎应该是一个人走进小泷川溪谷的。但杉原会不会假装先在松本站下车，之后却搭乘下一班同方向的列车尾随今冈三郎而去？

但这又是为什么？

答案其实很简单。之前的调研已经让杉原对东颈城郡的奴奈川感到绝望了，他越来越感到今冈三郎所选择的姬川上游才是最有希望找到宝石的。

但杉原为什么不把自己的想法告诉今冈，然后两人同行呢？

因为他们要找的石头是翡翠，是值大价钱的宝贝。如果发现了翡翠的原石，肯定可以赚一大笔钱。如果通过原石继而追寻到原产地，就等于发现了一座金山。当然，深山里的村民们肯定对此还一无所知。

杉原的直觉告诉他，今冈三郎所选的地点是最有希望找到翡翠的。多美子无法判断当时的杉原是否已经有了独吞财富的野心，但总之，当时的杉原已经认定，比起自己所选的调研地点，今冈选的地方更有希望找到宝贝。

多美子越想越觉得可怕，不由得用手捂住了脸。

趁着北方尚未积雪，以八木副教授为首的第四支搜救队出发前往新潟县西颈城郡的小泷川溪谷。受芝垣多美子之托，藤泽市的短歌作者桑原道子作为向导，也加入进来，与此同时，这一次的队伍中还多了数名警察。

时至晚秋，山谷间的红叶几近散落，山林也大多露着光秃秃的枝杈。一行人跟在桑原道子后面，爬上了陡峭的山路。

经过长时间的跋涉，桑原道子在某个地方停了下来。

“就是这里。”她指着已经干枯的富士蓟茎说。

富士紫蓟秋天开花，入冬前会枯萎。桑原所指的富士蓟的锯齿状叶子已经完全干枯、凋零。

警官带领大家以富士蓟为中心，在周边进行勘察，结果发现有一处土地特别松软。大家都聚集到这里，用铁锹小心把土挖开。没过多久，一个茶色的鞋尖露了出来。

芝垣多美子俯下身子泣不成声。她见过这只鞋，是她曾经多次擦拭过的、今冈三郎的登山鞋。

警方在东京抓捕了杉原忠良，他的招供与多美子之前的想象差不多。富士蓟的种子是那个在新宿站见到的少年送给他的，一直放在兜里，但在和今冈三郎打斗时，不知怎么的，三四粒种子掉了出来，落进土里。

被捕前不久，据说杉原忠良正忙于向亲戚好友四处借钱，准备把那一片溪谷地带全部买下。

“我尾随今冈来到溪谷间，他正在捡石头。他看到我很吃惊，但还是兴奋不已地给我看他捡到的石头。那块石头看上去和普通的石英石并无两样，但粗糙程度非同一般。普通的石头会被流水冲刷得光滑、圆润，但翡翠因为硬度大，即使被流水侵蚀，也依然粗糙，有棱有角。这是今冈给我看石头的时候告诉我的。于是，我们拿出装在登山包里的榔头，想把石头敲开来看看，却怎么也敲不破。由于硬度高，击打到石头上的榔头总被弹回来。但今冈说他知道古人的一个方法。于是我们点了火，把石头加热，当出现胀缩现象的时候再用榔头击打。我们就用这个原始方法把石头敲成两半。在那个敲开的断面上，我们看到了通透的碧绿色。今冈和我都惊呼起来。但就在这时，我突然生出歹念。如果这就是古人所说的翡翠产地，而且之后没有任何记载，说明这里是尚未被任何人开采过的宝地。广大的翡翠产地就是这里。一想到这儿，我就开始焦躁不安，一心只想独占，做梦都想赚大钱。我要变成大富翁，我必须用榔头砸向今冈的后脑勺。”交代完毕，杉原双手抱头。新潟县西颈城郡小泷川溪谷，曾经的古代翡翠产地，现在成了最新的翡翠发现地。日本古代的翡翠并非全部从中国南部或缅甸北部进口而来，对于这一观点，考古学家们如今已鲜有异议。

误　差

一

一共有六家旅馆。

从国营的东海线换乘私铁约两个小时，可以到达这家深山里的矿泉疗养地。不只是因为交通不便，还因为这里不是温泉是矿泉，城里人都不太爱光顾。但这附近有佛法僧的栖息地，据说很灵验，有时，去那里求福归来的人会顺路到这里投宿。特别是到了晚秋时节，环绕着这家H矿泉的溪谷会开满红叶，这时候的观光客会比较多，相对比较热闹些。

住在这里的大多是自己动手做饭的疗养客，很多来自乡下的农家。旅馆允许外来客自己动手做饭，可以把便携炉拿到走廊里靠在围栏边煽火，这番风景正是乡下矿泉的特色。旅馆的建筑物都很陈旧。

六家旅馆里，最大最漂亮的要属川田屋。这里也有自己动手做饭的客人，但只在旧馆。五六年前建好的新馆里以普通住客为主。川田屋建在观景最好的位置，地处能俯瞰H矿泉全景的高地，楼前隔着一条路就能看见河流。

夏去秋来，早秋的这天，川田屋里来了位女宾。

正是旅馆生意的淡季，之前趁着夏天农闲来泡矿泉疗养的一批农家常住客刚结账走人。这位女宾被带到最好的一间西式房间。她看上去二十六七岁，是这种乡下疗养地难得一见的绝色佳人。一看她的衣服就知道她是从大城市来的，身着和服，价值不菲，而且有种不露富的奢华之美。

这位客人一开始就说要最好的房间。

她脱在玄关处的鞋子以及女服务员替她拿着的行李箱看上去都是高档品，整个川田屋都为来了这么一位上宾而欢欣不已。

她一个人来住店。刚到的时候，大家以为马上会有别的同伴会过来，但事实上并没有。

“我可能要住五六天，还不确定。”她对负责的女服务员说。女服务员名叫文江，是本地人。

这位女宾一到房间就从行李箱里取出便服换上，那便服也是高档品。文江注视着这位客人的一举一动。

在前台登记的时候，她写的是：“东京市杉并区高圆寺×丁目××号　安西澄子　二十七岁”。字迹很漂亮。

这位女宾很喜欢晚膳的山珍料理，吃得很开心。

文江以为过一会儿肯定会有谁来陪她，但到了第二天，还是只有她一人。这位女宾好静，吃饭的时候只问了些这个疗养地的景点和矿泉的功效。

文江告诉了她景点和矿泉功效后等信息，但女宾并没有去任何景点，也似乎无意去矿泉好好疗养。她总是一个人看看书，听听收音机。

旅馆的人当然都很关注这位女宾。

虽然常住的客人少了，但旧馆那里还是有不少自己动手做饭的客人。一个名叫大村的青年就是其中之一，他得了结核病，初夏的时候来到这里，每天都无所事事地溜达。据说他老爸是地主，也许是因为生了病，他苍白的脸色看起来一点不像是家里务农的。

"'松之间'里住的客人是个什么样的女人啊？"大村问旅馆老板，他也注意到了那位女宾。

"听说是东京人，跑来我们这种乡下地方，每天都不见她有什么事，看不懂。"老板歪着脑袋。

"不像是来泡矿泉疗养的吧？"

"对啊，连调养身体都算不上吧。不知道是不是在东京遇到了麻烦事才逃到这里来。总之，那么漂亮的女人来我们这里真的很稀奇。”

“她会住几天？”

“她自己说可能五六天吧，但谁知道呢？说不定没多久就嫌乡下无聊早早地走人呢。看上去她日子很好过，我们这种地方，她应该很快就会待腻的。”老板说。

“应该是个家境很好的女人。”大村嘟哝着。

不止大村，旅馆里的女服务员们、旧馆的其他住客也都留意这位女宾，大家的想法基本一致。

文江从女宾房间出来，看见大村站在不远处好像在等着她。“文江妹子，你弄清楚那女宾的来历了吗？”

文江把身体凑近大村：“我也不清楚，但我觉得她很优雅。”她说话的时候表露出对大村的好意。

“我也知道她很优雅。她结婚了吧？”大村抽着烟。

“不知道呢。可能已经结婚了，不过从她的和服穿法来看，又好像是做艺伎的。”

“这么说来可能是情妇。”

“哎呦，干吗说得那么难听？如果是情妇，应该和她男人一起来啊，但她就一个人。而且那么优雅的女人怎么会给别人做情妇？”

“你负责她的房间吧？怎么还没弄清楚啊？”

“我只是负责打扫收拾和听候吩咐而已，又不可能去查她的底细。反倒是大村你，为什么那么在意那位女宾啊？”文江直直地看着眼前这个男人的脸。

“哪有在意。只是那么一位大美人独自出现在乡下的矿泉疗养地，正常人都会好奇吧。在这个无聊的疗养地，不聊那个女宾还有什么可聊的！”

“你居然说这种话，有我还不够啊！”文江娇嗔地瞪了一眼大村，这个来到旅馆不久就和她好上了的男人。

二

大村住的是旧馆，偶尔也去旅馆前台或者到新馆的大堂玩。这几天他经常看到住在“松之间”的女宾。

有时两人会在走廊里擦肩而过，每次大村都会先低头寒暄。在这家旅馆里，即使是不认识的住客，互相看到了也会彼此打招呼。

女宾见大村低头，眼角也微微露出笑意，点头寒暄，但并没有放慢脚步，而是径直从大村身边走过。大村每次都会转过头目送女宾的背影。

这位女宾几乎不和其他住客聊天，其他住客对她似乎也有些敬而远之，都觉得她和自己是不同世界的人，一半是羡慕，一半是反感。女宾自身似乎散发着一种高冷的气场，让人无法轻易与其搭话。

女宾住店后的第三天早上，大村无所事事到处闲逛，来到旅馆三楼的大露台上，正好看到那位女宾也站在那里看风景。

大村轻手轻脚，生怕打扰到她，故意背对女宾，走到只能看到后山的地方。而女宾所站的地方，前方视野开阔，能将整个疗养地一览无遗。

女宾并没注意大村的到来，一直眺望着远方的景色。大村一边抽烟一边一点点将视线转向女宾，欣赏着她轻盈曼妙的身材。

女宾这才发现大村的到来，与他照了个面，点头致意。大村也微微鞠躬致意。之前在走廊里遇见过几次，不算陌生人，这种程度的寒暄在情理之中。

大村来到了女宾身旁，想显得没那么刻意，特地留出一些距离。

站在这里，H矿泉旅馆的瓦片屋顶，农家的茅草屋顶、宽阔的稻田以及稻田后面的河流，都可以尽收眼底。部落与部落之间有条路，从火车站到这里的大巴就经过这条路。路面泛着白光，经过河上的小桥，悠然、蜿蜒地消失在山脚。

天空已经出现秋天特有的卷积云。

“您一直看，不觉得无聊吗？”大村鼓起勇气向女宾搭话。

女宾这才把视线从景色移开，看着大村的脸，莞尔一笑：“不会啊，不会无聊。”她的声音也很好听。

“是吗？我在这里已经住了三个月，觉得无聊透顶。”大村不问自答。

“是吗？”女宾只是出于礼貌，不得不继续寒暄两句，“您是哪里不舒服吗？”

“哦，我胸口这里不太舒服。听说这里的矿泉对身体好，就每天在这里闲逛，但感觉病倒之前会先因为太无聊而倒下。”大村说得很起劲。

“是吗？倒下可不行吧。”女宾说完，没再开口，视线又转向风景。远处的河流蜿蜒曲折，在明媚的阳光照耀下闪着光亮，河中的砾石阻挡了流水的奔腾。楼下升起一股炊烟，是自己动手做饭的住客正在生火。

“您在这附近转过了吗？”大村继续搭话。

“没有，我哪里都不去。”女宾幽幽地回复，但是并没有转过脸看大村。

“虽然是乡下，但好看的景点还是有不少的。当然，估计对您来说，可能去过一次就不会想去第二次了。比如有个叫什么八景的地方，特地取了个听起来好像名胜古迹的名字。”大村继续没话找话，却得不到女宾的积极回应。女宾的眼中依然只有远方的景色。

“您是东京人吧？”大村继续发问。

“嗯。”女宾低声回答，还是不太愿意搭理的语气。

“我读书的时候也是在东京，住在本乡附近。在东京待久了会腻吧？”大村本想炫耀自己去过东京，也想和女宾套近乎，但他看到女宾此时的侧脸已经冷若秋水。大村终于没法继续开口，说了句告辞就转身离开了露台。女宾只向他微微点了点头。

大村在走廊上边走边咋舌懊恼，如果刚才搭讪顺利，本可以弄清女宾的来历。

旅馆的住客都在猜测，之后肯定会有人来和这位女宾会合，而从刚才女宾的反应来看，大村的直觉告诉自己，大家猜得没错。那位女宾看上去好像呆呆地在露台上看景色，其实她的眼睛一直盯着那条白色的小路。在那条路上，有辆大巴每天多次往返于火车站与旅馆之间。眺望着那条路的她，其实是在等那个约好与她相见的人。

大村的预感在这天傍晚应验了。川田屋的门前停着一辆出租车，这是一直停在火车站附近候客的唯一一辆出租车。一位看上去四十七八岁的高个子绅士走进旅馆玄关，问起那位女宾的名字。

“抱歉，我来晚了。”刚到的男人对女宾说。

“你辛苦啦，可我真的已经等了好久呢。”女人露出开心的笑容，声音听上去很兴奋。

正好大村也来到前台，瞪大了眼睛注视着眼前的情景。旅馆的女服务员们也偷偷地频频打量两人。

高个子男人仪表堂堂，和那位女宾很是般配。他在前台登记了和女宾一样的地址，姓氏也一样。但旅馆的人根据经验判断，这两人绝非夫妻。

之前女宾一个人的时候，大家一直觉得有些蹊跷，现在她的男人来了，旅馆的人觉得这才顺理成章。

三

这位女宾因为男人的到来一下子变得非常活泼，简直判若两人。

之前的那三天里，她身上似乎总带着一些落寞的阴影，现在男人来了，那些阴影顿时烟消云散，她似乎完全置身于快活的光圈中。之前的她几乎闭门不出，但男人到达的第二天，他俩就一起去了附近的名胜景点，四处游玩。

“怎么回事啊？那是她老公吗？”女服务员们聚在前台，对晚到的那个男人议论纷纷，大家都觉得女人应该不是妻子，而是情妇。

“肯定不是她老公。我猜那个女人可能是开酒吧的。”

当然也有人不同意，认为那位女宾是正经人家的太太，和男人属于婚外情关系。

但不管哪种说法，有一点大家意见一致，就是那个女人是自己先到一步，在这里等男人的。而两人之所以没有一起来，可能是男方正好出门在外，约好在回来的途中，两人在这里碰头，就让女方自己先来。这种解释确实比较合理，也许男方正好是去关西方向出差，不确定何时能回，才会让女方在这里苦等三天。离旅馆最近的车站属于私铁车站，需要从往返于关东关西之间的东海道线下车后换乘私铁，因此大家的推测应该不会有错。

男人出现后，被大家问得最多的就是文江。因为文江负责他们的房间，所以大家聚在一起问东问西，向她打听两人的密事，诸如“他们俩在一起的时候神情如何”“你听到他们说了什么话”“你早上去打扫房间的时候，榻榻米上有没有什么不寻常的东西”“你整理床铺的时候，他们的被子是不是很凌乱”等。

向文江询打听两人情况的不止女服务员，大村也很热心。而有些事涉及私密，文江没对别人说，只是小声地告诉了大村。

大村听后先是一阵傻笑，接着好像生气了，转过头。

“怎么了？”文江问的时候看着大村的脸，自己的脸也变得绯红。

“没事。”大村嘴里叼着烟，手里擦火柴。

“夫妻俩做那些事很正常吧。”她以为大村生气是因为自己说了不害臊的事情，故意给自己一个台阶下。

“是啊。我还以为你会告诉我什么呢，无聊死了。”大村说得好像很失望。他心里有点堵，于是马上和文江约好晚上交欢。

这阵子的客人不多，“松之间”两边的房间以及隔着走廊前面的房间都空着，两人好像处在一个与其他人都隔绝的二人世界里。男人英俊潇洒，女人貌美如花，旅馆里几乎每个人都饶有兴趣地想知道：如此般配的一对璧人在那间无人可见、无处可听的密室里做什么？

长时间住在旧馆的住客们也对此津津乐道。住在“松之间”的那对男女无意间成了将人们从无聊中拯救出来的余兴节目。

男人入住川田屋后的第三天，下午三点过后，难得见到他一人外出。他说旅馆附近没书店，但自己想买本杂志看看，于是他坐上了大巴，朝着车站所在小镇的方向离去。从这里到车站，大巴车程约三十分钟，往返时间加上他说的买杂志的时间，足足过去了一个半小时。男人回到旅馆的时间是四点五十分，是坐大巴回来的，估计等车也用了些时间。

男人回来的时候，手里拿着镇上书店用纸包好的杂志。在玄关处，女服务员们向他鞠躬："您回来啦。"男人自顾朝房间走去，在房里待了三十分钟左右。

又过了一会儿，前台的旅馆老板为了打发时间，一边看着报纸上的棋谱，一边自己摆弄棋子。身边没有女服务员。突然，他听到好像有人叫他，抬头一看，是差不多四十分钟前刚回来的那个男人，手里提着行李箱。

"哎哟，您这是要结账？"旅馆老板有些吃惊。

男人脸上露出一丝微笑："不是，我现在要去T站见个朋友，晚上会住那里，明天一早再回来。"

去T站所在的城市需要从这里先坐大巴到火车站，然后坐私铁，接着再换国营的东海道干线，坐到第三站再下车。

"那您要辛苦了。"旅馆老板寒暄道。

"其实我不想去，但是为了工作，没办法。对了，我太太还在睡，拜托不要进屋打扰。”男人说。

“好的，我明白了。”这时，旅馆老板看了一眼挂钟，下午五点三十三分，旅馆老板有些纳闷，那位女宾怎么睡这么久。

正好文江也来了，老板吩咐文江替客人准备鞋子。那男人对文江也再次嘱咐：“我太太还在睡，请不要进屋打扰。”

为了赶上大巴的末班车，男人大步朝外走去。文江在玄关处目送他的背影。

两小时后，房间内发现了被掐死的女宾尸体。负责这间房的女服务员文江为了打扫房间，七点后进入房间，发现女宾死在铺在榻榻米上的被褥上，有被拖拽的痕迹。

旅馆内一阵骚乱。

接到报警电话，派出所的警察最先赶到现场，命令旅馆老板不许任何人进入凶案房间，也不能站在门口朝里张望。

三十分钟后，也就是晚上八点左右，八公里之外的警署署长带着五六名部下，坐着两辆吉普车赶到旅馆。

四

法医开始现场验尸。虽然尚未解剖，但从尸体僵硬程度来看，基本推定死亡时间在四至五个小时之前。

尸体的颈部明显有手指重压后的淤血点。死者面部呈暗紫色，眼睑处也有溢血。原本是一张美人脸，现在却是一副让人不忍直视的死状。

从尸体状态来看，死者生前做过挣扎。

警署署长和刑侦队长立刻叫来旅馆的老板和女服务员们。

当然，女服务员们都提到了和死者一起的男人，他的嫌疑最大。今晚他出门前说会在T市住一晚，现在恐怕是不会回来了。之前他还去过火车站附近买书，回来后过了大约四十分钟，手里拿着行李箱来到玄关处。当时他对旅馆老板说："我太太还在睡，请不要去打扰。"

很明显，他说这句话是在行凶之后。因为他的这句话，女服务员没能更早进入"松之间"，整整晚了两个小时才发现尸体。

警察又问了一些问题，比如被害人自身的情况以及可能是加害者的男性同伴的情况。

"一开始我们以为她是哪家的太太，一个人住了三天。后来那男人来了。两个人是约了在这里见面的。我们都猜那男人是去关西出差，和女人约好回东京的途中在这里碰头。”

为何不选男人出差回来的当天来这里？而要让女方在旅馆里空等三天呢？对此，川田屋老板回答说：“我们猜想是因为男人不确定哪天出差回来吧。也许那位女宾原本只打算早到一天，但男方比预计的晚了两天。”

其他女服务员也有同感。特别是住在旧馆的大村被请去问话的时候，他作证曾经在露台上见过那个女人一直朝大巴驶来的方向看，就是一副等人的模样。虽然刚入住的时候，女方自称可能住五六天，但估计那时是为了在这里等男人，随口说的。

警方翻阅旅馆登记簿，发现了那对男女的住所和姓名。那是女人自己写的“东京市杉并区高圆寺×丁目××号　安西澄子　二十七岁”。比她晚到的男人写的内容也差不多，“地址同前　安西忠夫　四十七岁　公司职员”。

一看就知道是假的，而且事后经过警方调查，也确认信息不实。

但旅馆方面说被杀的女人的穿着都是高档品，应该生活很富裕。而且从她的和服样式来看，她以前可能干过卖春的行当，比如酒吧老鸨或者艺伎之类的。

他们还说那男人看上去和女人很登对，衣服也很高级，如果是公司职员，一定是高层。两个人看上去非常亲密，关系再好的夫妻都比不上他们那样，毕竟旅馆的人见过太多真正的或伪装的夫妻了，一眼就能看出关系好坏。

警方调查了被害人的遗物。和旅馆的人说的一样，都是些奢侈品，但没找到能证明她真实身份的物品。遗物中有个装了五万七千日元的钱包，证明并非强盗所为。警方推测之所以找不到任何能证明身份的物品，很有可能是因为被那个男人带走了。

当晚，警方将尸体运送到警署所在的镇上，在医院里对尸体进行了解剖。做解剖的是医院的院长。经解剖确认，死者是被掐窒息而死。虽然无法证明死前是否有过性交，但可以肯定并非因施暴而死。死亡时间推定为解剖前五小时。

“五小时？”在一旁的刑侦队长问院长，“现在是十点二十分，五小时前就是下午五点多，对吗？”

“对的。”院长回答。

这个答案让队长很满意。目前的犯罪嫌疑人就是和女子结伴的那个男人，他曾一度外出，又回到旅馆，当时是四点五十分。而他再次离开旅馆是五点三十三分，旅馆老板当时看过挂钟，很确定。队长推定凶案应该就发生在这四十分钟之内，行凶的原因可能是两人因感情问题发生纠葛，男人一时动怒将女人掐死。院长十点多进行解剖，推断死亡时间是五小时前，这个推断符合队长的对案件的推论，他觉得很满意。

然而，队长突然想起，之前在现场验尸的法医所推测的死亡时间是四至五小时前。当时是晚上八点左右，按该法医“四至五小时前”的说法，凶案应该发生在下午三点至四点左右，这与当时现场的状况并不相符。

男人是三点多离开旅馆去买书的。按照法医的说法，假设案发时间是三点，此时男人尚在屋内，不可能将女人掐死后再去买书。如果真是他杀的，他应该直接逃走，而不会从车站附近的书店再回旅馆，接着又逗留了四十分钟后才离开。因此凶案只可能发生在四点五十分到五点三十三分这段约四十分钟的时间里。而如果按照法医的说法，假设案发在四点，这时男人正前往车站，并不在旅馆内。车站附近的书店已经证实男人确实去过那里。总之，该法医所推断的死亡时间与现场情况存在诸多矛盾。现场法医是凭尸体的外观作出判断，而院长则是解剖后进行推断，相比之下，警方认为还是解剖所得的死亡时间更为准确。

队长把在现场验尸的法医的推断告诉了院长。

“你说的是古贺吧？”院长说出法医的名字，“噗哧”笑了一下，“他推断死亡时间的时候有个毛病，总会算得偏早。”说这话的时候，院长并没有太多嘲笑的意思，只是带着强烈的优越感，“毕竟每个医生都有自己的特点，推断死亡时间的时候，有人会推断得偏早，有人会偏晚。误差是难免的。但古贺，我知道他总是习惯偏早的。我说的五小时前应该是对的。”

队长选择相信院长的自信，因为院长的死亡推定时间与现场情况相符。

那个先行离开的男人自己说会在T市过一夜，第二天一早回来，警方暂不排除男人如约回来的可能，于是当晚以及第二天一整天都埋伏在旅馆附近。然而，不出所料，男人并没回来。

于是警方将他视作真凶，展开进一步调查。杀人案在这个小地方算是少有的大案子，警察们都铆足了劲，全力以赴。

警方对被害人遗物再次进行了详细调查，在死者的旅行箱不起眼的边角处，发现了表示姓名首字母的“T.Q”印字，由此判断这是非常特殊的奢侈品，肯定只在东京有售。以“T.Q”为线索，当地警署联系东京警视厅请求协助调查，结果从出售该款行李箱的百货店挖出了有关被害人身份的信息。死者名叫添岛千鹤子，“T.Q”是她名字的缩写[①]。

五

添岛千鹤子在银座开了间酒吧，是某钢铁公司高管的情人。

她以前在另一家酒吧做小姐，钢铁公司的高管去玩的时候喜欢上了她，三年前出钱让她自己开店。她的店里雇了十二三个姑娘，是一间挺赚钱的店。

警方顺利地见到那位钢铁公司的高管，显然，这位高管并不是和女人同住矿泉旅馆的那个男人。他年近六十，大腹便便，而且案发当日人在东京，从未离开。高管一脸茫然地告诉警方，据自己所知，很难想象那个女人还有别的情夫。

警方又来到酒吧向店里的姑娘们了解老板娘情夫的

① 原文缩写为“T.S”，即“添岛千鹤子”日文的罗马字表记“SOEJIMA TIDUKO”名在前、姓在后的缩写方式，此处为符合中文语境将其改译为 T.Q。

事情。几乎所有人都说不知道，只有店里的会计，她最得添岛的厚待，在店里的工作时间也最长，她向警方说出了添岛的秘密。

店里的人，还有这家店的出资人都没发现添岛爱上了某纤维公司的总务部长。他俩的事情非常保密，谁都没发现。添岛只对自己最信任的会计说出了实情，只有会计知道他们一直有联系。

纤维公司的总务部长名叫竹田宗一，今年四十八岁。

案发当地的警署派出两名警员来到东京，在东京警视厅警员的协助下，对竹田宗一的行踪进行清查。

首先，警方来到公司，确认了竹田总务部长两周前曾出差前往大阪，回来后一直请病假在家静养。竹田回到东京的日期及出差时间正好涵盖了添岛千鹤子在矿泉旅馆遇害的日子，而竹田回到东京自己家的日期正是添岛遇害的第二天。

警方认定竹田就是真凶，打算立即将竹田捉拿归案。正当他们进行部署的时候，却传来一个让警方措手不及的消息。

竹田宗一住在目黑区 ×× 町，管辖该地区的警署报告说，竹田的家人报警说竹田宗一当天上午八点半在自家的置物间内自缢身亡。

从案发地所在警署大老远跑来东京的几名警员后悔得直跺脚，本来马上就可以将真凶抓捕归案，却没料到晚了一步。

两名警员立刻赶往竹田家。看到遗体后，竹田的家人向警方描述了发现尸体时的情形。

根据警方鉴定，竹田宗一在置物间上吊自杀的时间是昨晚十一点左右，据说家人当时完全没有注意到任何异常。竹田将麻绳绕在房梁，打了个圈，把头伸进圈内，吊死了自己。

他的家人说，竹田宗一从大阪出差回来后显得非常烦闷，无论家人怎么询问原因，他都不肯开口。他以神经衰弱为由向公司请了病假，事实上，他这几天一直脸色苍白萎靡不振，似乎真得了忧郁症。

竹田宗一留有遗书，他亲笔写在两页便签纸上。从遗书的内容来看，他是真的想死。

“发生了一件事，我觉得我必须死。关于那件事，我不想多说。总之，我觉得活着太麻烦，不如去死。我必须为自己的所作所为负责。我已经精疲力竭，无法继续活下去。我不想眼睁睁地看见自己和家人毁灭，所以选择闭眼。我是个糟糕的父亲和丈夫，除此以外，我别无话说。

“这种毁灭一旦发生，将让我万劫不复。我已经完全丧失了活下去的动力和勇气。这是我咎由自取。我死后，你们也许会遭人白眼，受到委屈。但我求求你，请你一定不要倒下，为了孩子们，请好好活下去。”

除了这封写给妻子的遗书，还有一封写给公司的。

“感谢公司那么长时间以来对我的关照。感谢公司让我这个无才之人得到那么多。但我辜负了公司的厚爱。公司将因有我这种员工而遭遇麻烦和名誉受损，对此我深表歉意。我死有余辜。最后衷心祝福公司生意兴隆，大家身体健康。”

竹田宗一去大阪出差五天后并没有直接回东京，而是中途下车换乘，去了矿泉旅馆见情人。

遗书中并没有写到竹田宗一杀害添岛千鹤子的原因，但警方推断，可能是竹田因那位包养添岛并出资给添岛开店的大老板而与添岛发生纠葛，某个导火索一触即发，盛怒之下将添岛掐死。

总之，嫌疑人已死，无从证实究竟发生过什么，现在说什么都已无济于事。从案发当地警署来到东京的警员没能将凶手抓捕归案，只能带着他的遗书复印件和自杀现场的照片，怅然若失地回到当地。

调查工作全面停止。

这次从当地警署出差去东京的警员里有一名刑警叫作山冈，出发的时候踌躇满志，现在却好像完全变了个人似的，悄然返乡。

六

案发一年后的某天。

山冈刑警这天休息，正趴着看书，但他看的不是杂志，而是新买的法医学译本，心想也许会对平时的刑侦工作有帮助。这本书不仅对工作有所帮助，也很有趣。读到一半的时候，正好出现了有关“推定死亡时间”的章节：

> 尸斑的产生——尸斑产生于尸体低下部位，呈暗紫色斑痕。此种斑痕是由于人死后血液循环停止，重力所致。大部分情况下出现在死后一两小时内。观察尸斑主要有两个理由：第一，可以根据尸斑确定死亡时间。第二，有时可以通过尸斑判断尸体死后是否被搬动过。
>
> 尸僵的产生——尸体肌肉发生硬化。死后僵硬是肌肉组织内的化学变化所引起的。人刚死的时

候，尸体是柔软的，头部可以向任何方向进行转向，手脚也可以摆出任何姿势。出现死后僵硬现象时，肌肉就会变得僵硬，哪怕用很大的力气也无法改变四肢的姿势。尸体会变得像硬板一样。

关于死后出现尸体僵硬的时间，权威人士之间存在相当大的意见分歧。主要原因在于尸僵出现的速度会发生变化，且尸僵缓和甚至尸僵消失的时间也会发生变化。综合来看：主要的时间顺序如下：

死后僵硬，首先在死后三小时内发生于面部和下颌部位，之后是颈、胸、腕、腹，继而从腿部扩展至足部。尸体僵硬扩展至全身一般需要八至十二小时。尸体保持僵硬的时间各有不同，通常在十二小时至二十四小时之间。为了能正确观察尸体的僵硬程度，重要的是找到最接近真实的死亡时间。假设警察看到一具尸体时已经出现尸斑，且从胯部到腿部有尸体僵硬现象，但颈部和肩部较为柔软，对此，他可以作出以下几种推测：

① 发生此种程度的僵硬之前已经过去八至十二小时。

② 僵硬尚未扩散至全身，此种程度的僵硬已持续了十八个小时。

③ 上半身的僵硬已经消失了三至四小时。

然而，有一点必须注意，死后僵硬的产生情况会因人而异。即使是专业医生，也必须对死亡时间的推定慎之又慎。而且不同的医生对于死亡时间判断的倾向也有所不同，面对同样的情况，有些医生的判断可能偏早，有些可能偏晚。警察在听取医生证词时必须斟酌医生的个体差异。

山冈刑警读到这里，突然放下书，脑中闪过一道光，想起了一年前在川田屋发生的案件。

当时，现场验尸的法医所推定的死亡时间与负责解剖的院长所推定的死亡时间有所不同，两者之间差了一个多小时。当时负责解剖的院长还曾揶揄过那个在现场验尸的法医，“总会把死亡时间算得偏早”。

关于死亡时间，当时警方取信了院长说的话，认为是做现场验尸的法医因个人习惯，也就是所谓的“个体差异”，产生了推断误差。但根据刚才书里的内容，“警察在听取医生证词时必须斟酌医生的个体差异”。当时负责解剖的院长批评现场验尸的法医所判断的死亡时间偏早，但如果把院长自己的“个体差异”纳入考虑，结果又会如何？也许院长的“习惯”是把死亡时间算得偏晚。

山冈刑警慢慢地站起身，拿出纸和笔，参照着记事本上的笔记，画出了这样一张时间对比表。

① 进行现场验尸的法医所推定的死亡时间
（当晚八点，在川田屋验尸）
推定当时为死后四至五小时——死亡时间为下午三点至四点左右

② 负责解剖的院长所推定的死亡时间
（当晚十点）
推定当时为死后五小时——死亡时间为下午五点

由此可见，两种死亡时间的推断之间存在一至两小时的差别。当时的鉴证对象并非已摆放数日甚至更长时间之后的尸体，而是死后几小时之内就送检的，没想到居然还会存在一到两小时的差别。正是这一两个小时的差异，对于发现案件的真相有着重大影响。

首先，假设②院长所推定的死亡时间是正确的。如果死亡时间是下午五点左右，那正好是竹田宗一外出买杂志回到旅馆的四点五十分之后不久。他收拾好东西后再次从旅馆离开是五点三十三分。这些都是经过旅馆老板证实的事实，与杀人时间非常吻合。

然而①法医的推断又如何呢？如果死亡时间是下午三点，此时竹田宗一尚未外出买杂志，正与被害人添岛千鹤子一同待在屋内。难道这个时候竹田已经将添岛杀死？不可能，这样不合逻辑。如果这时已经杀死添岛，那他再坐大巴去买杂志，就不怕万一他不在的这段时间内女服务员进入房间发现尸体吗？应该不是三点。而且，事实上，他四点五十分还曾回到旅馆，因此可以排除三点这个作案时间。如果他要行凶，只能在他说完“我太太还在睡，请不要进屋打扰”离开旅馆的五点三十三分之前，也就是说，死亡时间必须在竹田从车站附近回到旅馆的五点左右到他离开的五点三十三分之间。

但如果死亡时间是下午四点，又会如何？之前完全否定了这种情况，因为竹田宗一三点多就外出买书了，所以四点的时候，竹田不在旅馆。事实上，从旅馆坐大巴到达车站附近的书店需要三十分钟，警方给书店店员看过竹田的照片，确认竹田确实在三点五十分左右到书店买过杂志。这么说来，这起案件的死亡时间还是负责解剖的院长的推断②符合逻辑。

然而，山冈依然不愿放弃院长在推断死亡时间时有偏晚的可能，其中一个理由是，如果竹田是在买完书回到旅馆后再杀了人又逃走，四十分钟未免太仓促。虽然掐死一个人可能用不了十分钟，但之前应该有过争斗，加在一起，短短四十分钟实在不够用。

竹田宗一回到东京后就上吊自杀了。事实已经证明他与被害人千鹤子是恋人关系。他是看到千鹤子的尸体后逃走的，无论从时间上来看，还是从他交代旅馆老板不要让任何人进入房间的举动上来看，这一点都非常明确。最重要的是，他从矿泉旅馆逃走后的第四天，在自己家里上吊自杀，还有遗书，遗书里有谢罪的意味。

想到这里，山冈刑警拿出夹在记事本中的遗书复印件。现在读来，词句中依然可以感受到满满的谢罪之意。为给公司抹黑而道歉，向妻子忏悔自己不是个好丈夫，并以死承担责任。

然而，再次仔细阅读，却发现这封遗书中从头到尾看不到一句“我杀了千鹤子”。就算没有直白说出，综合考虑遗书全文，本应读出这样的意思，然而读完这封遗书，完全看不出有杀了人的意思。

山冈刑警的头脑里掠过一个念头：莫非竹田宗一不是真凶？

他从旅馆逃走的时候，特地嘱咐不要让任何人进入房间，这看上去是他为了能有足够的时间逃跑，拖延尸体被发现的时间。但事实究竟如何？

他不是凶手，但他拖延了尸体被发现的时间，也就是说，他是尸体的发现者！就在他从书店回到旅馆的四点五十分左右，他发现了尸体。

那么，如果他不是凶手，为什么不马上联系旅馆的人通知警察呢？为什么还要对旅馆的人说不要进屋，之后还逃走了呢？

山冈再读竹田的遗书。

“发生了一件事，我觉得我必须死。关于那件事，我不想多说。总之，我觉得活着太麻烦，不如去死。我必须为自己的所作所为负责。我已经精疲力竭，无法继续活下去。……这种毁灭一旦发生，将让我万劫不复。”对于这些话，大家之前的解读都以为是竹田因杀死千鹤子而写，但是现在仔细读来，发现其中并无此意。

竹田宗一去车站附近的书店买书，回来后在房间里看到了情人的尸体。然而没人知道他究竟看到了什么，不，他没法让别人知道，他没有别的选择，只能逃走。

竹田宗一是一流企业的管理层，如果他告诉旅馆的人自己的情人死了，那么首先，当然是他自己的嫌疑最大，之后的调查审理一定会非常受罪。就算最后被证明是无辜的，报纸上也一定会出现他的名字，以前一直藏着掖着的秘密就会在公司和家庭中公开，会逼得他不得不向公司提出辞职，家庭也会遭到破坏。

当时的竹田宗一脑子里一瞬间已经把这些后患都想了一遍吧？他必须逃走，这是一种本能。他有一种侥幸心理，觉得警察可能不会知道自己是谁。他这么想也情有可原，毕竟他在旅馆登记簿上填的是假信息，他还把能证明死者身份的东西都带走了。更何况案发现场是离东京非常遥远的山间矿泉疗养地，没人知道他是谁。这些因素让他决定逃走。于是他直接逃回东京，这是一种出于本能的自我防卫。

然而回到东京后，他发现自己想得太天真。有一个人知道他和千鹤子的事情，就是酒吧的会计。警察一定会查到他与死者的关系，只是时间问题。

如此一来，他迄今为止的生活和人生肯定会被摧毁。这正是他最担心的。他已经这个年纪了，生活一旦遭到破坏，就不可能东山再起，重新打造了。现在的他属于中流以上，收入高，生活很滋润。一旦失去现在的工作，年近五十的他还能做什么？永远回不到现在这种优越的生活了，家庭也会因此四分五裂。妻子对他早已没有感情，不可能在危难时刻帮他一把。他没本事从头再来。就算他愿意去做苦力，可是当了劳工后能重新开始生活的，只限于那些年轻人。他年近五十，毫无斗志，也没有体力了。对于他这个要养家糊口的人来说，活着已经**变成一种麻烦**。

他的遗书应该如此解读。

警署采纳了山冈刑警的意见，重新调查当年的案件，将当时的所有住客一个不漏地重新清查，结果逮捕了一名当时住在旧馆的年轻人，名叫大村。

大村很快招了。根据他的交代，当时他趁竹田外出买书期间潜入房内，侵犯了正在午睡的添岛千鹤子。对方醒来后做出激烈反抗，大村觉得**太麻烦**，于是将其掐死。作案时间是下午三点四十分。